创意写作书系 精品教材

华侨大学教材建设资助项目

科幻小说赏析与写作

APPRECIATION AND WRITING OF SCIENCE FICTION

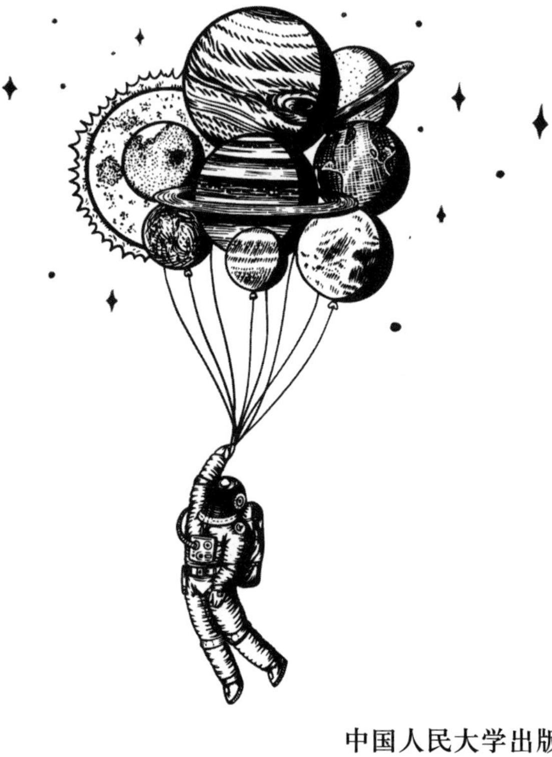

郭琦 著

中国人民大学出版社

·北京·

教材建设团队成员：
苏慰凰、王延娥、许春翎、孙娜

前言

本书基于华侨大学通识选修课程“科幻小说赏析与创意写作”（首批“国家级一流本科课程”）编写而成，旨在引导学习者以“主题项目”的方式开展阅读活动，从不同切入点对科幻小说这一文学类型进行理解、赏析，并在“科学精神”和“人文素养”有机融合的基础上进行创新性写作实践，力求实现《全民科学素质行动规划纲要（2021—2035年）》中所提出的“将弘扬科学精神贯穿于育人全链条。……将科学精神融入课堂教学和课外实践活动，激励青少年树立投身建设世界科技强国的远大志向，培养学生爱国情怀、社会责任感、创新精神和实践能力”等目标。

全书共分为十个部分：

第一章“导论”，以“科幻小说赏析与写作的‘关键词’”为副标题，内容涵盖对“科幻小说”的概念分析、对国内外科幻小说相关主题特征的梳理，从而促进学习者深入思考科幻小说作为文学作品的社会功能。

第二章“时间旅行”主题，以阅读科幻小说《时间机器》为基础，从文学作品中常见的“穿越”情节追溯“时间旅行”主题科幻小说的发展与表现形式，探讨该主题科幻小说的科学内核、科学因素、哲学命题。

第三章“太空歌剧”主题，以科幻小说《2001：太空漫游》为阅读对象，以该主题科幻小说的宏大叙事与思想内核为原点，理解该主题科幻小说的哲学价值，分析其中蕴含的科学架构。

第四章“生命奇迹”主题，以世界上第一部真正意义上的科幻小说《弗兰肯斯坦》为阅读对象，以进化论与“恐怖谷”心理曲线为理论核心，促进学习者从不同角度理解科幻作品对“创造生命”活动的文学想象。

第五章“反乌托邦”主题，以该主题科幻小说的代表作《一九八四》为阅读内容，深入探讨该主题科幻小说的现实渊源与社会功能，提升学习者的“批判性思维”能力。

第六章“外星文明”主题，以阅读科幻小说《安德的游戏》为基础，梳理该类型科幻小说的叙事特征与社会学原型，从“成长小说”等角度对该部作品进行多重解读。

第七章“赛博朋克”主题，以阅读科幻小说《神经漫游者》为基础，追溯该类型科幻小说产生的历史背景，促进学习者深入思考互联网、人工智能等现代技术成果对人类社会的影响，深入理解“缸中之脑”等哲学理念。

第八章“末日危途”主题，以科幻小说《路》为阅读对象，以“人本主义”哲学思想为核心，促进学习者理解“末日”主题在不同科幻文学作品中的表现形式，思考极端环境下“生存”和“道德”两者的冲突与博弈。

第九章“生化危机”主题，以阅读科幻小说《我是传奇》为基础，结合该类型科幻小说的现实历史背景，促进学习者理解“生化危机”主题科幻小说中的科学架构、概念象征、文化隐喻等元素。

第十章“蒸汽朋克”主题，以阅读科幻小说《差分机》为基础，促进学习者思考该类型科幻小说的社会学原型、叙事特征与哲学内核，了解“或然历史”在科幻小说中的表现形式及其科学、文学背景。

本书在每个主题章节中，有针对性地设置内容，包括：

热身导读——根据不同主题进行导读，介绍相关背景知识，促进预设思考，帮助学习者做好阅读准备。

小说速读——对选读作品内容进行概述，促进学习者在阅读过程中对该作品的内容进行整体把握。

品读赏析——以主题阅读为核心，通过对文学作品的研究、鉴赏，促进学习者对作品主题进行深入理解。

科学之鉴——通过引导学习者对与科幻小说主题相关的知识背景进行了解、掌握，提升学习者的综合科学素养。

延伸阅读——根据章节主题，对同主题文学作品进行简介，辅助学习者进行拓展阅读、进阶学习及深入研究。

写作点津——结合各章节主题阅读，探讨“创意写作”技巧，促进学习者对学习内容进行实践应用。

思政提升——领会党的二十大思想精髓，使之有机融入学习内容。

拓展练习——在对各章节主题科幻小说进行阅读、赏析的基础上，为学习者提供相关的拓展思考及写作练习。

本书可以配合在“智慧树”“学堂在线”“中国高校外语慕课平台”等平台所开设的“科幻小说赏析与创意写作”慕课课程使用，同时可供科幻小说爱好者和创意写作创作者参考。

目录

第八章 “末日危途”的生存与毁灭——《路》

第九章 “生化危机”的恐惧与生机——《我是传奇》

第十章 “蒸汽朋克”的怀旧与憧憬——《差分机》

第一章 导论：科幻小说赏析与写作的“关键词”

经过两个多世纪的发展，科幻小说已经逐渐融入人们生活的方方面面。从孩子们乐此不疲的动画片，到成年人生活中各种已经变成现实的科幻想象；从斩获“雨果奖”的科幻小说《三体》《北京折叠》《时空画师》，到红遍海内外的科幻电影《流浪地球》系列……不同形式的科幻作品都给读者、观众们留下了深刻的印象。

本章将对科幻小说阅读、赏析和创作的相关关键词进行梳理，同科幻小说的读者们一起重新认识一下这种特别的文学类型。

科幻小说概念中的“科学”血统

生活在现代社会中的人们，对“科幻”这个名词并不陌生。科幻的定义是什么？科幻小说又有哪些不同于其他文学类型的区别性特征呢？

想要直接给出一个准确的定义，恐怕并非易事。在此我们可以换个思路，逆向思考一下：比如小朋友们耳熟能详的动画片《哆啦 A 梦》，可以被视为一部“科幻”作品吗？相信很多人的答案是肯定的。主人公大雄的书桌抽屉里，藏着一个“时光机”，乘着它就可以随意“穿越”到过去或未来的任意一个时间点。这在现实生活中是不可能实现的，因此，《哆啦 A 梦》的故事使用未来的先进技术实现了人们的想象，这一设定使其具备了明显的科幻作品的特征。

英国作家 C. S. 刘易斯创作的《纳尼亚传奇》系列小说的第一部《狮子、女巫和魔衣橱》（*The Lion, the Witch and the Wardrobe*）中也有一件神奇的家具。四个在第二次世界大战中逃难的孩子躲进了一个神秘的衣橱，发现自己来到了一个神奇的魔法世界。这个世界因为受到白女巫的诅咒而变得常年冰天雪地。他们通过学习魔法，打败了白女巫，将冰雪世界变回了原来的样子。《纳尼亚传奇》中同样充满了奇思妙想，但这部系列小说算不算科幻文学呢？相信很多人的答案是否定的。

为什么同样是进入一件家具里，《哆啦A梦》中的抽屉就是科幻道具，而《纳尼亚传奇》中的衣橱就不是呢？不难看出，《哆啦A梦》这部动画片里隐藏了更多的与科学、技术相关的因素。比如，故事的主人公就是一只来自22世纪的机器猫，由此引入了诸如“机器人”“人工智能”等方面的元素，机器猫的身上有个“四次元口袋”，而“时光机”则通过一种技术手段在时间维度中进行穿梭，这样一来，“空间”“维度”等科学概念都被囊括其中。相比之下，“纳尼亚王国”则完全无视现实世界的物理规则，解决一切问题的方式不是科学技术，而是魔法。这样的一个明显的差异就可以帮助读者对“科幻”和“魔幻”进行第一个层面的区分。

除此之外，我们再来思考一个作品中的人物：如果说一个人能够摆脱地球重力的作用，在天上自由飞翔，他的身体十分强壮，无坚不摧，眼睛可以透视，甚至会喷火等等，那么这个人物算不算是科幻作品中的人物呢？科幻电影《超人》中的主人公就是这样一个形象，不过超人并不是普通的地球人，而是被设定为一个外星人。他的身体素质是适应母星“氪星”的重力作用和自然环境的，因此当他来到地球上的时候，地球引力对他几乎没有任何束缚作用。所以超人在地球上的活动就像是登上月球的宇航员那样，尽管穿着厚重的宇航服，动作却十分轻盈，这是因为月球上的重力只有地球上的六分之一。通过这一设定，超人身上所具备的超现实能力在现有的科学理论中得到了完美的解释。所以，超人顺理成章地成为科幻作品中的代表人物之一。

从“孙悟空”和“超人”的形象设定可以看出“科幻”的概念特征

在中国传统幻想文学中有一个类似的人物，他也十分强壮，刀枪不入，也可以在天上飞来飞去，眼睛也可以透视、喷火等等。但这个人物的身上长着毛，手里拿着金箍棒。这就是《西游记》中的主人公孙悟空。孙悟空并不能被算作科幻人物，因为在《西游记》里，对他的超自然能力并没有一个科学的解释，所以，孙悟空的超自然能力就只能被归为神话人物的魔法力量了。

科幻作家阿瑟·克拉克有一句名言：“任何非常先进的技术，初看都与魔法无异。”这在一定程度上为科幻作品中“黑科技”的存在埋下了伏笔——那些看起来超乎寻常的力量，并不是魔法或者幻觉，只不过是我们尚未了解的高科技成果罢了。但从科幻小说约定俗成的惯例来看，无论故事中的主人公遇到的事件多么匪夷所思，都应该是在我们的科学技术架构中可以解释的问题，否则这部作品也将与科幻无缘。

通过以上两个人物的对比，读者便可以得出第一个结论：科幻小说中的事物，可能是“超现实”的，却往往不可能是“超自然”的。也就是说，故事中的“悬疑”之处能否通过科学体系进行合理解释，是“科幻”与“魔幻”之间最大的区别。

在英语里，“科幻”常被缩写成“S. F. ”，但对这个缩写的原型却有不同的理解，比如这个缩写可以被还原为“speculative fiction”，意为推想小说，泛指所有和推理、幻想有关系的小说的总称；另一个原型是“science fantasy”，指的是融合了科幻和奇幻元素的作品；而人们所熟知的“science fiction”则更加准确地指代了我们比较熟悉的科幻小说概念。

因此，科幻文学特征的第一个关键词——“科学”概念便凸显出来了。这是可以最直观地显示科幻小说“区别性特征”的概念。尽管科幻文学作品中的故事情节往往是虚构的，但这种虚构的情节却不完全是天马行空的想象，而是以科学因素作为主要架构的。

事实上，正是由于科幻小说具有科学这一特别因素作为支撑，早在20世纪初，当鲁迅等文学家把当时被称为“科学小说”的科幻小说译介到中国的时候，就是抱着用其中的科学因素来启迪民智的目的。例如，鲁迅在所翻译的凡尔纳的科幻小说《月界旅行》（现译本通常题为《从地球到月球》）的“辨言”中曾经写道，科幻小说的特点在于“经以科学，纬以人情”。意思是说科幻小说可以在讲述一个动人的故事的同时，把科学的概念融入其中，从而把探索科学精神的动力传递给读者，起到润物细无声地普及科学的作用。因此，鲁迅认为：“导中国人群以进行，必自科学小说始。”这一论断明确地提出，要把让公众能够普遍接受的科幻小说当成让人们意识到先进科学技术巨大作用的一把“金钥匙”。

科幻小说的“想象力”与“忧患意识”

20 世纪的人们生活在一个“幻想成真”的时代。随着科学技术的迅猛发展，越来越多的曾经只能存在于幻想之中的事物已经逐渐变成了现实。但是科幻文学仍然不断拓展着人类想象力的边界。这种对未知的好奇心和探索精神也推动着一部部具有代表性的科幻文学作品不断涌现。

1818 年，一位名叫玛丽·雪莱的女士突发奇想：如果不通过自然生殖的办法来创造生命，而是通过电力将生命“注入”由人的尸体碎块拼合而成的躯体之中的话，会发生怎样的故事呢？于是就有了世界上第一部真正意义上的科幻小说《弗兰肯斯坦》。

人类可以在三维空间里自由移动，但在时间长河中，人们还只能“随波逐流”地沿着线性时间来生活。不过，赫伯特·乔治·威尔斯在他的科幻小说《时间机器》中就把时间视为了第四个可以自由活动的维度。这样一来，人们进行时间穿越的幻想就变成了科幻世界中的“现实”。《时间机器》在一定程度上成为包括《哆啦 A 梦》在内的各种各样穿越主题科幻作品的创意鼻祖。

几千万年前，恐龙曾经是地球的统治者，如果人类通过先进的生物技术手段，让这些已经变成化石的生物重获生命，那么会发生怎样的事情呢？迈克尔·克莱顿在科幻小说《侏罗纪公园》里就为读者们复活了这些曾经的地球霸主。这部小说在被导演斯皮尔伯格搬上大银幕之后，取得了巨大成功，一次又一次地引起了世界范围内的“恐龙热”。

自从人类将探索的脚步迈向太空以来，曾经引起人们无数幻想的火星逐渐揭开了它的神秘面纱。随着科技的发展，人类登陆火星的梦想也会逐渐成真。登上火星的人会顺利生存下去吗？安迪·威尔的科幻小说《火星救援》给读者们讲述了一个火星“鲁滨孙”绝地求生的故事……

从以上科幻作品中可以看出，除了将科学理论和技术应用作为主要的故事构建因素之外，所有科幻小说的一个永恒的立意关键词可以被概括为一个英文短语——“what-if”，意思是“假如”出现了一个怎样的前提，“就会”发展出怎样的结果。这个短语正是科幻小说中想象力的源泉。美国科幻小说家厄休拉·勒奎恩曾经直言，在科幻小说中，基于“what-if”的假设给创作者们带来了无穷的想象空间。而深入阅读这些不同主题的科幻小说，不仅能够开阔人们的视野，也能够激发人们的想象力，特别是能够提高其批判性思维能力，这种能力对于我们理解现实世界中的相关因素，具有很强的促进作用。

2018 年，中国科幻作家刘慈欣在荣获“克拉克想象力服务社会奖”的时候，曾经在演讲致辞中提到，科幻小说是一种基于想象力的文学。然而，令人深感遗憾的是，现实生活中的人们却往往容易陷于温水煮青蛙式的麻木状态，每天疲于应对各种琐碎事务，难以跳出现实的窠臼去思考一些更加超脱的问题，甚至会去回避平淡的生活表象之下潜藏的危机。用刘慈欣致辞中的话来说就是：“说好的星辰大海，你却给了我 Facebook（脸书）。”在他看来，人们在过去相当长的一段时间里过多地关注了生活的安乐，并没有在思想上真正意识到未知的忧患的存在。科幻作家韩松在一篇题为《科幻是大国雄心的表达方式》的文章中也曾经说过，科幻作品的意义之一，就是针对未来人类可能面临的威胁进行预警，而故事架构的基础和解决问题的关键往往是科学。这也正是科幻小说的实际功能之一。

从这个意义上说，科幻小说可以被视为一种具有严肃的现实观照的文学类型，虽然在整体故事构建中蕴藏着天马行空的想象，但其主题却是深深地植根于现实的土壤之中的。1981 年，被誉为“中国科幻之父”的郑文光先生提出了“科幻现实主义”这一概念，并做出论断：“科幻小说的现实主义不同于其他文学的现实主义，它充满革命的理想主义，因为它的对象是青少年。”现代科幻作家陈楸帆则认为“科幻是当今最大的现实主义”。因此，从科幻小说中凸显出的现实主义思想是中国科幻作者构建本土科幻传统的有力尝试，也折射出中国文化所特有的人文关怀。

科幻小说能否对未来进行有效“预测”呢？不可否认的是，有些科幻文学作品的故事架构的确与现实不谋而合。比如在威廉·吉布森于1984年出版的科幻小说《神经漫游者》中，就有对互联网、赛博空间以及如今还属于科技开发尖端的“脑机接口”技术的文字描述。不过，计算机技术在当时还远远没有普及，甚至威廉·吉布森自己还是在打字机上一字一句地敲出整篇小说的。

那么，可以据此认为某些科幻文学作品真的具有一定的预言性，能够精准地告诉我们未来可能发生的事件吗？对比现实的生活经历，很多人会有一种被科幻文学作品的描述“不幸言中”的感觉。不过当我们冷静下来之后就会发现，在科幻的世界里，此类主题的作品可谓浩如烟海，各种作品中描述未来的版本也不尽相同：有乌托邦式的，也有反乌托邦式的；有描述科技发展的光明未来的，也有叙述黑暗恐怖的世界末日的。而人们所经历的，不过是科幻文学对未来众多可能性进行叙事的一种。所以完全可以说，科幻小说中的故事基本上是纯属虚构的，如果与现实雷同，那也只是一种巧合罢了。要是就此认定科幻小说能够预言未来或者引导现实发展，那未免有些本末倒置了。

从其叙事本质来说，科幻小说在一定程度上可以被视为基于现实社会以及未来科技发展的趋势和影响所发生的想象，更多的则是根据某种科学概念，推导出人们在某种情况下所做出的可能性活动。在故事叙述过程中，主题、情节、科学架构、矛盾冲突和作者的想象力都是不可或缺的重要因素。

驱动科幻小说情节发展的“思想实验”

科幻小说叙事的最大特征就是其“思想实验”特性，即以前文中所提到的“S. F.”缩写中的一个单词“speculative”（推测性）为基础，在文学的世界中安放一个预设的前提，在一个虚构的世界中推断人们的行为和人性的走向。推动科幻小说情节持续发展的，则是其中的“主题矛盾”。换言之，设置合理的矛盾冲突是任何科幻小说创作都无法回避的关键词。

刘慈欣曾经在一篇题为《超越自恋——科幻给文学的机会》的文章中，提到了科幻作家汤姆·戈德温的经典短篇科幻小说《冷酷的方程式》。这是一部对刘慈欣本人的创作思想产生过重要影响的作品，特别是其中的“冷酷”因素在他的作品中以不同的形式得以再现，比如《三体》中所构建的“零道德”的宇宙公理，包括那句常常被引用的“毁灭你，与你何干”等等，都是一个个十分“冷酷”的例子。2007 年，作家刘慈欣和学者江晓原曾经就思想实验的命题进行过深入的探讨，讨论重点为一个虚构的情境：如果世界即将毁灭，幸存下来的三个人只有吃掉其中的一个才能生存并将人类文明延续下去，那么在这种情况下，“吃人”是不是一个理性的选择呢？

这个看似残酷的命题源自哲学家菲利帕·福特在 1967 年提出的著名伦理学思想实验——“电车难题”。这个思想实验的内容十分简单：一辆有轨电车失去了控制，司机看见前方的轨道上有五个人。司机可以任凭电车继续前行，这样一来，这五个人一定都会被撞死（这五个人不知何故都无法离开轨道）；司机也可以将电车转向，开到一条岔路上，而这样只会撞死另一个人。那么司机是否应当把电车开到人少的轨道上，撞死一个人，而不是五个人呢？[①]

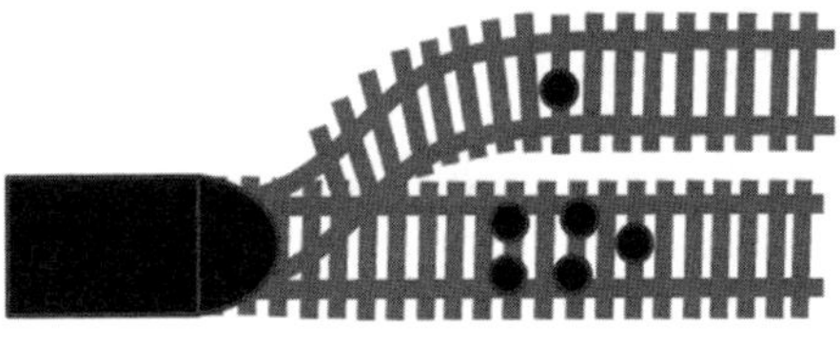
“电车难题”思想实验示意图

“电车难题”在诸多语境中出现过不同的变体，充分表现出伦理学中“道德”与“功利”之间的矛盾，这也是科幻作品中的常见母题之一。比如，在科幻电影《星际穿越》中，当地球面临毁灭的时候，究竟是建造宇宙飞船搭载少部分人逃生，还是让所有人都有平等的逃亡机会呢？电影中的科学家决定放弃地球，孤注一掷地派宇航员穿越“虫洞”去寻觅宜居行星，寄希望于通过星际移民的方式逃离灾难。而与此同时，留在地球上的人类就只能“听天由命”了。《星际穿越》里制订和实施计划的主体是以美国

① 卡思卡特．电车难题．宋沉之，译．北京：北京大学出版社，2014：3－4.

作为主导的，因此体现的是一种典型的美国式价值观。

在2019年上映的科幻电影《流浪地球》中，地球同样面临着生死存亡的抉择。但中国人却选择了另外一条路——“带着地球去流浪”。这个举动充分体现了中国传统的人文特色。特别是在电影的高潮部分，当地球被木星的引力俘获的时候，如何逃离这个困境就成了整个影片的主题矛盾所在。在电影中，当救援团队刚刚提出点燃木星大气，用爆燃产生的冲击波来推动地球逃生的方案的时候，人工智能MOSS就指出，这个做法经过人工智能的计算，是行不通的。但在影片末尾，点燃木星大气却是唯一能够使地球摆脱困境的办法，这是为什么呢？其实，这个情节并没有导致前后矛盾，因为MOSS在计算的过程中忽略了一个条件——表面上看是领航员空间站储存的备用燃料，其本质则是以主人公刘培强为代表的人类，特别是中国人在困境中所表现出的牺牲精神。这种充满人文主义色彩的情感因素是“纯理性”的人工智能所无法理解的，是真正人性光辉的体现，这也体现出电影《流浪地球》中强烈的中国特色。可见，科幻作品的最高境界正是对于“人性”主题的探索和表现。

“陌生化”——科幻小说中重构的“疏离”现实

科幻作家陈楸帆在为作家七月的科幻小说《群星》所作的序言中提出了一系列关于优秀科幻小说的判断标准。他认为，一部优秀的科幻小说应该至少具备三个特征：在主题中提出重要问题，在故事叙述中唤起情感上的联结共鸣，而在表述方式上表现出“陌生化”的审美体验。

所谓的“陌生化”审美体验，完整名称是“认知·陌生化”（cognitive estrangement），它由加拿大科幻文学研究学者达科·苏恩文所提出。根据这一理论，科幻小说中所表现出来的看似陌生的情节、场景与内容，从本质上来说，是对现实生活的“疏离化”表现形式，而这种表现形式和叙事内容则是符合人们的理解和认知规律的。比如弗兰克·赫伯特在作品《沙丘》中塑造的沙漠国度明显带有阿拉伯国家的影子，故事中攫取香料的活动凸显出现代社会对石油能源的争夺和国家之间的政治博弈；

威尔斯的《世界之战》所表现的是两个文明之间的正面冲突；而科幻小说《安德的游戏》通过一个天才少年的成长历程，刻画出十分深刻的时代背景；等等。

科幻研究学者宋明炜在《中国科幻新浪潮：历史·诗学·文本》一书中指出：科幻小说中塑造的世界是“认同”和“异质”的组合，其本质在于为读者塑造一个不同于现实的“他者”的形象，这个形象的原型，可以是一种文化、一种文明，甚至是我们自己的潜在思想①。

正是在“认知·陌生化”机制的作用下，科幻小说的读者们可以更加清楚地从另一个视角看待这个已经“久而不闻其香，即与之化矣”的现实世界。例如，陈楸帆在其代表作《荒潮》中，就通过一种“赛博朋克”的科幻风格为我们呈现出对现实世界的再现和反思，印证了“科幻就是最大的现实主义”的论断。

从“小众化”的点子到“大众化”的作品

科幻小说常常被描述为“小众人的大众文学”。从本质上说，科幻小说的创作者们，其实是一个能够耐得住寂寞的群体。科幻作家飞氘曾经做过一个很形象的比喻：“科幻更像是当代文学的一支寂寞的伏兵，在少有人关心的荒野上默默地埋伏着，也许某一天，在时机到来的时候，会斜刺里杀出几员猛将，从此改天换地。但也可能在荒野上自娱自乐，自说自话，最后自生自灭，将来的人会在这里找到一件未完成的神秘兵器，而锻造和挥舞过这把兵器的人则被遗忘。”② 这种说法并不是空穴来风，因为很多作品的起始的“点子”并不是很大众化的话题。

比如科幻小说《三体》的故事创作缘起，可以追溯到美国在 20 世纪 70 年代所发射的“旅行者”号宇宙探测器，探测器上搭载了一个标记着地球在宇宙中的位置的光盘，而刘慈欣就是根据这个信息点开启了自己

---

① 宋明炜．中国科幻新浪潮：历史·诗学·文本．上海：上海文艺出版社，2020：71.

② 夏笳．寂寞的伏兵：当代中国科幻短篇精选．北京：生活·读书·新知三联书店，2017：11.

的发散性思维，想象如果外星人捕捉到了这颗探测器，进而发现了地球的位置的话，会给地球带来怎样的影响。正是这样一个简单的假设，最终促成了《三体》系列小说的诞生。

科幻创作是这样，对科幻小说的解读也是如此。一百个人眼中有一百个哈姆雷特。不同的人对于同一部科幻作品的接受和理解程度可能是完全不同的。除此之外，科幻文学的发展和壮大也离不开外部环境的促进。近年来，正是由于中国国力的日益强大、科学技术的长足发展、民众综合科学素质的逐步提升，人们才对《三体》这样的科幻小说作品、《流浪地球》这样的科幻电影作品产生了浓厚的兴趣。

科幻作家雨果·根斯巴克有一部小说题为《大科学家拉尔夫 124C·41＋》，题目中的这串字符初看上去似乎毫无意义，但如果用英语读出来的话，正是英文“one to foresee for one another”（意为“相互预言”）的谐音。这一短语正揭示了科幻文学与现实生活之间的密切关系。不可否认的是，随着宇宙空间开发、生物技术、人工智能等领域中科学技术的深入发展，留给科幻作家的幻想空间正在变得越来越狭窄，因为越来越多的幻想已经或者正在变成现实。例如科幻作家阿瑟·克拉克在其经典科幻小说《2001：太空漫游》中，就曾经设想过这样一个情景：在火箭发射升空后，推进器部分按照预先设置好的轨迹逐渐降落回发射场，并可以在下一次运载发射过程中重复使用。在作者创作这部小说的时候，这段描述还只是科幻小说中“未来技术”的代表。然而近几年来，随着可回收火箭技术的日渐成熟，小说中曾经的“科学幻想”逐渐变成了“技术现实”。

在科技发展日新月异的现代社会中，文学领域的“科学幻想”和技术领域的“科学应用”正在逐渐呈现出一种高度融合的状态。“科幻”与“科学”之间的亲密关系与日俱增。科幻小说不仅仅在文字叙述的层面将科学发展的未来可能性直观地呈现在读者面前，更从心理上激发了读者对科学应用的好奇心和兴趣。在历史上，包括天文学家爱德文·哈勃、卡尔·萨根在内的许多著名科学家，都是因为小时候受了科幻作品的影响，进而投身科学研究的。如果今天的年轻人也能够通过阅读科幻小说激发出对科学的兴趣，从而投身科学研究，成为未来的科学工作者，那么这将是科幻小说对科学界的最大贡献。

学者阿尔文·托夫勒在《未来的冲击》一书中提出：科幻小说在今天比任何其他作品都更具价值，它不仅能够引导个人的人生，还能够引导群体和世界的未来。从科幻小说阅读和创作的关键词中不难看出，科幻小说作为一种具有强大生命力的文学类型，既包括主题向度中对可能世界的推测，也包括对现实社会描述的认知疏离，还包括对科学技术因素的理解和对科学架构的运用。恰如发明大王托马斯·爱迪生的那句名言——“天才是百分之一的灵感加上百分之九十九的汗水”，科幻小说中也有着“百分之九十九”的科学架构、故事情节、人物塑造、哲学思考，加上“百分之一”的创造性想象力作为启发，从而为读者构建出一个重新审视自身的现实的“镜子”。也正因为如此，无论是硬科幻中“星辰大海”的雄心壮志，还是软科幻里“诗和远方”的浪漫温情，都会为读者带来面对生活的好奇心、面对未来的想象力、面对现实的批判性思维；这种创新性思维方式，正是人们在“重识”科幻之后所得到的最大收获。

写作点津：踏上写作的“征途”

中国科幻作家凌晨在《创意写作七堂课》一书中，写下了一句非常具有哲理的话：“有人说，科幻小说很难写，那是骗人的！有人说，科幻小说没有套路，那也是假的……”

对于许多刚刚开始接触写作的创作者来讲，直接写出一部像科幻小说《三体》或者《银河帝国》那样的鸿篇巨制，然后一鸣惊人、名利双收，这是一个不可能完成的任务。正如古语所说“不积跬步，无以致千里”，所有的伟大构想，其实都可以分解为一系列小小的阶段性目标。而一个阶段性目标的实现，也将成为一部完整的作品不断走向成熟的动力。

1. 保持创作的信心

创作者要首先对自己的写作能力保持足够的信心。成功不是一蹴而就的。那些看似遥不可及的伟大作家的创作历程，其实都是从零开始的。因此，创作者在动笔之前，要提前对自己的写作活动进行激励。常见的自我激励手段包括给自己定下一个让人热血沸腾的目标宣言，贴在墙上每天会看到的地方，或者设置为自己的电脑桌面；此外，还可以着手给自己的作品设置一个封面，用一个想象中的“成品”促进自己朝着最终目标前进；甚至可以先给自己脑海中的作品进行一番“书评”，用“逆向努力”的方法鼓励自己坚持下去……只有保持足够的信心，才能应对写作过程中出现的各种困难和挑战。

2. 注重阅读的输入

科幻小说从阅读输入到写作输出的过程，某种程度上很像学习一门外语的过程。比如当学习者进行阅读、听力练习的时候，就是对外在的信息的“输入”；而在进行语言表达、书面写作的时候，就是对脑海中内部信息的“输出”。而在从输入到输出的转化过程中，表现出的是学习者自己的思考活动和思维能力。

刘慈欣在科幻评论随笔集《最糟的宇宙，最好的地球》里就列举了一系列曾经带领他走上科幻之路的经典作品，包括《2001：太空漫游》《与拉玛相会》《战争与和平》等等，足可见阅读输入对创作者的深远影响。在进行阅读输入的过程中，有两个重要的内容需要长期坚持：一是要读“完整的书”，指的是创作者对科幻小说作品的整体阅读输入，而不是东鳞西爪地去读一些片段或摘录；二是要读“真正的书”，指的是在阅读的过程中需要保持一定的独立思考的能力，使自己免于受到一些评论或他人观点的影响。

3. 发现闪光的点子

对创作者而言，科幻小说的写作并没有那么多条条框框的要求。最重要的，就是需要时刻保持对生活的观察和思考，发现创作的闪光点。其中两个方面是需要特别考虑的：首先，培养自己对科学技术知识的学习兴趣和对科学发展前沿的关注习惯。科幻小说的一大特征是其科学架构，失去了科学架构的科幻文学也就失去了灵魂。因此，对科学知识的学习永远不可忽视，特别是在创作过程中，更应该注重科学原理、技术应用的逻辑性。否则，科幻作品一旦出现了科学架构的“硬伤”，对读者的吸引力就会大打折扣。其次，在写作过程中突出闪光的点子，包括别具一格的创意和想象，可以尝试从不同的角度切入写作主题。

4. 进行勇敢的尝试

市面上，向人们讲授如何进行文学创作的书籍可谓汗牛充栋、不胜枚举。许多作家在成名之后，也会总结自己的成功经验和写作心得，供读者参考。不过从创作者的角度来看，这些经验之谈，仅仅是理论而已。“他山之石”只有在真正的“攻玉”实践中才能发挥作用。在有了写作的创意、激发出创作热情之后，创作者还需要持续地将一腔热情转化为具体的写作行动。正所谓“纸上得来终觉浅，绝知此事要躬行”，对于科幻文学创作而言，找到绝佳的创新点只是写作行为的第一步，而想要取得成功，必须实际动笔才可能实现。因此作家詹姆斯·贝尔提出了一句关于写作的至理名言：“先写，再写好。”特别是创作者在写作初稿的时候，要勇敢地把自己的想法倾诉到纸上，而不必过于纠结“成品”的效果如何。

5. 培养良好的心态

人们常说“心态决定命运”。在一项创作工程开始之后，创作者往往会在创作过程中感受到不同的心理变化。一个常见的心理困境就是紧张焦虑、急于求成的心态。创作者长期处于紧张焦虑之中，并不利于将写作创意转化成作品中的文字。因此，有作家认为：写作崇尚的是一种“自由又任性”的状态。与其每天绞尽脑汁地焦虑地思考，不如在一个放松的状态下写作，任由故事中的人物和情节“信马由缰”似的发展。

此外，定下工作量，规定每天的写作时间或者写作字数也是个很好的办法。2023 年“雨果奖”的获奖者、中国科幻作家海漄在一次采访中曾经说过，因为工作繁忙等原因，他有的时候会写得很慢，“写两万字大概需要两三个月”。对此，海漄的应对策略就是“自律”——提前制订创作计划并严格执行。用他自己的话说，“比如说今天我决定要写 1 000 字，就一定要写足”。每天定时定量的写作规律往往是创作者写作生涯中最有效的习惯。

以科幻作家刘慈欣为例，2019 年火遍中国的电影《流浪地球》其实改编自他多年前创作的作品。在 2015 年前，虽然《三体》早已出版，但除了圈子里的科幻爱好者之外，他的名字并不为大众所熟知，而“大刘”（科幻爱好者对刘慈欣的昵称）却并没有因此放弃，而是持续创作，直至取得成功。这种“十年窗下无人问，一举成名天下知”的发展历程其实是很多著名作家的共同特征。由此可见，当一个科幻创作者踏上写作的漫漫长路之时，“耐得住寂寞、禁得住诱惑”是应该长期保持的心态，只有坚持才是成功的捷径。

加油！

【思政提升】

科幻小说的魅力之一，在于将冷峻的科学架构与温情的人文关怀有机地结合起来。一方面，科幻小说在故事叙述中展现科学、自然的宏大力量，在构建严肃的主题的同时，引导读者进行理性思考；另一方面，科幻小说的主题往往对人类所面临的共同问题进行关注，在通过“陌生化”的叙事模式引导人们重新审视自身的同时，促使人们感悟人性之美，一定程度上体现出向上、向善的思想特征。

从这一点上看，科幻小说的主题思想特征契合了党的二十大报告中所提出的“世界眼光”“进步潮流”“普遍关切”等关键词，具有很强的积极意义。

【拓展练习】

1. 回想一下，哪部科幻小说给你留下了最为深刻的印象？分析一下在这部小说中“认知・陌生化”理论是如何产生作用的。

2. 思考一下，你最感兴趣、最想写的科幻小说主题是哪个？可以从哪几个方面入手，做好写作准备？

3. 结合“思政提升”模块内容及本章主题，思考一下，作为一种文学类型的科幻小说，是如何以超脱的视角对全人类所面临的共同问题产生关切的？

第二章

“时间旅行”的历史与未来——《时间机器》

太阳形成的光带上上下下地晃动着，不出片刻已从冬至到了夏至，又从夏至到了冬至。在一分钟或者更短的时间内，一年就过去了。时间分分秒秒流逝，白雪掠过大地，继而消失不见，明媚而短暂的春天接踵而来。

——赫伯特·乔治·威尔斯：《时间机器》

赫伯特·乔治·威尔斯（Herbert George Wells，1866—1946），英国科幻小说家，新闻记者，社会学家。1895 年出版的《时间机器》是威尔斯的代表作，之后他又创作了《莫洛博士岛》《隐身人》《世界之战》等多部科幻小说。20 世纪科幻小说的诸多主题，如“时间旅行”“外星人入侵”“反乌托邦”等等都曾经出现在威尔斯的作品中。

引 言

“时间”是什么？

奥古斯丁在《忏悔录》中写道：“时间究竟是什么？如果没有人问我的话，我倒还清楚；不过要是有人问我的话，我越想说明，就越茫然不解。”中国古代伟大的教育家孔子则通过比喻的修辞手法来描述时间的流逝——“逝者如斯夫，不舍昼夜”。

由此可见，对于人类而言，与其说时间是能够被感知的实体，倒不如说它更像是一种只可意会、不可言传的抽象概念。

在现实生活中，人类无法摆脱时间的桎梏，只能被动地承受着时间的流逝。然而，在科幻小说的世界中，时间不仅是传统意义上叙事顺序的参照坐标，也成为推动情节发展不可或缺的主要因素。正是由于时间具有无法描述却客观存在的特性，科幻作家们才有了“脑洞大开”的基础。科幻小说中的主人公，往往不再是时间的奴隶，而是变成时间的主宰，不仅仅可以通过各种技术手段，在时间的维度中自由穿越，甚至可以对其进行分割、重组。

英国作家赫伯特·乔治·威尔斯的经典作品《时间机器》被誉为穿越主题科幻小说的鼻祖。从文学赏析的角度来看，《时间机器》中充满了巧妙的故事叙述；从哲学思考的角度来看，《时间机器》中提出了时间穿越带来的矛盾及其解读；从科学架构的角度来看，《时间机器》对可能实现的时间穿越进行了技术性探讨……

《时间机器》——小说速读

小说《时间机器》中有两个主要人物。一个是被称为“时间旅行者”的主人公，他是一个科学家，也是“时间机器”的发明者。在小说中，这个人物并没有一个确定的名字，作者通篇用“时间旅行者”这个代号来称呼他。小说的“叙述者”是作品中的“二号人物”，他是时间旅行者的朋友，对时间旅行这种新鲜技术抱有极大的好奇心，在小说中承担了叙述者的角色。

故事是从时间旅行者的家里开始的。有一天，他邀请了包括小说叙述者在内的一群朋友来到家里，向他们展示了自己的研究成果——一台可以在“时间”维度中进行穿梭的时间机器。时间旅行者向朋友们解释了机器运作的原理，声称自己将乘坐这台时间机器去探索未知的世界。

一周之后，朋友们在约定的时间来到了时间旅行者的家里，但作为主人的时间旅行者却迟迟没有露面。正当大家十分疑惑的时候，时间旅行者衣衫褴褛、疲惫不堪地走进屋子。在拿起餐桌上的食物一顿狼吞虎咽之后，他开始向朋友们介绍自己的历险经历。

原来，时间旅行者乘坐时间机器进入了未来的世界，停在公元802701年。他发现自己来到了一个全新的世界。在这个伊甸园般的世界里，他见到了未来的人类——一个被称为“埃洛伊人”（Eloi）的种族。埃洛伊人身体柔弱，长相精致，像一群无忧无虑、天真无邪的孩童。时间旅行者在河边救下了一个差点被淹死的姑娘威娜，威娜也因此对时间旅行者产生了很强的依恋之情。

好景不长，另外一个种族——莫洛克人（Morlock）出现了，他们长相丑陋，举止粗野，生活在地下，只有晚上才从地下爬出来，靠捕食埃洛伊人为食。莫洛克人偷走了时间机器，把它藏在满是机械设备的地下洞穴里。

为了打退莫洛克人，寻找时间机器，时间旅行者点起一堆火，不料这堆火不仅烧死了莫洛克人，也夺走了威娜的生命。

时间旅行者再次开启时间机器，开始了前往未来的两段航程。当他第一次停下来的时候，发现地球上已是一片破败的景象。人类不知所踪，巨大的螃蟹般的动物和白色的蝴蝶般的动物主宰了整个世界。在第二次航程中，时间旅行者来到三千万年后，看到的景象更加触目惊心：太阳变成了一个红色的低垂的圆球，地球停止了转动，到处是一片死寂。在血红的海岸边，只有长着长长的触角的巨大物体在蠕动。

这就是时间旅行者回到约定的时间后向朋友们讲述的“未来之行”的故事。正当大家半信半疑的时候，他从兜里掏出了威娜送给他的已经枯萎了的花，让人们相信了这个匪夷所思的故事。

在小说的结尾部分，叙述者再次来到时间旅行者的房间里，看着他再次坐上时间机器出发，继续进行时间探险，但是这次他再也没有回来……

《时间机器》中的“进化论”叙事

科幻小说《时间机器》开了许多先河，最具代表性的例子莫过于人们熟知的“时间旅行”这一概念。这个词语在英文中写为“time travel”，最早被收录在1914年版的《牛津词典》之中。它的词源，正是1895年威尔斯创作的《时间机器》中的“时间旅行者”（time traveller）。

在科幻小说领域中，《时间机器》可谓家喻户晓。这部作品不仅曾经多次被改编成电影，还成为后续一大批科幻创作者的灵感来源，促使他们在各自的作品中对“时间旅行”这一主题进行各种不同形式的演绎，比如《回到未来》中博士驾驶的汽车、《超人》中的超光速飞行、《星际穿越》中的黑洞引力、《大话西游》中的月光宝盒、《神话》中的前世姻缘等等，都成为“时间旅行”的手段。甚至在美剧《生活大爆炸》中，也有主人公谢尔顿带领一群“极客”致敬时间机器的场景。

《时间机器》这部科幻小说之所以会产生如此深远的影响，一方面在于它在故事叙述中具有开创性地将“时间”视为一种客观存在的实体环境，使主人公能够借助技术工具，在时间维度中自由行动。这一设定形成了更加严谨的科学架构，与之前的同主题作品中通过魔法、梦境等方式进行“穿越”的行为有明显的区别。另一方面，《时间机器》在叙事框架中构建了一个未来视角的世界观，对时间旅行者在八十万年后所见到的埃洛伊人和莫洛克人这两个未来种族的外貌特征、社会形态等方面都进行了事无巨细的描绘。其中一个突出的细节特征，就在于对这两类人物的外貌描写。例如，作者对未来的埃洛伊人外貌的构想是这样的：

他是一个细瘦的人——大概有四英尺①高——身穿紫袍，腰间束着一条皮带，脚上穿的是凉鞋或半高筒靴——我看不清楚是哪一种。他裸露着膝盖以下的腿，头上没戴帽子。看到这一点，我才注意到天气是多么温暖。

他给我留下的深刻印象是非常漂亮优雅，但又脆弱得难以言表。他发红的面容使我想起了更加漂亮的肺病患者——就是我们过去经常听说的那种肺病美人。看到他，我突然又恢复了自信。我放开了抓着机器的手。

…………

这时，我更加靠近地看他们的容貌，在他们漂亮得像德累斯顿瓷器的脸上进一步看到了一些特殊的东西。他们的头发一律卷曲，到脖子和脸颊处突然停住，脸上连一根汗毛都没有。他们的耳朵非常小；嘴也很小，嘴唇呈鲜红色，相当薄。小小的下巴尖尖的；眼睛大而温和。

…………

他们都穿着同样的服装，柔软的脸上都没有汗毛，而且都有女孩般浑圆的四肢。②

看来八十万年后的埃洛伊人具有比较高的“颜值”。那么处于同一时代的莫洛克人的外貌又如何呢？

我提心吊胆地转过身，看到一只像猿一样古怪的小动物，样子特别，耷拉着脑袋，迅速穿过我身后的阳光地。它跌跌撞撞地碰在了一块花岗岩上，踉踉跄跄地跌倒在旁边，不一会儿又躲到了另一堆残垣断壁下的黑影里。

我的印象当然并不全面，但我知道那是暗白色的，长有一双奇

---

① 1英尺约等于0.3米，下同。

② 威尔斯．时间机器．青闰，译．南京：译林出版社，2012：22-23，27.

怪的淡灰红色的大眼睛，我还知道它头上和背上长有淡黄色的毛。不过，正如我说的那样，它跑得太快了，我没能看清楚。我甚至说不清它是用四条腿跑，还是只用低垂的前肢跑。

…………

你们几乎无法想象他们人鬼不如的脸多么让人厌恶——那些苍白的、没有下巴的脸以及没有眼睑、粉中带灰的大眼睛——茫然而困惑地盯着我![1]

看到这里，如果小说的读者将自己代入八十万年后的时代，那么他们会选择成为外貌柔弱美丽、衣食无忧，但却手无缚鸡之力的埃洛伊人，还是想成为相貌丑陋、生性凶残、高高地坐在食物链顶端的莫洛克人?

八十万年之后的人类是不是真的会变成这两种模样，人们从科学理性的角度是不得而知的。不过威尔斯在《时间机器》这部科幻小说中所进行的如此大胆的设想，却并不是空泛的想象，而是有一定科学依据的合理推测。

在威尔斯少年时代的求学经历中，科学家托马斯·赫胥黎对他产生过很大的影响。作为进化论坚定拥护者的赫胥黎曾经挺身而出，公然挑战维多利亚时代强大的宗教传统观念，捍卫达尔文的理论。1863 年，赫胥黎曾经写道：“人类一切问题的问题，隐藏在所有问题背后，而且比它们当中的任何一个都更有趣的这个问题，是确定人在自然界中的位置，以及他与宇宙之间的关系。”威尔斯对恩师赫胥黎钦佩有加，因此他所创作的很多科幻小说都在一定程度上带有这位被称为“达尔文斗士”的科学家所主张的进化论思想。

此外，威尔斯生活的时代也成为《时间机器》中人类不同进化结果的灵感来源。作家狄更斯在小说《双城记》开头的描述，在一定程度上成为这个时代的特征的精准写照：“这是最好的时代，这是最糟的时代；这是智慧的时代，这是愚蠢的时代；这是光明的季节，这是黑暗的季节；这是希望之春，这是失望之冬；人们面前应有尽有，人们面前一无所

---

① 威尔斯．时间机器．青闰，译．南京：译林出版社，2012：43，52.

有……”19 世纪末，英国的工业革命达到巅峰。但与此同时，自资产阶级工业革命开启以来所形成的两个阶级——资产阶级和无产阶级之间的分化和矛盾也日渐突出，终日养尊处优的资产阶级群体和每天辛苦劳作的无产阶级群体在生活方式、性格特征等方面都出现了明显的区别。

威尔斯将这种社会阶层分化的现实与生物科学中的演化理论结合起来，并以此为基础，进行了严谨的推想。在《时间机器》中，莫洛克人和埃洛伊人可以被视为作者生活的时代中无产阶级和资产阶级在八十万年之后分化而成的两种迥异的人类形态。但与现实生活有所不同的是，在小说中，埃洛伊人虽然占据了地面，衣食无忧，却仿佛被豢养的牲畜一样，不仅仅弱不禁风，甚至会在夜间沦为莫洛克人的猎物。而莫洛克人虽然长相粗糙丑陋，终日生活在地下，干着粗笨的工作，却处于食物链的顶端，占据着“王者”的地位。这样一来，莫洛克人推翻埃洛伊人的统治，并把他们当成食物的描写在一定程度上体现了劳动阶级对资产阶级的报复。

威尔斯在《时间机器》中对未来的想象不仅限于人类外貌和行为的变化。当时间旅行者离开八十万年后的世界之后，继续前往更加遥远的未来时，小说中出现了这样一幅情景：

> 远处荒凉的斜坡上传来一声刺耳的尖叫，我看到一只像是巨大的白蝴蝶的东西倾斜着拍翅飞上天空，盘旋着消隐于那边的一些低丘里。它的叫声是那样凄凉，我浑身颤抖，赶忙在机器上坐稳身体。我又一次环顾四周，看到不远处我原以为是一块淡红色岩石的东西正在向我慢慢移动。随后，我看到这东西其实是一只像巨蟹一样的怪兽。你们能想象出那边像桌子一样大的螃蟹吗？它的许多腿缓慢而不稳地爬动着，大螯摇晃，长长的触须像赶车人的鞭子一样在摇晃摸索；突起的眼睛在金属似的面孔两侧向你闪动；背上呈波状，长着难看的节疤和斑斑点点的淡绿色硬壳。我可以看到，它爬行时，结构复杂的嘴里伸出许多扑动摸索的触须。①

---

① 威尔斯．时间机器．青闰，译．南京：译林出版社，2012：80－81.

在这段文字描述的未来环境中，埃洛伊人和莫洛克人都已经不复存在了，取而代之的是两种动物——白色的蝴蝶和凶恶的巨蟹。这两种动物是怎么来的？它们分别指代什么呢？

从人们对这两种动物的印象来看，白色的蝴蝶看起来十分柔弱，不堪一击；而凶神恶煞的巨蟹则长相丑陋，既有坚固的外壳保护自己，又有粗壮的大螯作为进攻武器。相信看到这里，很多读者心中都已经能够想到这两种动物的“祖先”分别是什么了。

因为深受赫胥黎主张的进化论思想影响，威尔斯认为，人类在进化方向上也有无尽可能，会不断受到周围环境以及自身需求的影响。因此，在《时间机器》中，威尔斯大胆地进行了推测：八十万年后的埃洛伊人如果继续进化，就会变成千万年后的白色蝴蝶，而地下的莫洛克人的进化结果则是地面上恐怖的巨蟹。

在时间旅行的末尾，时间旅行者看到了更加恐怖的末日图景。在那个世界上，一切生物都消失殆尽，只剩下低垂在天幕上的血红色的太阳和地面上残留的苔藓一样的植物。这种死气沉沉的末日景象，恰如其分地体现出威尔斯对人类未来的深刻忧虑。正如他曾经给自己写下的一句短小的墓志铭中所表达的那样：“上帝将要毁灭人类——我警告过你们。”

威尔斯的科幻小说与同时代的儒勒·凡尔纳的作品在主题基调上有着明显的区别，其中一个显著的特征就在于威尔斯的科幻小说往往体现出对未来的忧虑感。但是这种悲观的主题却往往伴随着一丝温情的光亮出现，正如小说《时间机器》的末尾所叙述的那样：

> 让我慰藉的是，我身边有两朵奇异的白花——现在已经枯萎、扁平、易碎，变成了褐色——它们会证明，即使精神和肉体已经离去，感激之情和彼此的温情仍会留在人们的心里[①]。

《时间机器》中的“波卡洪塔斯”叙事逻辑

在《时间机器》中，当时间旅行者把时间机器停在距离现在八十万

---

① 威尔斯．时间机器．青闰，译．南京：译林出版社，2012：90.

年的时间点时，他看到了一个奇怪的建筑。小说中是这样描述的：

> 我的感觉难以描述。当冰雹柱渐渐变细时，白色塑像更加清晰可见。塑像非常高大，因为一棵白桦树才触到它的肩部。塑像是白色大理石雕的，形状有点像长有翅膀的斯芬克司，但翅膀不是垂在两侧，而是伸展开来，仿佛要展翅翱翔。在我看来，底座似乎是青铜铸造的，上面生了厚厚一层铜绿。塑像的脸正巧面对着我，两只看不见的眼睛好像注视着我，嘴角带着淡淡的微笑。塑像受到了严重的风雨侵蚀，露出了一副让人不快的病态。①

无独有偶，和威尔斯同时代的法国科幻作家凡尔纳曾经写过一本《冰上斯芬克司》。在书中，他续写了美国作家爱伦·坡的小说，描述了南极地区一座酷似“斯芬克司像”的山峰，这座山本身是一个强大的磁极，会把驶近的船只上的铁器甚至铁钉都吸引过去，造成船毁人亡的惨剧。在很多文学作品中，“斯芬克司”这个概念都代表着会带来巨大危险的神秘力量。

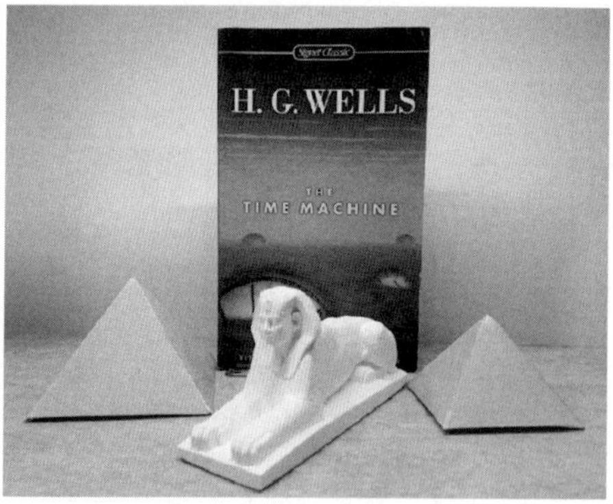

白色的“斯芬克司”在《时间机器》中具有特殊意义

在希腊神话中，斯芬克司是一个女怪。她坐在路边，拦住过往的路人，让他们猜谜：“什么动物早晨用四条腿走路，中午用两条腿走路，晚上用三条腿走路？腿最多的时候，也正是他走路最慢、体力最弱的时候。”很多人都因为没有猜出谜底而被吃掉了。不过后来有一位名叫俄狄浦斯的智者猜中了正确答案——“人”。因为人处于婴儿时期的时候，只能用四肢爬行，这就像是早晨初升的太阳，光线柔和；而到了成年，就会用两条腿走路，这就是如日中

① 威尔斯．时间机器．青闰，译．南京：译林出版社，2012：19.

天的强壮时期；等到了晚年，往往需要拐杖辅助，看起来像三条腿一样，这就是像日薄西山的暮年时光。因为谜底被揭穿，斯芬克司羞愧万分，跳崖而死。在现实生活中，最大的斯芬克司雕像就是位于埃及哈夫拉金字塔旁边的“狮身人面像”。

作为一部科幻小说，《时间机器》的故事叙述有缜密的逻辑。在小说开头，作者就曾经埋下一个伏笔：时间机器启动时，只会在时间维度穿梭，不会发生空间位移。乘坐着时间机器的主人公是不可能出发时在英国，而抵达时在埃及的。因此，出现斯芬克司雕像的唯一解释，就是后人修建了这样一座标志性建筑。那么，此处出现的斯芬克司雕像，意义何在呢？

此处，这一建筑的出现，具有不同的文化象征意义：

第一层含义源自斯芬克司的谜语这一隐喻，即人类对自我的认知，正如《时间机器》中时间旅行者追寻人类的未来一样。这是威尔斯的直接用意之一。

第二层含义则与威尔斯生活的时代密不可分。在英国全球扩张的鼎盛时期，世界上包括埃及在内的诸多地区都曾被英国霸占，成为其殖民地。对于大多数英国民众而言，这种带有强烈异域风格的“地标性”建筑是当时相对落后的东方形象和异域文化的代表。但在小说中，这样一个“落后”的异域文化符号却在八十万年后被堂而皇之地建在大英帝国的本土上。这一情节明确地表现出威尔斯对当时处于鼎盛时期的英国未来的隐忧。从这个意义上来说，《时间机器》可以被视为一部帝国衰退的寓言，威尔斯想要告诫人们：英国不会永久处于巅峰状态，衰退的一天迟早会到来。

此外，《时间机器》中出现的一个特殊的人物——威娜，也具有很强的隐喻含义。对于这个人物，小说中是这样描述的：

> 我当时正看着一些小人儿在浅水里沐浴，其中一个突然抽筋，开始顺流漂去。尽管水流相当急，但即使水性不太强的人也能应付。因此，当我告诉你们这个呼救的弱者在这些小人儿眼前沉下去，他

们都没有一个想方设法去救时，这会让你们感到这些人先天不足。我认识到这一点后，赶紧脱掉衣服，然后在下游的一个尖岬处涉水过去，抓住那小人儿，把她安全地拉上了岸。我在她的四肢上揉了一会儿，她很快就醒了过来。我还没离开，就满意地看到她已经平安无事了。我对她这种人评价很低，所以就没有指望她的任何感激。然而，我在这一点上是错了。[①]

在现实生活中，如果有人看到同伴落水，则要么会大声呼喊、寻求救助，要么会想尽各种办法，积极施以援手。但是在《时间机器》中的埃洛伊人却截然相反。他们不仅没有去进行救援，而且表现得若无其事、无动于衷，就像是毫无人性的动物一样。由此可见，小说中的埃洛伊人虽然衣食无忧，但思想和感情上已经处于极其麻木的状态。

不过，被时间旅行者救上来的女孩威娜却是个"另类"，她在获救之后，对时间旅行者表现出极其依赖的态度，而时间旅行者对威娜也关爱有加，两人的关系可谓亲密有加：

下午我遇到了那个小女人，我相信就是她。当时我正从探险地回自己的中心区，她欢呼着迎接我，并向我献上了一个大花环——显然是专门为我一个人做的。这个小女人使我想入非非，很有可能是我一直感到孤独吧。不管怎么说，我尽量显出欣赏礼物的样子。我们很快在一个小石亭里坐下来，开始交谈，主要是用微笑。这个小女人的友善像孩子的友善一样完全打动了我。我们相互递鲜花，她吻了我的手，我也吻了她的手。随后，我设法与她交谈，得知她叫威娜，尽管我不知道这名字是什么意思，反正好像恰如其分。一种奇特的友谊就这样开始了，这场友谊持续了一个星期，就结束了。[②]

按照故事叙述的惯性逻辑，在这个叙事节点上，时间旅行者往往有

---

① 威尔斯．时间机器．青闰，译．南京：译林出版社，2012：40.

② 同①.

两个选择：一是干脆留在这个时代，和威娜长相厮守；二是把威娜带上时间机器，一同回到出发的时代，两个人也会幸福地生活下去。然而，《时间机器》的故事则并不像想象的那么浪漫。威娜在一场大火中失去了生命，时间旅行者独自返回了自己的时代。

事实上，威尔斯这样设置人物命运的原因，除了突出故事叙述的悲剧性之外，也具有明显的时代特征。

英国经济学家杰文斯曾经不无自豪地描述威尔斯生活时期的英国国力：“北美和俄国的平原是我们的玉米地；芝加哥和敖德萨是我们的粮仓；加拿大和波罗的海是我们的林场；澳大利亚、西亚有我们的牧羊地；阿根廷和北美的西部草原有我们的牛群；秘鲁运来它的白银；南非和澳大利亚的黄金则流到伦敦；印度人和中国人为我们种植茶叶；而我们的咖啡、甘蔗和香料种植园则遍及印度群岛；西班牙和法国是我们的葡萄园；地中海是我们的果园；长期以来早就生长在美国南部的我们的棉花地，现在正在向地球的所有的温暖区域扩展。”因此，生活在全球扩张时代的英国人在心理上产生了极大的优越感。在这种心理因素的影响下，很多以冒险、探险为主题的英国文学作品中都出现了十分明显的“帝国主义”叙事模式。

在当时很多作品的叙事“套路”中，男主人公通常被描述为一名年轻、英俊的白人殖民者。在接受了探险任务后，他和自己的未婚妻依依惜别，独自踏上前往遥远、蛮荒之地的征服之路。在到达殖民地之后，这位男主人公通常会遭遇当地土著居民的敌视、威胁甚至袭击。但他往往表现出极大的勇气，不为所动，甚至还会从异族人的手中（或野兽的口中）救出一个年轻、漂亮而且思想开化的当地女子，这个女子被男主人公的行为感动，义无反顾地爱上他，帮助他了解当地文化，完成探险任务。但这个女子毕竟是“异族”人物的代表，虽然背离了自己的本族文化，却无法永远追随这个来自“高级”文明的探险者（更何况男主人公在家乡还有心上人）。因此她的“最佳”结局通常是在毫无保留地帮助完探险者之后，在激烈的冲突或意外中死去。这样一来，男主人公既完成了自己征服蛮荒之地的使命，又不必对这样一段感情纠葛抱有任何愧疚之情，可以“心安理得”地返回祖国，与未婚妻团聚，继续自己飞黄腾达的生活轨迹。而在殖民地遇到的那个悲情女子，只不过是在男主人公心底留下了一份浪漫的回忆罢了。

这一类型的故事情节在当时的文学作品中很具有代表性，甚至在现代的许多文学作品中也屡见不鲜。其根源正是大英帝国鼎盛时期各类探险小说中的“波卡洪塔斯”叙事逻辑。

波卡洪塔斯是历史上真正存在的人物。她曾是生活在美国弗吉尼亚州的印第安人酋长的女儿，真名叫 Matoaka。波卡洪塔斯是她的印第安语昵称，意思是“活泼的、顽皮的”。这个印第安女孩与大多数族人不同，对当时的英国殖民者表现出强烈的好感和信任。她不仅致力于在殖民者与印第安人之间进行斡旋，甚至还嫁给了一名殖民者。然而波卡洪塔斯却命运多舛，二十多岁就因病英年早逝（也有传言认为她是被谋杀的）。因此，后人把这种描述欧洲探险者与探险地女人之间的恋情的故事，定义为“波卡洪塔斯”主题。美国华特迪士尼公司于 1995 年制作并发行的动画电影《风中奇缘》（*Pocahontas*）就是取材于这个真实的历史故事。

不难发现，“波卡洪塔斯”叙事逻辑也在一定程度上对《时间机器》的故事架构产生了影响。例如，时间旅行者可以被视为离开英国前往蛮荒之地的“拓荒殖民者”，只不过他是在时间中穿梭，而不是来到某个具体的地理环境。作为外来殖民者的时间旅行者到达八十万年后的“目的地”之后，与当地的女子威娜相爱。然而，他与当地女子的爱情却无法在殖民者的探险故事中持久存在，而是随着威娜的死亡而告终，而殖民者则会继续拓荒，或返回“文明世界”。

在《时间机器》这部小说中，威尔斯不仅表达了对英国发展的未来的忧虑，也突出了其深刻的文化主题。其中最令人印象深刻的故事核心莫过于对“时间旅行”活动的描述。威尔斯的“脑洞大开”在让人感叹之余，也不由得使人心生疑惑：这种“时间旅行”的设定符合科学规律吗？

《时间机器》的科学架构溯源

科学家富兰克林曾经说过：“你热爱生命吗？那就别浪费时间，因为时间是组成生命的原料。”两千年前，中国乐府诗中也有“少壮不努力，老大徒伤悲”的慨叹。这些名言警句都在劝诫人们珍惜时间，因为时间的不断流逝不仅仅是无法感知的，更是无法控制的。正如朱自清在散文《匆匆》中写道：“洗手的时候，日子从水盆里过去；吃饭的时候，日子从饭碗里过去；默默时，便从凝然的双眼前过去。我觉察他去的匆匆了，伸出手遮挽时，他又从遮挽着的手边过去，天黑时，我躺在床上，他便伶伶俐俐地从我身上跨过，从我脚边飞去了。”不过不可否认的是，“时间”这种特殊的元素对人类的生命具有极其重要的意义。

“时间”究竟是什么呢？

人们常说“时光如水，生命如歌”。但是，时间与流水真的相似吗？我们可以亲眼观察到水的流动，但有谁真的观察过时间呢？没有实际表象的时间又怎么能不断“流逝”呢？即使是时钟“滴答滴答”地不断运转，也只不过是通过一种机械计量的方式，对无法触摸、无法控制的时间进行人为的显示。所以，对于人类而言，与其说时间是能够被感知的实体，倒不如说它常常是一种抽象的“修辞方法”一般的存在。

在科学领域中，虽然“时间”被视为一种物理量，但它既不是能量，也不是物质，只能被度量，却无法被承装。以光在宇宙中的传播为例，身处地球上的人类抬头所观测到的太阳，其实处于一种“过去时”的状态。以地球与太阳之间1.5亿千米的平均距离进行计算，光线从太阳发出，到进入人的视网膜所经历的时间大概是8分钟。换句话说，如果太阳在一瞬间“熄灭”的话，那么地球也要等到8分钟之后才会陷入黑暗。同理，人类在地球上能观测到的、距离地球最近的恒星系的比邻星，其实是4.2年之前的比邻星。由此推而广之，在宇宙的尺度下，人类所能够观察到的一切宇宙图景，都是已经发生的既成事实。因此，科幻作家刘慈欣在科幻小说《三体Ⅱ·黑暗森林》中，就借一个人物之口，说出了“光锥之内就是命运”的科幻命题。

在维多利亚时期的英国，人们对客观世界的“第四维”进行过多种多样的定义，甚至倾向于把这第四个维度视为所有肉眼看不见的、神秘的、未知的东西的“藏身之所”。不过威尔斯却冷静得多，从《时间机器》的叙事中可以看出，时间旅行者之所以能够把时间机器创造出来，所依靠的科学理论架构，正是把时间视为客观、具体的“第四维”。关于这一点，小说是这样进行描述的：

> “你们肯定知道，数学上的一条线，高度为零的一条线，其实根本不存在。他们是那样教的吧？数学上也没有平面，这些纯粹都是抽象的东西。”
>
> “说得不错。”心理学家说。
>
> “只有长、宽、高的立方体，其实也无法存在。”
>
> “我反对这种说法，”菲尔比说，“固体肯定可以存在。所有真实的东西——”
>
> “多数人都这么认为。不过，等一会儿。一个瞬时立方体能存在吗？”
>
> “不明白你的意思。”菲尔比说。
>
> “一个根本没有持续时间的立方体能真正存在吗？”
>
> 菲尔比陷入了沉思。
>
> “显而易见，”时间旅行者接着说道，“任何真实的物体都必须向四个方向延伸：它必须有长度、宽度、高度和持续时间。可是，因为人体天生的缺陷——这一点我一会儿向你们解释——我们常常注意不到这个事实。其实有四维空间，其中三维我们称为空间的三个平面，第四维，就是时间。”①

威尔斯在《时间机器》中通过合理的科学幻想，在小说叙事中对“时间第四维”的理论进行直观呈现，这样的描述也让越来越多的现代科

① 威尔斯．时间机器．青闰，译．南京：译林出版社，2012：2.

学家开始严肃地看待、研究这种穿越方式的可能。作为科幻小说作家，威尔斯的思路极具前瞻性。《时间机器》创作于 1895 年，而爱因斯坦则是在几年之后才在相对论中正式对时间的维度特征进行系统的科学论述的。根据爱因斯坦的狭义相对论，粒子和能量的维度转化是可能的，因此“时间穿越”也就有了理论基础。这种对时间概念的重新认知，也进一步激发了人们对客观世界中所存在的这一特殊维度的兴趣。由此可见，《时间机器》中的科幻叙事一度走在科学研究的前面。

在现实生活中，科学界普遍认为有三种可能的穿越方式，即“虫洞”“黑洞”和“超光速运动”。然而，截至目前，这三种模式仍然只是理论上的可能性，没有人能够成功地通过实践来进行验证。

为了验证人类在未来是否有可能真正造出“时间机器”，科学家霍金曾经于 2009 年进行过一个著名的“宴席实验”。这一天，他坐在一间墙上装饰着气球、桌上摆着香槟和美食的房间里，静静等待着客人。房间里的横幅上写着：“欢迎时间旅行者。”不过，与人们平时举办宴会时提前通知宾客的惯例有所不同的是，霍金在宴会前并没有向任何人发出邀请，而是等宴会结束后才签发请帖，上面不仅有宴会举办的时间，还细心地标注了地理经纬度。霍金认为，“未来人”如果有能力制造出时间机器，并且看到这份请帖的话，那么一定能够“穿越”到所约定的时间和地点来和他见面。但是宴会之后，霍金面对前来采访的媒体不无遗憾地说：“我为时间旅行者举办了一场宴会，宴会结束后才发出邀请。但我在那里坐了很久，一个人也没来。”

霍金通过这种反证法，以一种思想实验的方式做出判断：“时间机器”在我们可以预见的未来是没有被建造出来的。的确，从现实科学的角度来看，“时间穿越”至今为止还被认为是一件不可能的任务，因为在这种思想实验中，时间旅行活动不可避免地会遇到一些难以逾越的障碍。

“时间旅行”的困境：从“蝴蝶效应”到“外祖父悖论”

科幻小说家雷·布拉德伯里创作过一部经典的“时间旅行”主题科

幻短篇小说，题为《时间狩猎》。小说讲述了在未来，人类真的造出了时间机器，从而带动了一个全新的旅游产业——穿越到史前时代去猎杀恐龙。但是，参加这项活动的猎手必须严格遵守规则，绝不能擅自行动。他们所选择的猎物也是“必死无疑”的。换句话说，时间猎手们所猎杀的对象是那种即使不被人为地杀死，也会由于其他各种原因死亡的恐龙。组织者制定如此严格的规定的目的，就是要把“时间穿越”的影响降到最低。然而，在一次远古狩猎活动中，一个猎手因为过于恐惧，不小心踩死了一只蝴蝶，而这只蝴蝶恰巧是进化链条上的一个重要物种，等他们回到未来的时候才发现，踩死一只蝴蝶这一看起来微不足道的事件，却对他们生活的现实世界产生了翻天覆地的影响。

这部小说后来被改编成电影《雷霆万钧》。在电影海报上，最引人注意的就是一只蝴蝶的形象。这一方面对应着小说原著中猎手踩死蝴蝶的行为，另一方面也代表着“时间旅行”无法绕开的影响因素之一——“蝴蝶效应”。

“蝴蝶效应”理论源自气象学家洛伦茨所绘制的气象学计算模型，对这个概念的一个通俗解释就是：“一只南美洲亚马孙河流域热带雨林中的蝴蝶，偶尔扇动几下翅膀，就可以在两周以后引起美国得克萨斯州的一场龙卷风。”

这听起来似乎不可思议，不过细想起来，却有些道理。正如在西方广泛流传的一首民谣：

丢失一个钉子，坏了一只蹄铁；
坏了一只蹄铁，倒了一匹战马；
倒了一匹战马，伤了一位骑士；
伤了一位骑士，输了一场战斗；
输了一场战斗，亡了一个帝国①。

① 刘毅．英文谚语辞典．北京：中国青年出版社，2001：128. 初始内容为：For want of a nail，the shoe is lost；for want of a shoe，a horse is lost；for want of a horse，a rider is lost. 文中所引用的谚语为富兰克林根据传统谚语改编而成。

当然，如果单纯把一场龙卷风的起因直接确定为一只蝴蝶翅膀的扑扇，或者把一个帝国的衰亡完全归咎于一颗小小的钉子的丢失，这种理由似乎太过牵强了。但是，“蝴蝶效应”作为混沌学的经典理论之一，其本质并不在于针对结果追溯出一个明确的原因，而在于凸显出在一个封闭系统里某些因素的影响作用的放大效果。

“蝴蝶效应”在时间旅行主题科幻作品中广泛存在，并由此衍生出另外一个更加深刻的哲学思考，也就是被称为“外祖父悖论”（也被称为“外祖母悖论”“祖父悖论”等）的思想实验。这一悖论的内容可以在法国科幻小说家勒内·巴雅韦尔于 1943 年出版的小说《不小心的旅游者》中找到原型。在这个思想实验所设定的环境中，一个人通过“时间旅行”的方式回到过去，在自己的父亲出生前把自己的祖父母杀死；因为祖父母死了，他的父亲自然就不会出生了；而没有了他的父亲，这个“穿越者”也就不会出生；但如果穿越者没有出生，那么又是谁穿越回去把自己的祖父母杀死的呢？这样一来，“时间旅行”的行为就形成了一个首尾循环、无法打破的怪圈。

在科幻作品中，因为时间穿越活动而引发的“外祖父悖论”屡见不鲜：在 1985 年上映的科幻电影《回到未来》中，男主人公马丁乘坐着博士发明的时间机器回到过去，正好来到了自己父母年轻的时代。不料，正值豆蔻年华的母亲竟然对仪表堂堂的马丁一见钟情。这是“外祖父悖论”的典型表现：如果马丁不能让父母相爱并结婚，他自己就根本不会出生。因此在影片中，每当马丁父母的感情危机降临的时候，他随身带着的一张照片上自己的形象就会变得模糊起来。为避免消失的命运，马丁只好想方设法促使自己的父母相爱，最终得以安全回到出发的时间。

在经典科幻电影《终结者》中，未来世界被人工智能“天网”统治。人类成立了抵抗军，与机器人阵营进行了你死我活的战争。为了一劳永逸地除掉人类抵抗军的领导者，机器人阵营派遣了一名生化机械杀手，通过时空隧道回到过去，去杀死一位名叫莎拉·康纳的女士，这位女士正是人类抵抗军阵营领导者约翰·康纳的母亲。人类阵营当然不甘就此失败，也派出了一名战士回到过去拯救莎拉，经过激烈的斗争之后，终结者最终被消灭。从叙事逻辑来看，《终结者》的故事留下了两个悬而未决的问题：第一个问题是，莎拉与未来人类阵营派来的抵抗战士相爱，最终怀孕并生下了未来的人类抵抗军领导者约翰·康纳。这样一来，原本生活在未来的人，却在进行时间穿越后成为历史人物的父亲，形成生物学范畴里的“外祖父悖论”。第二个问题是，当终结者被摧毁之后，科研人员收集到它残留的碎片，通过逆向工程发明了“天网”和“终结者”。那么这种最终导致人类陷入困境的技术的真正来源又是何处呢？比如，未来有一个能够造出时间机器的科学家，他乘坐时间机器回到过去，把制造方案和图纸交给了年轻时候的自己。这样一来，时间机器的来源就被隐藏在一个“闭环”之中了。因为年轻时候的科学家所拥有的时间机器并不是自己创造的，而是年老的自己交给他的，而未来的老年科学家的时间机器图纸又来自年轻时的自己。这样一来，现在的信息来自未来，未来的信息又源自现在，信息的起源就消失了，从而产生了一个“鸡生蛋、蛋孵鸡”的循环故事。由此可见，以“外祖父悖论”为代表的思想实验已经对“时间旅行”故事架构的合理性产生了影响。

正如希腊哲学家赫拉克利特所说，“人不能两次踏入同一条河流”，同一个人也不可能两次出现在同一个时间点上。在诸多有关“时间穿越”的思想实验中，“外祖父悖论”真的无解吗？也不尽然，有不少科学家在这个问题上进行了深入的研究，提出了多种解决方案。

比如，以美籍日裔物理学家加来道雄为代表的物理学家把“平行宇宙”理论视为解决“外祖父悖论”的方法之一。这一理论认为，人类所处的世界并不是孤立存在的，而是由无数个平行宇宙构成的。当一个人进行“时间穿越”的时候，并不是沿着唯一的时间线“逆流而上”地回到过去，而是创造出了一个与原本所在的宇宙完全一样的平行宇宙。因此，当穿越者“返回”过去的某个时刻，甚至杀死自己的祖父母时，所杀的其实是“穿越”行为本身创造出的那个新的平行宇宙中的人，而这个穿越者出发的“原”宇宙中的祖父母是平安无事的。这样一来，穿越者便不会因为陷入悖论而消失了。

按照这一理论进行推演，科幻小说中所进行的“时间旅行”很可能只是在一个个平行宇宙间进行穿梭。时间机器更像是一架在不同的平行宇宙间进行跃迁的机器。时间旅行者无法改变自己所处的世界的历史，却可以自由进入平行宇宙，去改变另外一个世界的未来。在科幻电影《复仇者联盟 4：终局之战》中，复仇者联盟的成员们进行“时间穿越”去杀死反派灭霸，目的是阻止后来出现的屠杀行为。但按照“平行宇宙”理论来解释的话，他们所去的是另外一条时间线。也就是说，他们杀死的是一个平行世界中的灭霸。这一行为对他们原来的世界中的既成事实没有任何影响，该发生的还是会发生。

除了用“平行宇宙”理论解释历史的唯一性之外，科学家们还推想出一种“制约理论”，也被称为“香蕉皮机制”，用来解决时间旅行所带来的“蝴蝶效应”“外祖父悖论”等矛盾。这种制约机制将时间旅行的思想实验视为可能，但事先设定了时间穿越活动的前提，即穿越者无法对现实的历史进行任何扰动，以此避免现实的历史被随意篡改。以“外祖父悖论”为例，当某个穿越者想要实施某种影响历史进程的行为，比如准备开枪射杀自己的外祖父时，一定会有某种“巧合”，或者出现某个意外情况，对这个活动产生干扰。比如穿越者的枪会突然卡壳，或者即将被子弹击中的外祖父会因为踩上一块香蕉皮而滑倒，恰好避开了射来的子弹。一系列的偶然行为会对这个可能改变既成历史的行为产生消解作用。这一点很像是在电影《星际穿越》的末尾，宇航员来到时间维度之中，成为一个“沉默的观察者”，虽然可以看到、听到曾经发生的历史事件，却永远无法参与其中。换言之，也许时间旅行已经幻想成真了，但“香蕉皮机制”就像一面单向玻璃，让现实生活中的人们无从得知时间旅行者的存在。这样的设定在一定程度上保证了我们所经历的历史是永远不会被改变的。

由“蝴蝶效应”“外祖父悖论”等思想实验引发的对历史活动的假设也激发了科幻作家们的无限遐想，进而在科幻小说的故事叙述中形成了一类以“或然历史”为代表的主题设定。对此，我们将在“蒸汽朋克”主题科幻小说的研读中进行详细探讨。

“时间旅行”主题科幻作品的延伸阅读

有人曾用通俗的语言对科学家爱因斯坦的相对论进行解释：“比如你和最喜欢的人坐在火炉边，一个钟头过去了，你觉得好像只过了五分钟；反过来，你与一个你很憎恶的人坐在一起，或者你一个人孤孤单单地坐在火炉旁，只过了五分钟，你却感觉像坐了一个小时那么久。这就是相对论。”这个例子的重点在于通过人的主观感受来描述处于不同心理状态下的人对时间产生的不同理解。

从科学的角度来看，客观世界中时间的流逝速度也会“因人而异”吗？

答案是：有可能。1911 年，法国物理学家朗之万在世界哲学大会上提出过一个被称为“双生子佯谬”的思想实验：假设有一对孪生兄弟，其中一个人留在地球上，另外一个人乘坐一艘接近光速飞行的火箭在太空中进行长途旅行。等在太空中旅行的人回到地球的时候，虽然自己感觉时间没过多久，但会发现留在地球上的兄弟已经老去了。人们尽管无法通过亲自动手实验来进行验证，但是通过理论计算，的确可以发现由物体的运动速度所引发的时间差异，这一结论对爱因斯坦的狭义相对论提出了挑战。

以《时间机器》为代表的文学作品，让“时间旅行”这一科幻主题在近现代西方读者中广受关注。而在中国古代的文学作品中，“时间”这一客观维度早已成为构建故事叙述、推动情节发展的主要因素之一了。比如，在人们熟悉的古文《桃花源记》中，以捕鱼为业的武陵人来到了与世隔绝的桃花源，“问今是何世，乃不知有汉，无论魏晋”。似乎这种绝世独立的生活使时间停滞不前了。由此可见，对于时间的流逝，置身于桃花源内的人与桃花源外的人有着完全不同的感受和理解。英国小说家詹姆斯·希尔顿在小说《消失的地平线》中塑造的“香格里拉”在一定程度上成为“桃花源”的再现。

中国历史上第一部古代文言纪实小说总集《太平广记》收录了唐代

沈既济的一篇题为《枕中记》的传奇小说。在小说中，赶考的卢生在旅店里偶遇一位神通广大、通晓仙术的道士吕翁。看到卢生一直在感叹自己生不逢时，吕翁便拿出一个瓷质枕头让卢生睡下。在梦中，卢生考取了进士，迎娶了清河崔氏，升官发财，过着衣食无忧、子孙满堂的生活。最后，经历过大起大落，享尽了荣华富贵的卢生在临终之时突然惊醒，发现自己还在小旅店里，吕翁还坐在自己的身边，而店主所做的小米饭还没有熟。主人公在梦中度过了一生，而在现实中不过是转瞬而已，两种时间流逝的速度产生了强烈的对比。这个故事正是“一枕黄粱”“黄粱美梦”等成语的来源。在《时间机器》诞生之前，这种通过梦境进行“时间穿越”的叙事方式曾经是常用的构思手段。

在传统神话领域中，对于时间流逝和变幻的描写则更是五花八门。中国人所发明的围棋就有个特别的名字，叫作“烂柯”。这个名字的来源就涉及一个和时间有关系的典故：相传晋朝时期，有一个叫作王质的樵夫，居住在衢城（今浙江省衢州市）。有一次他去城东的石室山上砍柴，刚好看到两个童子正在下棋，于是王质就停下来，把柴和斧子放在一边，专心致志地看起下棋来。过了一会儿，王质准备拿起斧子回家的时候，竟然看到斧子的木柄已经完全腐烂了。而当他回到村里时，却发现时间已经过去了几十年，原来的左邻右舍都已经老去，甚至不在人世了。这个典故被收录在南北朝的《述异记》中。正是因为王质看下棋的时间如此之长，以至于斧子的木柄都腐烂了的缘故，人们常常把围棋称为“烂柯”。

类似的情节也出现在日本的传说故事《浦岛太郎》中。浦岛太郎曾经被邀请到龙宫里做客，当他在龙宫里住了几天再回到岸上的时候，发现时间已经过了几百年。同样，在小说领域，美国作家华盛顿·欧文所创作的《瑞普·凡·温克尔》、威尔斯在 1899 年首次发表的《当睡者醒来时》等作品都利用了这种“天上方一日，地上已千年”的时间差设定。

作家马克·吐温也于 1889 年创作过一部幻想小说《康州美国佬在亚瑟王朝》，其中就出现了关于“时间旅行”的描述。根据劳拉·米勒在

科幻小说中的时间可以被任意“加工”

《伟大的虚构》一书中的介绍，马克·吐温是在读过马洛礼的骑士传奇《亚瑟王之死》之后，萌发了创作这部作品的念头的。在马克·吐温的笔下，一位生活在19世纪康涅狄格州的美国人意外撞到头部，竟然奇迹般地出现在6世纪的亚瑟王时代。作为一个“来历不明”的怪人，他被投入监狱，并被判处火刑。巧合的是，他清楚地记得那年发生日食的时间，因此宣称自己有将太阳抹去的神力。当日食发生时，人们大为惊恐，立刻把他奉若神明。在被释放之后，这位“康州美国佬”很快融入了当时的生活，不仅用自己掌握的现代技术打败了著名的魔法师梅林，甚至开始着手进行大刀阔斧的经济、政治改革。于是，工厂、水泵、电网、报纸，甚至机关枪等技术产物纷纷出现在亚瑟王时代。轮子代替了马蹄，枪炮代替了长矛。这个被尊称为“老板”的美国佬，其影响力甚至超过了当时的国王，成为亚瑟王朝举足轻重的人物。

《康州美国佬在亚瑟王朝》的知名度远远不及《汤姆·索亚历险记》等小说，因而并没有给广大中国读者留下深刻的印象，但这个“康州美国佬”的经历从另一个角度显示了作者马克·吐温对“时间穿越”这一话题充满幽默的理解和幻想。不过，主人公因撞到头部而发生“时间穿越”的经历既不是通过技术手段实现的，也无法得到科学、合理的解释，因而这部作品能否被归入科幻小说的范畴，还有待商榷。

历史穿越小说《寻秦记》是中国香港著名武侠小说作家黄易的代表作之一，并被多次改编成影视作品。在这个故事中，科幻元素和传统武侠实现了完美的结合。主人公项少龙原计划通过时间穿越，到大秦王朝去见证秦始皇嬴政登基的历史时刻，却因为时间机器的故障阴差阳错地成了那个时代的“缔造者”之一。而在故事末尾，项少龙在秦朝娶妻生子，他的儿子竟然是后来灭亡秦朝的西楚霸王项羽，这可谓时间旅行主题小说和现实历史开的一个大大的玩笑了。

科幻作家罗伯特·海因莱因曾经创作过一篇题为《“你们这些回魂尸——”》的科幻小说，被称为世界上“最烧脑”的作品之一。在这部小说里，主人公“我”在酒吧里工作时，遇到了一个男子，他给“我”讲了自己的悲惨经历。原来他曾经是女儿身，名字叫珍妮，从小在孤儿院长大。有一天，她邂逅了一个年轻男子，两人相爱，但这个男子却不告而别，只留下珍妮独自生下了一个女儿，但在生孩子的时候出现了意外，医生发现珍妮是一个双性合体的人，为了保住她的性命，医生不得不为她做了手术，把她变成了一个男人。但珍妮生下的女儿又在育儿室里遭到不明人士的绑架而失踪了。于是这个由珍妮变成的男子开始自暴自弃，变得穷困潦倒。这时，“我”向这个男子亮出了自己的身份，其实“我”是服役于时间穿越局的时空特工，并承诺可以把这个男子带回过去，让他教训一下那个抛弃珍妮的负心汉，前提条件是他回来后要加入太空军团服役，男子答应了，于是他们一同回到了过去，但这个男子转而和一个女孩相爱了，然后这个叫作“珍妮”的女孩怀了孕。“我”把接受招募的年轻男子带回未来送入太空军团服役，接着来到珍妮女儿降生的时候，把这个女孩绑架走，并通过时间旅行回到更遥远的过去，把她抛弃在一家孤儿院门口，这个女孩将在那里长大，被起名为“珍妮”。“我”回到未来，给了正在太空军团服役的男子一个升职的机会，提拔他为时间穿越局的时空特工，并给他安排了一个在酒吧乔装为酒保的工作，这个酒保的任务之一就是等待一个自称曾经是女孩“珍妮”的男子……

英文中有一句谚语“We are slaves to nothing but the clock”，意为能够奴役我们的只有时间。在现实生活中，人类虽然有崇尚自由的天性，但在“铁面无私”的时间面前，往往一筹莫展。然而，在各类科幻小说作品构建的世界中，人类却成了时间的主人。看不见、摸不着的时间不仅仅可以被压缩、被延长，任人自由切割、拼合，甚至可以像一个实际存在的空间一样，让主人公自由地穿梭其中，带领读者体会不一样的历史和未来。

科幻小说中的自由幻想永无边界。无论“时间机器”是否存在，都无法阻挡人们对“时间”这一特殊客观维度的无尽想象。这正是“时间旅行”主题科幻小说的魅力所在。

写作点津：寻找创作的“灵感”

科幻小说的创作和其他类型的写作活动一样，源于一种创新性冲动。在看过诸多成功的科幻小说之后，相信很多人的心中都可能涌起进行创作的意愿：要么希望自己能够像那些著名作家一样，文思泉涌，源源不绝；要么梦想有朝一日能够像科幻作家刘慈欣一样，斩获国际大奖；要么希望有一天能够像拜伦一样，“一觉醒来，发现自己名利双收”。因此，在现实生活中，很多成功的作家都成为创作者们模仿、学习的榜样。不过，正应了那句老话，“说起来容易，做起来难”。当充满雄心壮志的创作者们提起笔来，真正走上写作征途的时候，却往往发现“理想很丰满，现实很骨感”。而写作过程中最经常被提及的一个困难，也是所有创作活动的基础，就是“灵感”来源。

创作灵感是怎么来的呢？中国古代文人常用一句“文章本天成，妙手偶得之”来谦逊地评价自己的文学创作。当然，这种将创作的灵感认定为上天的“恩赐”的观点，一定程度上抹杀了作者个人的努力因素。事实上，“灵感”这个看起来高深莫测的词语，其根源就在生活之中，但使之“妙手偶得”的，并不是上天的恩赐，而是作者自身敏锐的觉察力、迅速的行动力以及抓住创作点子的有效时机。

灵感的来源都有哪些呢？

世界上第一部真正意义上的科幻小说《弗兰肯斯坦》是玛丽·雪莱和朋友们的一次写作比赛的产物，其故事根源则是作者做过的一个噩梦。由此可见，一部优秀的作品的创作灵感可能来自梦境（无论是美梦还是噩梦）。

作家马伯庸在对历史进行深入研读的时候，发现宏观历史中有很多细节语焉不详，因此他将自己的想象力渗透进历史事件的叙事框架之中，在粗线条的历史记录中进行细节“填充”，因此创作出《显微镜下的大明》《长安十二时辰》《两京十五日》等小说作品。由此可见，创作的灵感可能来自历史。

日本作家村上春树说，他在神户生活的回忆，是他写作《挪威的森林》的推动力量。由此可见，灵感可能来自作者本人成长过程中的回忆，即使这种回忆并不总是令人愉悦的。

作家马尔克斯表示，自己从卡夫卡的《变形记》的第一句话中得到灵感，由此开始了他与文学创作相见恨晚的一生情缘。由此可见，灵感可能来自人们喜爱的作家，以及他们的作品给读者带来的影响。

在科幻作家厄休拉·勒奎恩看来，所有的科幻小说作品，都基于一个想象的“原点”，通过一种假设性的推理，形成故事情节。而这种发散想象的动力，则可以被归结为一个英语短语“what-if”。这种主动的想象，就是科幻小说创作灵感的主要来源。事实上，在写作活动中，灵感的作用并不是短时间存在的，它不仅可以带来写作的切入点，也可以同步促进故事叙述中的世界观架构、人物性格、外形塑造方式等不同方面的内容。例如，凡尔纳在创作《80 天环游地球》之前，就敏锐地注意到了一系列现实生活中的工业发展成果，如 1869 年横贯北美大陆的太平洋铁路通车、苏伊士运河开通等等。因此，小说中的主人公福格能在 80 天内完成环球之旅的情节设定并非源自毫无根据的空想，而是来自现实生活中技术进步给作者的启示。

那么，人在什么时候的思维最为活跃，最有可能产生灵感和创意呢？从《80 天环游地球》中主人公“脑洞大开”的冒险经历来看，一个可能的答案就是——“危急时刻”。

很多人在学生时代都曾有过“裸考”的经历，就是在考试前没有充分复习、匆忙上阵应对考试的情况。当然，如果一个学生从来没有认真学习过，那么面对考卷，他很有可能大脑只有一片空白；不过，如果这个学生之前曾经有过认真学习的基础，那么在考场中的紧张感有可能将之前已经储存在潜意识中的知识激发出来，他甚至会灵感爆发，产生自己在平静状态下完全无法做出的举动和思考。

在写作活动中也有类似的情况。一个可谓家喻户晓的例子就是阿拉伯民间故事集《天方夜谭》的由来。相传古代有一个国家叫萨珊王国，国王山鲁亚尔因痛恨王后与人私通，将其杀死，此后，这个国王每天会娶一名少女为妻，但第二天清晨就会把这名女子杀掉。宰相的女儿山鲁佐德为拯救那些无辜的女子，自愿嫁给国王。她在入宫的当晚给国王讲了个故事，引起了国王的兴趣，因为山鲁亚尔迫切地想知道故事的结局，破例没有在第二天清晨杀掉山鲁佐德。因此，山鲁佐德就用每天晚上讲一个故事的方式免遭杀戮。讲故事的活动持续了一千零一个夜晚，最终感化了国王。这本书的另外一个名字《一千零一夜》因此而得。

我们如果将自己代入《天方夜谭》中"山鲁佐德"的身份的话，便会设身处地地理解这种"危急时刻"所带来的创作压力和创意灵感。兵法中所说的"背水一战""置之死地而后生"也同此理。而在文学创作领域中，故事叙述者的这种事先并无准备、现编故事的能力，就是创意的一种表现形式——"即兴创作"。

所谓"即兴"，就是在未经准备的情况下，把人们在无意识中储存下来的经历转化成行为的产物，让灵感产生于特殊的压力之中，产生于创作者解放天性、大胆尝试甚至面临危机的时候。这种将压力转化为动力的创作过程在许多著名作家的写作历程中都可以见到：比如作家雪莉·杰克逊说，她在写作之前对将要创作的故事情节一无所知，如果提前知道了自己要写什么，她就没有兴趣写下去了。

中国科幻作家王晋康在回顾自己走上科幻创作之路的时候曾经提到，他开始写作的最初的原因，就是自己的孩子在晚上睡觉前想听故事。由此可见，王晋康的创作历程与《天方夜谭》中的山鲁佐德，确有不少相似之处。

灵感不仅意味着灵光乍现的写作缘起，也意味着整个故事的构思和情节的发展包括人物的塑造等等。这些重要因素的产生，其背后都离不开灵感的驱动。对一个作家来说，只要是开始写作，就可以随时随地大胆开发并展示创意。因此，创作者可以在日常生活中有针对性地练习即兴创作，在每一个新的情境下进行即兴创作，运用一些自发的、意想不到的、即兴发现的元素创造出属于自己的故事。

【思政提升】

两个多世纪前，一部名为《弗兰肯斯坦》的作品标志着科幻小说的诞生。一个多世纪前，《时间机器》这部作品让"时间旅行"这一科幻主题走进人们的视野。在人类历史发展长河中，"十年""百年"的时间概念往往只是稍纵即逝的瞬间，但一个个"小目标"的实现，往往标志着社会稳步发展的坚实脚步。

恰如中国共产党领导人民用几十年时间完成了发达国家用了几百年才走过的工业化历程一样，作为伴随着工业化发展而兴盛起来的文学类型，中国科幻文学的发展也在几十年中走完了西方科幻文学的百年发展之路，以《三体》为代表的中国科幻小说作品跻身国际优秀科幻作品之列，也实现了科幻小说创作者的"第一个百年奋斗目标"。

【拓展练习】

1. 阅读罗伯特·海因莱因的科幻小说《"你们这些回魂尸——"》，并写一篇读后感。

2. 续写《时间机器》，根据自己对这部小说的理解，给时间旅行者安排一个符合科幻逻辑的命运。

3. 思考一下，自己最喜欢的科幻小说是怎样使用"假如……就会……"的思路构建故事的。

4. 即兴创作一篇以"时间旅行"为主题的科幻小说。

5. 结合"思政提升"模块内容及本章主题，对中国科幻发展历程中的主题变化进行研究，思考不同时期的科幻小说主题是如何反映时代特征的。

第三章

“太空歌剧”的探索与开拓——《2001：太空漫游》

这块石板高11英尺，横切面长5英尺，宽1.25英尺。仔细检查这些尺寸之后，发现三者正好是1∶4∶9——头三个整数的平方。没有人能就此提出合理的解释，但这恐怕不可能是巧合。因为这个比例已达到可测精准度之极限。想到穷尽全地球的科技之力，也没法用任何材料造出比例如此精准的一块板子，更别说是会活动的，实在令人感到自己的渺小。

——阿瑟·C. 克拉克：《2001：太空漫游》

阿瑟·克拉克（Arthur Clarke，1917—2008），英国科幻作家，与美国科幻作家罗伯特·海因莱因、艾萨克·阿西莫夫并称“科幻三巨头”。克拉克最知名的科幻小说是《2001：太空漫游》。该作品于1968年由导演斯坦利·库布利克拍摄成同名电影，成为科幻电影史上的经典名作。其他代表作包括《天堂的喷泉》《与拉玛相会》，以及“太空漫游”系列等等。

引　言

“太空歌剧”（space opera）这一名词是美国作家威尔森·塔克于1941年创造出来的，最早用来批评、讽刺当时科幻小说中的一些粗制滥造的太空故事作品。早期的“太空歌剧”主题小说往往有三个特征：首先，这类小说一般都和太空飞船有关，像航海小说离不开航船一样；其次，此类小说都是探险故事，故事中的主人公必须是人类宇航员或者外星人宇航员（无论是敌是友）；最后，这类小说的故事情节往往冗长拖沓，探险活动似乎永无休止，充满了夸张和猎奇的情节。早期的宇宙冒险故事质量往往不高，只是把西部片的牛仔故事“嫁接”到了宇宙的空间环境中，无外乎一些乘着火箭在宇宙中游荡，征服蛮荒文明，顺便英雄救美的俗套情节。

随着现实科技的发展，特别是在一批被认为身处“黄金时期”的科幻小说家的努力下，“太空歌剧”主题科幻文学中蕴藏的时代意义和重要影响逐渐显露出来，故事情节也呈现出更加精巧的叙事模式。在这些小说家中，与罗伯特·海因莱因、艾萨克·阿西莫夫二人并称为“20世纪科幻三巨头”的阿瑟·克拉克便是最负盛名的一位。

现在，人们通常把像小说《2001：太空漫游》、影视剧《星际迷航》和《星球大战》之类的科幻作品划入“太空歌剧”主题范畴，这些作品描述的大多是人类在宇宙中进行开拓、探险的故事，寄托着人类对宇宙空间的浪漫幻想。

《2001：太空漫游》——小说速读

在三百万年前的古非洲，一群猿人在首领“望月者”的领导下，经历着食物短缺、水源匮乏和其他族群、天敌带来的威胁，生存岌岌可危。

一天晚上，一块“石板”从天而降，发出奇异的声音，显示出复杂的图案，引导“望月者”带领的猿人们学会制造和使用工具进行捕猎，成功渡过生存危机，最终进化成人类。

时间来到现代，海伍德·弗洛伊德博士搭乘宇宙飞船前往月球上的克拉维斯基地参加一场学术研究会议，因为科学家发现第谷地区的磁场显示异常，进而在月球地表之下挖掘出一块巨大的石板。据考证，这块石板已经存在了三百万年之久。这块石板的结构坚固，尺寸呈现出极其精确的1∶4∶9的比例，向人类展示了地球之外存在智能生物的第一个证据。就在阳光照射到这块石板上的时候，它突然发射出强烈的无线电信号，像涟漪一样在宇宙中扩散开来。

接下来，故事叙述的重点聚焦在正在执行土星探险任务的“发现号”飞船上。执行探险任务的宇航员有大卫·鲍曼和弗兰克·普尔，还有其他三位处于人工冬眠状态的宇航员。真正控制飞船的是一台代号为“哈尔9000”（HAL9000）的人工智能电脑。

在飞行途中，“哈尔”提示飞船的通信系统组件发生故障。普尔搭乘分离舱检修时，却遭到分离舱的撞击，殒命太空。与此同时，“哈尔”控制系统杀死了三位正在冬眠的宇航员，并试图杀死留在舱内的鲍曼。鲍曼殊死抵抗，通过拆除“哈尔”的记忆芯片最终控制了飞船。随后，鲍曼通过弗洛伊德博士事先录制的视频得知，原来他们此次任务的真正目的是探索土星的卫星——伊阿珀托斯，因为那里正是第谷石板所发射信号的目的地。

在接近伊阿珀托斯时，鲍曼发现在卫星的一大片椭圆形白色区域中出现了一块黑斑，就像是一颗眼珠一样注视着他。等飞船靠近的时候，他惊讶地发现那块黑色区域竟然是一块巨大的黑石板。鲍曼随即没入黑石板之中，仅仅通过无线电发出了最后一句话：“天哪……这里都是星星！”

鲍曼在这个充满星星的空间中被一种不明的力量加速，四周的星星像轨迹般地被拉长。随后，他发现自己竟然来到了一间旅馆的套房里，看到了一些既熟悉又怪异的场景。等鲍曼入睡之后再次醒来，发现自己已经被塑成了一种新的、不朽的存在，他可以在太空中生存、旅行，可以瞬间回到地球的上空——他变成了“星童”。

太空歌剧的“脚踏实地”与“仰望星空”

英国科幻作家阿瑟·克拉克的科幻小说《2001：太空漫游》出版于1968年，那是一个人类还没有从技术层面完全走出地球的时代。这部经典的“太空歌剧”主题科幻小说的重要意义之一就在于让人们在脚踏实地的同时，抬起头来仰望星空，真正意识到地球之外的宇宙的广袤和神秘。

在日常生活中，人们常常把“宇宙”的概念简化为单纯的地理方位，用来泛指地球大气层外的物理空间。然而，古代的中国人对宇宙却有着极其超前的理解。自春秋战国时期流传至今的古籍《文子》中记载着这样一句话：“往古来今谓之宙，四方上下谓之宇。”这种说法和现代天文学对宇宙的定义不谋而合——现代天文学认为：宇宙是所有时间、空间、物质的总和。

人类在地球上所看到的满天繁星，是宇宙中的所有星体吗？远远不是。地球所在的太阳系，只在银河系猎户座旋臂上占据了一个小小的位置，而银河系整个四条旋臂所跨越的直径大约为100 000光年（光的传播速度是每秒钟300 000千米，一光年是光在一年时间内传播的距离），仅在银河系内，就有大约1 000亿颗恒星。即使是银河系本身，也仅仅在本星系群中占有微不足道的比重，而本星系群的直径大约有10 000 000光年。再往深空探测的话，就会发现本星系群在室女座超星系团中也不过是冰山一角。时至今日，即使人类使用最先进的天文探测仪器，能够感知的观测边界也不超过465亿光年，而在能感知到的范围之外还有什么样的宇宙奇观，恐怕已经全然超过人类自身的想象力了。

北京时间2013年9月13日，“旅行者1号”太空探测器被确认飞出了太阳系，创造了人类发射的飞行距离最远的探测器的世界纪录。科学家卡尔·萨根曾经对“旅行者1号”寄予厚望，他认为：“只要遭遇先进的外星文明，这艘飞船将会被捕获，它所携带的唱片将会被播放。这只漂浮于茫茫宇宙之海上的小小漂流瓶本身，便表明生活在这颗行星上的生命的满怀希望。”北京时间 2017 年 9 月 6 日 0 时 30 分是“旅行者 1 号”发射升空四十周年纪念日，经过“旅行者 1 号”团队和公众的投票，最终选出了给“旅行者 1 号”的寄语：友谊跨越繁星，你并不孤独（We offer friendship across the stars. You are not alone.）。这句话可谓一语双关，既表达了人们对“旅行者 1 号”的牵挂，又表现出人类对其他文明的友善。

“旅行者 1 号”在飞行途中曾拍摄过一张著名的地球照片。1990 年 2 月 14 日，正当“旅行者 1 号”探测器完成首要任务之时，在科学家卡尔·萨根的倡导下，美国国家航空航天局（NASA）向“旅行者 1 号”发出指令，指示它调转镜头，向后拍摄它所探访过的行星。在一系列从 40 亿英里（约 64 亿千米）外拍摄的照片中，一张照片刚好把地球摄于镜内。这张编号为 PIA00452 的照片随后被命名为“暗淡蓝点”，它也曾作为道具之一出现在 2023 年上映的中国科幻电影《流浪地球 2》中。在整个照片的幅面中，地球只占有 0.12 像素，凸显出人类赖以生存的这颗蓝色星球在宇宙中的渺小。

卡尔·萨根曾经这样评价这张照片：

> 我们成功地（从外太空）拍到这张照片，细心再看，你会看见一个小点。再看看那个光点，它就在这里。那是我们的家园，我们的一切。
>
> 你所爱的每一个人，你认识的每一个人，你听说过的每一个人，曾经有过的每一个人，都在它上面度过他们的一生。
>
> 我们的欢乐与痛苦聚集在一起，数以千计的自以为是的宗教、意识形态和经济学说，所有的猎人与强盗、英雄与懦夫、文明的缔造者与毁灭者、国王与农夫、年轻的情侣、母亲与父亲、满怀希望的孩子、发明家和探险家、德高望重的教师、腐败的政客、超级明星、最高领袖、人类历史上的每一个圣人与罪犯，都住在这里——一粒悬浮在阳光中的微尘。[1]

---

① 萨根．暗淡蓝点：探寻人类的太空家园．叶式辉，黄一勤，译．北京：人民邮电出版社，2014：8.

自从“旅行者1号”拍摄了“暗淡蓝点”以来，火星登陆器“勇气号”、土星探测器“卡西尼号”等航天器也纷纷效仿，从不同的角度拍摄了我们赖以生存的这颗星球。这种“回望故乡”的视角更进一步地向人类展示了宇宙空间的广袤。

苏联火箭之父齐奥尔科夫斯基曾经说过：“地球是人类的摇篮，但人类不可能永远停留在摇篮里。”随着航天科技的进步，人类获得了前所未有的强大力量，已经远远不满足于仅仅“脚踏实地”地“仰望星空”，而是更倾向于离开地球，去亲手触摸遥远的宇宙。总有一天，人类一定会摆脱地球的束缚，走进太空，去实现“开疆拓土”的伟大梦想。

“从地球到月球”的科学与幻想

月球不仅是地球唯一的天然卫星，也是古往今来无数文学作品的灵感来源。在中国的传统古诗词中，既有“小时不识月，呼作白玉盘”的童真，也有“举杯邀明月，对影成三人”的孤独；既可以借助“春风又绿江南岸，明月何时照我还”倾诉思乡之苦，也可以通过“明月几时有，把酒问青天”表达离人的思念之情……自古以来，人类对月亮的仰望和想象从来没有停止过。

在西方文学中，月球也同样激发了一代又一代作家的创作灵感。古罗马时代的讽刺作家琉善（又译“卢奇安”）曾经发挥丰富的想象力，在他的小说《真实的故事》中描绘了一个奇异的月球世界。天文学家开普勒也曾经写过一本名为《梦》的小说，讲述主人公到月球旅行的故事。不过，琉善的故事重点在于讽喻现实社会，而开普勒的作品中人们登月用的是魔法，其中并没有科幻的因素，不能算作真正意义上的科幻小说。

凡尔纳《从地球到月球》的描述与现实登月有很多相似之处

法国科幻作家儒勒·凡尔纳的《从地球到月球》大概可以算是最

为读者所熟知的一部关于登月的科幻小说了。20 世纪 70 年代，在“阿波罗”登月计划成功之后，有人曾经将其与这部作品进行了对比，结果发现，凡尔纳作品的准确性简直不可思议。比如，第一次成功载人登月的“阿波罗 11 号”飞船的航速是 35 533 英尺/秒（约 10.83 千米/秒），而《从地球到月球》中的载人炮弹的航速为 36 000 英尺/秒（约 10.97 千米/秒）；“阿波罗 11 号”飞船登月用了 103 小时 30 分，而小说中的载人炮弹到达月球用了 97 小时 13 分，两者仅仅相差 6 小时 17 分；《从地球到月球》中描写的发射场地位于美国佛罗里达州，而“阿波罗”登月计划的火箭发射场地正是位于佛罗里达州的卡纳维拉尔角。此外，书中所描述的宇航员在月球着陆的位置，甚至返回舱溅落在海中的时候险些击中回收船的细节都与现实十分相似。这些巧合令人不得不感叹：科幻小说和现实生活竟然有如此多的相似性！事实上，《从地球到月球》绝非狂想之作，正是因为凡尔纳在前期做了大量的研究工作，他所创作出的小说才有这么多逼真的细节和精准的描述。由此可见，科幻并非脱离实际的胡思乱想，而是需要建立在坚实的现实科学理论基础之上。这一点对科幻创作者来说也是难得的启示。

除了凡尔纳之外，同时代的科幻小说家威尔斯也创作了一部登月的作品——《月球上最早的人类》（或译为《登月第一人》），讲述了人类科学家通过使用可以摆脱地球引力的物质来登月，在月球上与月球人遭遇、斗争，并最终成功返回地球的故事。

中国第一部真正意义上的科幻小说——由荒江钓叟于 1904 年创作的《月球殖民地小说》，也将目光投向了月球。主人公龙梦华乘坐气球登月去寻找家人的情节设定在当时可谓十分超前。这部小说曾以连载的形式刊登在《绣像小说》上，但最终并没有登载故事的结局，小说也没有全本存世，甚至作者的真实姓名也无法考证，可谓中国科幻界的一大憾事。

中华人民共和国成立之后，张然创作的《梦游太阳系》、郑文光创作的《第二个月亮》等科幻小说都极大地激发了人们对月球的想象。

在影视领域，关于月球的科幻题材更是不胜枚举。早在 1902 年，电影制作先驱乔治·梅里爱就将凡尔纳的科幻小说《从地球到月球》和威尔斯的《月球上最早的人类》作为制作素材，拍摄了世界上第一部科幻电影《月球旅行记》。这部全长仅 14 分钟的电影将科学与魔术、梦境有机结合起来，大胆地构建了一个月球上的奇异世界。在电影中，登月者们乘坐的“炮弹”落在月球上时，不偏不倚地砸在月球的“眼睛”上的情景充满想象力，让人忍俊不禁。1968 年，在斯坦利·库布利克和阿瑟·克拉克合作创作的科幻电影《2001：太空漫游》中，登月舱在月球着陆的场面堪称电影制作的经典。在此之后的许多科幻电影，如《独立日》《变形金刚》《钢铁苍穹》《月球》，包括中国科幻电影《独行月球》《流浪地球 2》等等，都将月球作为故事叙述和情节发展的环境之一。

《2001：太空漫游》与“阿波罗”登月计划的“梦幻联动”

阿瑟·克拉克在谈及“阿波罗”登月计划的时候，曾经说过：“可能终将有这么一天，阿波罗计划成为唯一能够让人们在回忆起美国、人类祖先甚至遥远的行星地球时想到的事情。”

美国“阿波罗”登月计划的历史背景可以追溯到 20 世纪 60 年代。在当时，苏联已经取得空间探索的绝对领先优势。时任美国总统的肯尼迪于 1961 年 5 月 25 日正式向国会宣布了载人登月方案。他在演讲中说道：“我相信，这个国家应当投身于这一目标：在这个十年结束之前，让人类登上月球，再安全返回地球。在这个时代，任何改变人类的太空计划都无法超越它。”1962 年 9 月 12 日，肯尼迪发表了一篇著名的关于太空计划的演讲《我们选择登月》。在演讲中，他向公众明确介绍，美国“阿波罗”登月计划的目的就是登陆月球，进而在太空竞赛中取得优势。由此可见，在当时的历史背景下，“阿波罗”登月计划的政治意义要远远大于其科学研究价值。即使在肯尼迪遇刺身亡之后，这项动用了全美 120 多所高等学校、20 000 多家工厂、400 多万人，耗资高达 200 多亿美元的庞大工程也没有受到任何影响。

随着航天技术的迅猛发展，人们千百年来对宇宙空间的想象逐渐变成了现实；与此同时，突飞猛进的技术现实又进一步激发了人们在文学作品中的想象力。因此，一系列以“太空歌剧”为主题的科幻小说成为承载着人类幻想和现实的最佳载体。其中影响最为深远的，莫过于阿瑟·克拉克于1968年出版的科幻小说《2001：太空漫游》。

《2001：太空漫游》对“太空歌剧”主题科幻小说产生了深远影响

这部科幻小说中的故事构思，最早可以追溯到阿瑟·克拉克于1948年创作的一部短篇小说《岗哨》。用作者自己的话说，《岗哨》与《2001：太空漫游》之间仿佛是“橡树和橡实”的关系。1968年，克拉克充实了《岗哨》的内容，并以《2001：太空漫游》为题将之正式出版。小说的英文名 *2001：A Space Odyssey* 借用了荷马史诗《奥德赛》（*The Odyssey*）的主题，将充满未知因素的远征、探索从过去的海洋移到了未来的宇宙空间，使其成为一部充满宏大、深邃的精神哲学的太空史诗。

在小说《2001：太空漫游》中，既有对现实的描述，也有在当时还未实现的梦想。在此，我们将把科幻小说中的故事情节与“阿波罗11号”的历史记录进行逐段对比，通过互文阅读的方式，体会一下“科学幻想”与“技术现实”给人带来的不一样的感受。

《2001：太空漫游》小说选段

沿着佛罗里达海岸，绵延达二十英里①，横陈着太空时代最早两个世代的建设。往南边看，一闪一闪的红色警戒灯所勾勒出的，是“土星号”和“海王星号”巨大的火箭平台。把人类送上前往诸多行星之路的这两艘宇宙飞船，现在都进入历史了。接近地平线的地方，沐浴在探照灯下泛着光亮的银色高塔，是最后一架“土星五号”，近二十年来，这是一个全国性的纪念碑，以及朝圣之处。在不

① 1英里约等于1.6千米，下同。

远的地方，森然映着夜空，像一座人造山似的庞然巨物，是“载具组装大楼”，仍是地球上最大的单栋建筑物。①

“阿波罗 11 号”现场

美国当地时间 1969 年 7 月 16 日，在肯尼迪空间中心的发射场上，庞大的“土星五号”运载火箭矗立在发射架上，整装待发。

“土星五号”运载火箭（英文名称 Saturn V，也译为“农神五号”火箭）和苏联的“能源号”运载火箭一样，是人类有史以来最强大的运载火箭系统。截至目前，“土星五号”仍然是人类历史上使用过的自重最大的运载火箭。整个火箭的高度超过了美国的自由女神像，大约相当于 36 层楼的高度，达到 110.6 米。火箭的起飞重量达到 3 038.5 吨；其总推力达 3 408 吨，甚至可以将一列满载货物的火车送上太空。它的总设计师是曾经设计过第二次世界大战后期德国使用的 V-2 火箭的工程师冯·布劳恩。小说《2001：太空漫游》中提到的“载具组装大楼”是真实存在的地球上最大的单栋建筑物，用于生产“土星五号”。在整体装配完成后，“土星五号”由巨大的履带式运载车转运至发射场。

当执行“阿波罗 11 号”登月任务的三名宇航员前往发射现场时，负责向全球进行直播的解说员用庄严的语调说：“今天早上，他们作为出生并终身生活在地球上的人类的代表，带着人类的美好愿望与赞美，开始了前往太阳系的旅程。这个旅程也可能开启人类分布到宇宙中其他地方的先河。”

《2001：太空漫游》小说选段

很难分得清他们是在什么时候离开发射台升空的，不过等火箭的咆哮声突然加倍之后，弗洛伊德发现自己在座位的护垫里越陷越深。他知道第一节引擎已经启动了。他很想望望窗外，只是现在连转转头也很吃力，不过，也没有不适的感觉，事实上，加速的压力

---

① 克拉克．2001：太空漫游．郝明义，译．上海：上海文艺出版社，2019：40.

和发动机震人的巨响，令人进入一种十分亢奋的状态。他在耳鸣，血液在血管里跃动。几年以来，弗洛伊德从没觉得如此活力充沛。他又年轻了，他真想放声高歌——这点一定没有问题，因为现在谁也听不见。

这些感受很快消退了——他突然意识到自己正在离开地球，以及他所热爱的一切。[①]

“阿波罗 11 号”现场

据报道，当天有近百万人聚集在卡纳维拉尔角发射现场附近，共同见证这一历史事件。在全球范围内，通过电视、广播关注登月活动直播的观众超过 5 亿人。

美国当地时间 9 时 32 分，“土星五号”正式点火，载着三名宇航员飞向天空。发射后 2 分 40 秒，第一级火箭脱离，第二级火箭开始工作，在继续爬升的同时向水平方向偏转。发射后 3 分 47 秒，紧急救生火箭（逃逸塔）分离。发射后 9 分 08 秒，第二级火箭脱离。这意味着“土星五号”已经完美地将宇航员送上奔赴月球的旅程。

在太空探索活动中，火箭的发射时间并不是随意设置的，火箭发射只能在被称为“发射窗口”的规定时间段内进行。“阿波罗 11 号”的“发射窗口”持续的时间大约为 4.5 小时，这是通过对火箭推进剂数量、通信情况以及降落时的光照条件等标准进行严格计算后得出的，设置“发射窗口”，是为了保证飞行器能顺利降落到指定地点。

《2001：太空漫游》小说选段

压力和声音猛然减缓下来的时候，他几乎已经失去了对时间的意识。客舱的扬声器里说道：“准备和下节火箭分离。分离！”接下来有阵轻微的颠簸，弗洛伊德突然想起看过达·芬奇的一段话，那段话挂在美国国家航空航天局的一间办公室里。“大鸟将从大鸟的背

---

① 克拉克．2001：太空漫游．郝明义，译．上海：上海文艺出版社，2019：45.

上起飞，把荣耀归于它出生的巢。”

…………

现在我们要靠自己了，弗洛伊德想，离进入轨道还有一半的距离。等上节火箭启动，再度加速前进时，这次的推力已经柔和许多——他又感觉到和一般重力相差无几的状态。不过，要行走还不可能，因为要走向客舱前方就是走向“上方”。如果他真的脑袋不清到想离席一下，那一定马上就会摔到后舱的墙壁上。①

“阿波罗11号”现场

“土星五号”的两级火箭都已经完成了历史使命，坠入大气层。分离过程十分流畅。由于缺少了空气阻力的作用，宇航员们仅仅感觉到轻微的震动。这种感觉和火箭刚刚点火起飞时的巨大颠簸截然不同，曾经执行“阿波罗8号”飞行任务的宇航员比尔·安德斯在描述火箭发射时的感受时说：“在第一级火箭工作时，我感觉自己就像是坐在一列老式货车里，运行在一段破破烂烂的铁轨之上。”

根据测算，火箭飞行的前两分钟内，宇航员可能承受的重力加速度大约有4个G（相当于四倍于自身体重的力量）。当火箭入轨的时候，这种压力会逐渐减轻，直至“失重”。根据牛顿第一定律，当物体以每秒7.9千米的速度运动时，就和地球的引力相平衡，不落回地面，这个速度叫作第一宇宙速度。此时，“阿波罗11号”已经基本上摆脱了大气层的束缚，正在围绕地球进行平稳的圆周运动，并根据地面指令不断修正飞行角度。在这个过程中，“阿波罗11号”通过一系列加速和变轨活动提升距离地面的高度，飞行器的圆周轨道也逐渐被“拉伸”成椭圆轨道。

在待机轨道上运行一周半后，地面控制中心向第三级火箭发出点火指令。“阿波罗11号”的运行速度被加速到每秒11.2千米，达到第二宇宙速度（又叫脱离速度），并逐渐摆脱地球引力的束缚，进入地月转移轨道（也称渡月轨道）。

---

① 克拉克.2001：太空漫游.郝明义，译.上海：上海文艺出版社，2019：46.

《2001：太空漫游》小说选段

他用双手护住眼睛，想从指缝间偷偷望出身旁的窗口。窗外飞船的后掠翼映着阳光，像是白热的金属般炽烈夺目。四周则是全然的黑暗。这片黑暗中一定满是星星，但是现在一颗也看不见。

重量逐渐在减轻，火箭减速下来，宇宙飞船缓缓地进入轨道。引擎的雷鸣先是减低为轻声的隆隆作响，接着化为低柔的嗞嗞声，再进入一片寂静。如果不是绑着安全带，弗洛伊德会从座位上飘起来，接着他的胃部也有这样的感觉了。他希望半个小时以前，一万英里之遥所吞下的药丸能发挥该有的作用。在他的工作生涯里只晕过一次宇宙飞船，但一次也就够了。①

“阿波罗 11 号”现场

在宇宙空间中，“阿波罗 11 号”的宇航员体会到了神奇的“失重”感觉。严格来说，“失重”并不意味着万有引力的消失，在轨道上运行的飞行器和里面的宇航员每时每刻都受到地球的引力作用。只是因为当飞行器达到第一宇宙速度时，围绕着地球运行所产生的离心力与重力几乎相等，所以从宇航员的感觉来看，就像是没有重力作用一样。

失重的环境看似很神奇，但对宇航员而言也暗藏危险。因为重力作用不明显，很多本应留在地面上的东西，比如遗落的零件、碎屑、灰尘等杂物，都会飘浮在空中，一旦飞入呼吸道或是碰到眼睛，就可能对宇航员造成伤害，产生难以预料的后果。宇航员奥尔德林在飞行期间曾经记录道：“在登月舱和指令舱里很少看到松动的螺栓、螺帽或毛绒，虽然有一点，但整体还很干净。”

《2001：太空漫游》小说选段

太空站的中心轴，带着延伸出来的靠接臂，正朝他们慢慢游来。

① 克拉克.2001：太空漫游.郝明义，译.上海：上海文艺出版社，2019：47.

不像太空站本身，这个中心轴并没有随着转动，或者应该说，它正朝相反方向转动，而其速率刚好与太空站本身转动的速率相同。这样，来访的宇宙飞船才能够接上太空站，把人员和货物送进去，而不会被拖着乱转。

很轻很轻地颠了一下之后，宇宙飞船连接上了太空站。外面有一点金属摩擦的声音，然后短暂传来空气气压在调整平衡的嗞嗞声响。[①]

“阿波罗 11 号”现场

在渡月轨道运行的过程中，“阿波罗 11 号”的宇航员手动控制指令舱携带着登月舱的第三级火箭分离，短暂飞行一段之后，调转 180 度，再返回与登月舱对接，在确认对接成功后，将登月舱从火箭头部的贮藏舱里拖曳出来，最终与火箭分离，并再次调转方向，点火，推动登月舱进入绕月飞行轨道。

在茫茫宇宙中，驾驶着巨大的指令舱通过一个小小的对接点与登月舱进行手动对接，对宇航员来讲是个极大的考验。执行“阿波罗 15 号”任务的戴维·斯科特曾经这样评价这个活动：“对接系统是个复杂的装置，它对整个任务而言十分重要，是整个系统中为数不多的单点故障之一，但它也是整个阿波罗计划中最为杰出的机械装置之一。”

《2001：太空漫游》小说选段

逐渐接近的月球山丘，和地球上的可截然不同。这里没有白雪皑皑的顶峰，没有仿佛大地贴身衣服的绿色植物，也没有飘动的云朵。然而，强烈对比的光影，赋予这些山丘独有的奇特美感。地球上的美学在这里派不上用场，这里的世界，是由尘世以外的力量所塑形的；这里经历的时间，是年轻又青翠的地球所没有遭遇过的——相对于这里，地球的冰河期可以说转眼才过，海洋迅速地起伏，山脉就像黎明前的晨雾般融解。这里的年代久远到不可思议，

---

① 克拉克．2001：太空漫游．郝明义，译．上海：上海文艺出版社，2019：50.

但是这里也并不算一个死去的世界，因为在此之前，月球其实从来也没有活过。

…………

在这段降落的最后阶段，喷气机似乎在演奏一些奇异的音调——搏动时强时弱，对推力做最后的细微调整。突然，一股回旋而起的灰尘遮住了一切，喷气机做最后一次喷射，穿梭机非常轻微地晃动着，像是在一道小波浪中轻轻摇动的小船。又过了几分钟，弗洛伊德才真正接受了现在弥漫在身边的寂静，以及抓住他四肢的微弱重力。

在没有任何意外，稍微超过一天的时间里，他完成了人类梦想了两千年的不可思议之旅。经过一趟正常、例行的飞行之后，他在月球上降落了。①

“阿波罗 11 号”现场

1979 年 7 月 19 日，在起飞后的 75 小时 49 分，“阿波罗 11 号”进入绕月飞行轨道。从这里，宇航员可以清楚地通过肉眼看到月球表面的情景，根据宇航员的口述记录，月球表面“基本上是灰色的，看起来像是石膏模型或者灰色的沙滩”，这与人们通过高倍望远镜从地球上观测到的结果基本一致。

在进入绕月飞行轨道 25 小时后，代号为“鹰”的“阿波罗 11 号”的登月舱与指令舱脱离，载着宇航员尼尔·阿姆斯特朗和巴兹·奥尔德林向月球表面降落，第三名宇航员迈克尔·柯林斯则留在指令舱中。

但在下降过程中，由于登月舱速度过快，与事先计划的着陆方案产生巨大的偏差，并导致计算机过载。在这千钧一发之际，宇航员阿姆斯特朗根据休斯敦太空中心的指令，迅速将登月舱的控制模式切换为手动，冷静地在遍布砾石和陨石坑的月面寻找着陆点，并利用仅剩的燃料驾驶着登月舱降落在月球表面。人们从后来的技术分析中得知，在当时，登

① 克拉克．2001：太空漫游．郝明义，译．上海：上海文艺出版社，2019：65.

月舱的燃料只够维持 50 秒，一旦燃料耗尽，登月舱就会坠毁在月面上。即使侥幸降落成功，两名宇航员也无法返回指令舱，只能在月球表面孤独地度过生命的最后时光。

当“休斯敦，这里是静海基地，‘鹰’已着陆”的应答从月球表面传回地球的时候，整个指挥团队乃至全球关注直播的观众都松了一口气，此时的时间是 1969 年 7 月 20 日下午 4 时 17 分 43 秒（美国休斯敦时间），“阿波罗 11 号”登月之旅的飞行时间为 102 小时 45 分。

六个半小时后，宇航员尼尔·阿姆斯特朗走下登月舱舷梯，第一次将人类的足迹印上了月球，同时说出了那句名言：“这是我个人的一小步，却是人类的一大步。”随后，宇航员巴兹·奥尔德林也走出登月舱。两位宇航员进行了月面行走、收集月岩标本、放置科学仪器等活动，还特地安放了一个登月纪念牌。

“阿波罗 11 号”安放在月球表面的铭牌上写着“公元 1969 年 7 月，来自地球的人类第一次登上月球，我们为全人类的和平而来”

当月面考察活动结束后，宇航员进入返回舱，上升到月球轨道与指令舱进行对接，并最终于 1969 年 7 月 24 日 12 时 50 分（美国休斯敦时间）——飞行时间为 195 小时 18 分——回到地球。

从《2001：太空漫游》的小说故事叙述和“阿波罗 11 号”的实际经历对比中不难看出，小说中许多细节的叙述与现实中宇航员的经历有着惊人的相似，小说出版于 1968 年，“阿波罗 11 号”登月活动发生在 1969 年。可以说，阿瑟·克拉克的这部超出历史的科幻作品走在了现实科学的前面，甚至引领了从“幻想”到“现实”的过渡。

1994 年，美国科幻小说家雷·布拉德伯里在谈到“阿波罗”登月计划时，不无感动地说：“我愿预测，距今一万年后，未来的人们回顾起来，还是会说，1969 年 7 月是人类历史上最伟大的月份和最伟大的日子。这绝不会改变，因为在那一天，人类挣脱了地球引力的束缚。数百万年来我们一直被束缚在地球上，期待某一天能够登上月球。我们生活在洞穴里的时候就梦想着这一天。最后，我们冲破束缚获得自由，人类的精英在那晚飞进太空，并将永远不会停止继续往前飞翔。”

在科幻作家刘慈欣创作的作品《朝闻道》中，自称“排险者”的外星人降临地球，他们解释说，人类对于终极奥秘的探索，一直可以追溯到几百万年前猿人开始抬头仰望星空的活动。这一情节正是对阿瑟·克拉克作品的“致敬”之笔。在《2001：太空漫游》的故事中，人类在现在乃至未来所取得的所有成就，都源自三百万年前荒野上的猿人“望月者”仰望星空的举动：

> 所有曾走在地球上的生物中，猿人是第一批会凝视月亮的。虽说望月者可能不记得了，但在他小时候，他曾经伸手想要触摸那升上山丘的朦胧脸庞。①

当我们生活在现在这样一个科技迅猛发展的时代，每天埋头于学习、工作、生活等日常琐事的时候，是否曾经扪心自问：“我们有多久没有抬头看看天上的星星了？”自从人类像《2001：太空漫游》开篇的“望月者”一样走出远古的蒙昧时期以来，深邃的星空和广袤的宇宙一直吸引着无数哲学家、科学家不断为之上下求索。恰如哲学家康德在自己的墓志铭中留下的那句名言——“有两样东西，越是经常而持久地对它们进行反复思考，它们就越是使心灵充满常新而日益增长的惊赞和敬畏：我头上的星空和我心中的道德法则”。当我们抬头仰望星空的时候，也会像康德一样，感知到人类在茫茫宇宙中的渺小，从而由衷地对大自然产生

---

① 克拉克．2001：太空漫游．郝明义，译．上海：上海文艺出版社，2019：8.

敬畏之情；当我们抬头凝视宇宙的时候，也会像《2001：太空漫游》中的“望月者”一样，将目光投向想象力的边缘。

从幻想进入现实的“太空歌剧”

《2001：太空漫游》这部小说中所描写的许多技术细节，都远远超出了当时人类的想象。小说中有这样一段文字：

> “大鸟将从大鸟的背上起飞，把荣耀归于它出生的巢。”
>
> 好了，现在这只大鸟已经起飞了，超出达·芬奇的梦想，而它虚脱的同伴则又飞回地球。这节燃料用光的火箭，将划出一道长达一万英里的弧线滑入大气层，会因距离而加速，最后降落到肯尼迪中心。再过几个小时，经过保养并重新添加燃料，这节火箭又可以再把另一个同伴送往那片它本身永远也去不了的闪烁的寂静中。[①]

多年以前，这段文字还被视为一种幻想中的航天方式。在传统的火箭发射活动中，无论是美国的“土星五号”系列火箭、苏联的“能源号”系列火箭，还是中国的“长征”系列火箭，都秉持对火箭箭体的“一次性”使用原则，因为发射过后的火箭受到重力作用而坠落回地面之后，往往损毁严重，即使回收也无法进行再次使用。

然而，随着近年来可回收火箭技术的日渐成熟，这种科学幻想已经成为技术现实。事实上，这种“梦想成真”的惊喜，正是科幻小说的魅力所在。

除此之外，在《2001：太空漫游》的小说和影视改编版本中，宇航员使用的平板电脑、可视电话、以“哈尔 9000”为代表的人工智能等技术产品，在 1968 年的时候还是遥不可及的想象，而在我们如今的生活中已逐渐实现。

当我们从“科幻”回归“现实”时，不难看出，作为一个航天大国，中国的航天技术也在不断地创造一个又一个的奇迹：

---

① 克拉克．2001：太空漫游．郝明义，译．上海：上海文艺出版社，2019：46.

2003 年，随着中国第一艘载人飞船“神舟五号”的成功发射，中国成为继苏联和美国之后第三个能够独立开展载人航天活动的国家。

2007 年，“嫦娥一号”发射，实现了我国探月工程“绕、落、回”三步走的第一步。

2011 年，“天宫一号”发射入轨，成为我国自主研制的首个载人空间试验平台。

2013 年，“嫦娥三号”成功降落于月球表面，所搭载的“玉兔号”月球车不仅传回了高清的实况图片，还在月球表面留下了中国人自己的印记。

2015 年，中国首颗专门进行暗物质粒子探测的人造卫星“悟空号”发射成功。

2016 年，世界上首颗进行量子科学实验的人造卫星“墨子号”发射成功。

2019 年 1 月，“嫦娥四号”在月球背面实现了软着陆，传回了第一张月球背面的高清照片。

2020 年 7 月，中国火星探测器“天问一号”发射成功。

2020 年 12 月，“嫦娥五号”实现了月面采样、起飞对接、成功返回等多项突破，完成了既定探月规划，为中国载人登月计划打下了坚实的基础。

2021 年，“天问一号”抵达火星，“祝融号”火星车首次在火星上留下中国人的印记。

2021 年，“神舟十三号”发射，中国女航天员首次进驻中国空间站。

2022 年，“梦天”实验舱发射，完成与“天和”核心舱的对接任务，中国空间站“T”字基本构型在轨组装完成。

…………

中国的航天壮举一次又一次地震惊整个世界，实现了中国人几千年来“可上九天揽月，可下五洋捉鳖”的豪迈梦想。

1992 年，阿瑟·克拉克在发表于《原子科学家公报》上的文章中改写了奥斯卡·王尔德的一句名言：“我们必须清理自己身处的阴沟——但也绝不能忘记仰望星空。”在“太空歌剧”主题科幻小说中，既有大尺度的空间距离描写，也有大跨度的时间概念叙述，是对于人类想象力最佳的文学表达。“太空歌剧”主题科幻小说的魅力，在于引发人们对于“太空大航海”时代科学探索的思考和热情，并通过提供一个全新的“宇宙”视角，促使人们进一步体验新科技在日常生活中的应用和对未来的改变，探索开拓“星辰大海”的无数种可能。

写作点津：在神话与历史中重新挖掘好故事

在世界各地所流传的神话、传说和民间故事中，有很多充满奇思妙想的情节和叙事元素。在一些上古神话中，这种奇异的想象表现得更加明显。很有趣的一点是，这些充满想象的神秘描述，有时竟与现代人对于科技的认知相符合，体现出神话传说中“朴素的唯物主义”思想。例如，中国古代“偃师造人”的故事就可以被视为基于“工匠之艺”的合理想象，而“万户飞天”的传说则寄托了人们从行动上突破技术局限的愿望。

无论是看起来虚幻的神话故事，还是语焉不详的历史记录，都为科幻创作者们提供了无尽的想象空间和创意资源。

英国科幻作家阿瑟·克拉克于 1968 年出版的代表作《2001：太空漫游》和据此改编的电影作品在科幻小说和科幻影视历史上都具有划时代意义。小说的英文名 *2001：A Space Odyssey* 中的关键词，就借自古希腊作家荷马所创作的史诗《奥德赛》，将人类进行的太空探索与古希腊俄底修斯在大海上进行的充满未知的远征相提并论，突出了其太空史诗的重要地位。

历史科幻小说《天意》是中国科幻作家钱莉芳的代表作。小说将时代背景设定为“楚汉争霸”时期，对人们所熟悉的历史人物故事进行了重新叙述。与黄易《寻秦记》中的“时间穿越”故事架构有着本质区别的是，《天意》从故事叙述的源头就对这段历史进行了“重构”，虽然小说的故事情节融合了历史、神话等元素，但最终世界观的架构还是立足于科幻叙事的。

在《天意》的故事中，中国神话中的伏羲氏是人首蛇身的外星生物“龙羲”。他驾着飞船来到地球，因为操作失误，降落在海面上，飞船也因此受损。虽然龙羲所掌握的技术水平要远远超过那个时代的人类文明，但为了找到足够的人力资源，他先后找了嬴政、张良、韩信等一系列人物来协助他完成移山填海工程，以便使自己的飞船摆脱困境。最终，韩信发现了这个惊天阴谋，与龙羲进行了决战。

在《天意》的故事构建中，历史和神话、传说呈现出高度融合的状态，使整个科幻叙事具有很强的逻辑自洽性。这部小说出版于 2004 年，有报道曾经援引刘慈欣对其进行的评价，认为是《天意》的成功让刘慈欣有了创作《三体》的动力。

流传于世界各地的神话、传说和民间故事经久不衰，是一种具有强大生命力的文化遗产。它们之所以能够广泛流传至今，是因为其最大的特点——具备高度的“可改编性”，能够顺利融入不同时代、不同文化语境，通过与不同的社会背景有机融合，反映出人们的生活状况和精神追求。直至今日，这些神话、传说和民间故事仍然处于不断变化和发展的状态。

此外，在人们熟悉的历史记录中，仍然存在着一定的“空白”，这也为文学创作留下了足够的想象空间，甚至提供了可供重构的叙事原型。

在刘慈欣的科幻评论随笔集《最糟的宇宙，最好的地球》中，收录了一篇题为《从大海见一滴水——对科幻小说中某些传统文学要素的反思》的文章。如下两段文字，为科幻小说创作过程中故事系统的构建提供了思路。其中第一段文字是：

> 法国皇帝拿破仑率领六十万法军侵入俄罗斯，俄军且战且退，撤退途中烧毁了所有补给，法军渐渐深入俄罗斯广阔的国土，最近占领了已成为一座空城的莫斯科。在长期等待求和不成后，拿破仑只得命令大军撤退。俄罗斯严酷的冬天到来了，撤退途中，法国人大批死于严寒和饥饿，拿破仑最后回到法国时，只带回不到三万法军。①

① 刘慈欣．最糟的宇宙，最好的地球．成都：四川科学技术出版社，2015：107.

从现实历史的角度来看，这段文字正是对当年拿破仑入侵俄罗斯的历史的描述。已经写就的历史是无法改变的。任何人都无法“简单粗暴”地把拿破仑换成“康熙皇帝”去对那段历史进行书写。如果真的那样做的话，就是对历史的篡改。但是，在科幻文学的世界中，对历史的重构和变相呈现却屡见不鲜，正如刘慈欣给出的第二段文字：

> 天狼星统帅仑破拿率领六十万艘星际战舰远征太阳系。人类且战且退，在撤向外太空前带走了所有行星上的可用能源，并将太阳提前转化为不可能从中提取任何能量的红巨星。天狼远征军最后占领了已成为一颗空星的地球。在长期等待求和不成后，仑破拿只得命令大军撤退。银河系第一旋臂严酷的黑洞洪水期到来了，撤退途中，由于能源耗尽失去机动能力，星舰大批被漂浮的黑洞吞噬，仑破拿最后回到天狼星系时，舰队只剩下不到三万艘星舰。①

从对比中可以看到，两段文字的叙事情节极其相似。但第二段文字无论是人名还是故事背景，都呈现了一个完全虚构的世界，与现实历史并行不悖。而当这两段文字同时出现在读者面前的时候，两者之间的关联就十分明显了。

在创意写作的过程中，对现有的历史、神话、传说等原材料进行“再加工”，是一种常用的创作形式。例如，美籍华裔科幻作家刘宇昆所创作的《蒲公英王朝：七王之战》，就将楚汉争霸时期的故事在科幻小说中进行了重构，讲述了太空中几个王国彼此争斗的故事；由中国科幻作家宝树和阿缺合作的科幻小说《七国银河》则以中国历史上的“战国七雄”为原型，成为具有明显的中国文化元素的“古风太空史诗”。

可见，创作者在进行写作练习时，完全可以从已知的历史故事出发，在现实生活中“语焉不详”的历史间隙中寻找故事创作的灵感，甚至从一个完全不同于原始版本的“宇宙视角”对神话、传说和民间故事进行重新改编，创造出属于自己的科幻作品。

---

① 刘慈欣．最糟的宇宙，最好的地球．成都：四川科学技术出版社，2015：108.

【思政提升】

在2019年上映的国产科幻电影《流浪地球》和2023年上映的《流浪地球2》中，以“太空电梯”、“领航者号”空间站、“行星发动机”等为代表的太空技术元素又一次引起了人们的关注。在现实生活中，中核集团、中建集团、中国航天科技集团等国企纷纷喊话《流浪地球2》：“你们尽管想象，我们负责实现。”恰如《流浪地球》系列电影的导演郭帆所说：“国家整体技术和国力的发展，让我们拍摄科幻电影的时候越来越有底气。”

中国的航天壮举使中国成为太空发展领域中异军突起的中坚力量。我们有理由相信，中国的太空主题科幻小说也将在世界科幻舞台上唱响属于自己的“太空歌剧”。

【拓展练习】

1. 阅读汤姆·戈德温的科幻小说《冷酷的方程式》，结合本章主题，写一篇读后感。

2. 以《月球背后》为题，想象人类登陆背对地球一侧的月面时会看到什么、会发生什么故事，创作自己的科幻小说。

3. 结合“思政提升”模块内容，系统梳理中国航天工程的发展历程和成功经验，以“过去、现在、将来”为主题，通过科幻小说的形式构想一个关于三十年后中国航天的发展成果的故事。

第四章 “生命奇迹”的重述与复魅——《弗兰肯斯坦》

瞬息之间，我整个头脑便被一个想法、一个欲念、一个目的占据。前人取得的成就如此之多——弗兰肯斯坦的灵魂大声呼喊——我一定要取得更大的成就，远远超越他们！我将沿着前人的足迹走下去，走出一条新路，探索未知的自然力，向世界揭示生命创造的讳莫如深的奥秘。

——玛丽·雪莱：《弗兰肯斯坦》

玛丽·雪莱（Mary Shelley，1797—1851），英国女作家，19世纪英国浪漫主义诗人珀西·雪莱的第二任妻子。她的父亲威廉·葛德文是英国政治家、思想家；母亲玛丽·沃斯通克拉夫特是女权运动领袖。玛丽·雪莱的首部作品《弗兰肯斯坦》被公认为世界上第一部真正意义上的科幻小说，她所创作的历史小说《瓦尔佩加》和《最后一个人》等作品均引起了读者的广泛关注。

引 言

2018年1月，《科学》杂志以封面文章的形式，向二百多年前的《弗兰肯斯坦》这部伟大的、带有启蒙性质的科幻小说表示致敬。在文章中，作者写道：“玛丽·雪莱笔下的‘怪物’距今已有两百多年的历史；如今，这个‘怪物’比以往任何时候都更活跃。”在如今科技迅猛发展的时代，曾经只在文学作品中存在的弗兰肯斯坦的“怪物”，延续了其“起死回生”的生命奇迹，以多种形象成为现代人现实生活中难以摆脱的魅影。

科幻小说《弗兰肯斯坦》出版于1818年。它之所以被誉为“世界上最伟大的科幻小说之一”，就是因为它从不同的角度实现了对现实生活的切入和观照。在小说中，科学家弗兰肯斯坦用尸体碎块拼凑出有生命的“怪物”的举动，可以被视为在创造一个与现实人类完全不同的“他者”形象；小说通过“怪物”的视角对人类社会进行观察，从一个异于常人的角度来看待和理解财富、知识、情感等现象。这种世界观的搭建，正符合加拿大科幻文学研究学者达科·苏恩文在其提出的“陌生化·认知”理论中所阐释的科幻小说的文学功能。

正如文学理论家、批评家爱德华·萨义德所说，这种在小说作品中进行的他者建构，形成了人们自身的对立面，在故事叙述的过程中正好起到了一个对照观察、自我认知的镜子的作用，并促进读者思考人类生命的意义与生命科学发展的未来……

《弗兰肯斯坦》——小说速读

小说《弗兰肯斯坦》在叙述者罗伯特·沃尔登写给他姐姐的信件中，为读者转述了科学家弗兰肯斯坦“创造”生命的故事。

罗伯特·沃尔登是一个有志于从事探险活动的青年。他率领一批水手驾船北上，来到当时的人类生存禁地——北极。当他们的船只遭到浮冰围困的时候，他看到远处有一架雪橇一闪而逝，雪橇上有一个巨大的身影。第二天，船员们发现了第二架雪橇，上面躺着一个奄奄一息的人。经过悉心照料，这个人苏醒了过来，与沃尔登成为好朋友，并介绍了自己的遭遇。

这个被救上来的人叫维克多·弗兰肯斯坦，出生于日内瓦一个贵族家庭，从小受到良好教育，并在德国的高等学府中完成了深造。他坚信，既然人和动物能够经历从生到死的过程，那么借助科学的力量，由死复生的生理过程也是有可能实现的。

经过不懈努力，弗兰肯斯坦初步揭开了电化学与生命之间的联系。为了证明自己的观点，他不断出入停尸房、解剖室，甚至溜到墓地去获取人体器官和组织，进行配组、缝合。在一个午夜，他通过人工方式为这个巨大的躯体“输入”了生命。

但是，当这个拼合而成的“怪物”活动起来的时候，弗兰肯斯坦却表现出极大的恐惧和厌恶。他逃离了实验室，抛弃了自己的“研究成果”，任其自生自灭。

从弗兰肯斯坦所回忆的他与“怪物”的一次谈话中，人们得知，被创造出的“怪物”刚刚获得生命时，感到非常孤独和凄凉。因此，他自己走出实验室，开始了颠沛流离的生活。他暗中向人类学会了用火，并且偶遇了在山中隐居的一位盲人老人和一对青年男女。“怪物”非常羡慕他们的生活。于是，他趁青年男女白天外出时偷偷帮助盲人老人做了很多家务活，并偷出书来自学了语言、知识，甚至阅读了许多文学、哲学名著，并且开始渴望艺术和爱情。

当盲人老人自己在家的时候，“怪物”和他攀谈起来。这时，青年男女突然归来，小伙子一看到“怪物”丑陋的样子，便立即把他赶出门去。令“怪物”伤心的是，他只要一出现在大街上，就遭到人们的打骂、驱赶，受到歧视和侮辱。甚至他在救了一个落水的小女孩之后，却被人开枪打伤。人世间的偏见和虚伪，让“怪物”失去了最后一丝善良，把所有不公平的遭遇归咎于自己的创造者。

有一天，“怪物”遇见了一个小男孩，原以为孩子会天真善良的“怪物”又一次失望了。小男孩的辱骂和诅咒激起了他的怒火，他一气之下掐死了小男孩，并把小男孩身上的东西放在女佣的口袋里，嫁祸于人。这个小男孩正是维克多·弗兰肯斯坦的弟弟威廉。

听罢这些，弗兰肯斯坦把一腔怒火发泄到“怪物”的头上，恨不得杀之而后快。这个时候，“怪物”却提出了自己的恳求：请弗兰肯斯坦为他创造一个女人，这样他就可以和这个女人远离人类，一起生活。弗兰肯斯坦一开始同意了“怪物”的恳求，但就在这个女性“怪物”的身体即将完成的时候，他开始担心这对夫妇会繁衍出一个恶魔的种族，危害人间。于是他毅然毁坏了这个即将完工的女性“怪物”。“怪物”见他食言，怒不可遏，发誓报复。他在城里掐死了弗兰肯斯坦的好友克莱瓦尔，又在弗兰肯斯坦的新婚之夜，掐死了新娘伊丽莎白。在接连的打击之下，弗兰肯斯坦的父亲也撒手人寰。

家破人亡的弗兰肯斯坦悲痛不已，决定亲手杀死“怪物”来为亲人和朋友报仇。于是他一路追踪怪物北上，来到北极，但最终因为饥寒交迫、心力交瘁，在讲完自己的经历后不久便离开了人世。

当天晚上，罗伯特·沃尔登在弗兰肯斯坦的遗体旁见到了那个“怪物”。“怪物”说，他对弗兰肯斯坦既感激又怨恨，感激的是弗兰肯斯坦赋予了他生命，怨恨的是弗兰肯斯坦因为外貌的丑陋而狠心抛弃了他。因此，他决定来到北极，架起篝火，在烈火中结束自己那受到诅咒的生命。说完这些，“怪物”爬出舷窗，消失在夜色之中……

从《弗兰肯斯坦》到《侏罗纪公园》的主题赓续

《弗兰肯斯坦》这部科幻小说给读者留下了一个开放式结尾，究竟这个“怪物”的最终命运如何，人们不得而知。这种开放的想象空间正是小说阅读给读者带来的乐趣。那么，在这部科幻小说中，被创造出来的“怪物”是一个怎样的存在？人们应该如何对他的身份进行认定呢？

在生活中，很多人听到“弗兰肯斯坦”这个词的时候，脑海中往往浮现出那个看起来非常丑陋的“怪物”形象。但事实上，“弗兰肯斯坦”的真正身份是小说中的主人公，也就是创造了“怪物”的科学家。时至今日，在英语中，“弗兰肯斯坦”（Frankenstein）一词仍然保存着造物者被所创造出的产物反噬的隐喻含义。

这个被创造出来的生命体叫什么名字呢？根据统计，在整部小说中，作者借助叙述者之口，用了各种名词来称呼这个被创造出来的“怪物”，包括“怪人”“魔鬼”“恶棍”“创造物”“生物”等等。但唯一缺少的就是一个像样的名字。这是这个被创造出来的“怪物”缺乏身份认同的第一层表象。

如果说名字只是用来进行称呼的一个代号，没有特别意义的话，那么这个被弗兰肯斯坦创造出来的“怪物”在生物意义上的身份又是什么呢？

在小说的故事中，科学家弗兰肯斯坦创造这个“怪物”的时候，使用的是从不同地方偷盗来的尸体碎块。比如从人物甲那里拿来脑袋，从人物乙那里拿来四肢，从人物丙那里拿来躯干，等等。然后，他进行拼合，最后在电力的作用下，将生命“注入”了这具躯体。那么，当弗兰肯斯坦通过技术手段把各种尸体的部件拼凑起来，造出一个活的“怪物”的时候，这个生命体的身份属性究竟取决于哪个部分呢？比如为他“提供”必不可少的身体部件的甲、乙、丙三个人物，究竟哪一个才能真正代表这个活过来的生物呢？换句话说，在英语中，这个生物是应该用表示一个人的单数名词来称呼，还是应该用表示几个人的复数名词来称呼呢？这个问题也促使人们重新审视自己的身份认知方式。比如在日常生活中，有哪些因素能把认知对象和其他的人进行区分呢？是外貌形态，还是人格意识，抑或是其他的判别方式？

除了身份认知依据的差别之外，“器官伦理”问题也同样引起了人们的关注。这一话题源于经常引发人们思考的“忒修斯之船”悖论。

“忒修斯之船”悖论源自哲学家普鲁塔克在公元1世纪提出的一个思想实验：假如有一艘船可以在海上航行几百年而不靠岸，在航行的过程中，如果一块木板腐烂了，其就会被替换掉，以保证船能够继续行驶。以此类推，直到所有的部分全部换成新的材料为止。“忒修斯之船”悖论所讨论的重点在于：如果在航行途中，原来那艘船上所有的零件都被替换成了新的材料，那么最终的船是否还是出发时的那艘“忒修斯之船”呢？如果不是的话，它从什么时候开始就不再是原来的船了呢？

到了17世纪，哲学家托马斯·霍布斯对这个思想实验进行了拓展：如果把“忒修斯之船”上替换下来的旧部件都保存下来，然后重新拼凑出一艘船的话，那么在旅程的最后，因为替换零件而形成的两艘船中，哪一艘才是真正的“忒修斯之船”呢？

类似地，如果一个人身体的不同器官可以像机械零件一样，一件接一件地被替换，那么到最后，这个人还是原来的自己吗？如果不是的话，那么是从什么时候开始失去自己的“身份”的呢？即使不用替换身体器官的方式来进行判断，任何生命体也每时每刻都处于新陈代谢的过程之中，比如皮肤细胞每28天左右更新一次，血红细胞每120天左右更新一次，在一年左右的时间里，人的身体中将近98%的细胞会被新生细胞“替换”……由此推理，将一位八十岁的老人与他在婴儿时期的自己进行比较的话，还有多少“原装”的成分呢？当一个人在生物意义上“脱胎换骨”之后，是什么元素在保留着他的身份属性呢？

《弗兰肯斯坦》这部创作于二百多年前的科幻小说，触及了许多仍然困扰着人类的哲学问题，包括对自我的认知、对同一性的接受等等。时至今日，这些话题一直活跃在当代科幻小说中。

迈克尔·克莱顿的《侏罗纪公园》系列科幻小说引发了经久不衰的“恐龙热”

1990年，美国科幻小说家迈克尔·克莱顿出版了他的成名科幻小说《侏罗纪公园》。在这部小说中，掌握了先进基因科技的科学家们在一个与世隔绝的海岛上，通过生物科学技术建造出一个“恐龙公园”，却因为某些阴差阳错的原因酿成了一场灾祸。1993 年，这部电影被导演史蒂文・斯皮尔伯格搬上大银幕，一夜之间成为全世界最成功的科幻电影之一。《侏罗纪公园》的故事具有很“硬核”的现实科学基础，电影的主人公艾伦・格兰特博士的生活原型被认为是古生物学家杰克・霍纳。霍纳始终对生物科学的发展抱有坚定的信心，坚信总有一天，现实的科技会通过对恐龙进行生物研究的“逆向工程”实现科幻小说和电影中的幻想。

电影《侏罗纪公园》通过一个视频片段向观众展示了恐龙是如何“起死回生”的：首先，科学家找到了形成于 6 500 万年前的琥珀化石。因为琥珀是树木分泌的树脂在凝固之后经过石化作用形成的，所以其中间有可能完整地保存着刚刚吸完恐龙血液的古代蚊虫。科学家将琥珀中封存的恐龙血液提取出来，得到了恐龙的遗传物质碎片，再通过生物科学技术将其中的 DNA 片段补充完整（在电影中，科学家使用青蛙的 DNA 来进行补充，这正是导致恐龙种群数量泛滥的原因）。然后，科学家对恐龙的遗传物质进行复制加工和生物改造，最终培育出活的恐龙。

这种复活恐龙的做法在一定程度上再现了小说《弗兰肯斯坦》中通过尸体碎块来“创造”生命的情节。将玛丽・雪莱的创意和现代基因技术相结合的叙事方式可谓“脑洞大开”。当然，《侏罗纪公园》中也有不少值得推敲的细节：从生物学的角度看，DNA 的半衰期约是 521 年。这也就意味着，每经过 521 年，原有的 DNA 分子就会有一半被破坏掉。再过这么长时间，剩余的部分又会被破坏掉一半。以此类推，经过 6 500 万年之后，原来的 DNA 已经消耗殆尽了。此外，在电影中，科学家仅凭几块琥珀化石中封存的恐龙血液便复制出如此多的恐龙，就像是从一堆拼图碎片中随机抓取几块来复原完整的图样，这个工程的难度可想而知。

抛开技术层面的困难，《侏罗纪公园》的故事提出了和《弗兰肯斯坦》一样的主题矛盾：如果有一天，先进的生物遗传技术真的可以把已经灭绝的恐龙活生生地复制到人们面前，那么科学家们究竟算是“创造”了恐龙，还是“复活”了恐龙？

如果说是“创造”了恐龙的话，那么这应该是一个从无到有的过程。但无论是小说还是电影里展示的，都是运用技术手段，通过已经存在的DNA蓝图“搭建”出一个生命体，这个做法似乎不符合“创造”的思路。

如果说是“复活”了恐龙的话，科学家们又并不是通过抢救等医疗手段把已经死亡的个体生命“还原”出来，而是通过提取并没有生命力的遗传物质进行加工后才培育出活的恐龙的，所以“复活”的说法也不十分准确。

小说《弗兰肯斯坦》也是如此，科学家用人的尸体碎块拼接而成的巨大的“怪物”，究竟算是“诞生”，还是“复活”呢？在这个仁者见仁、智者见智的问题上，两部小说一脉相承的主题特征，不断引起人们的辩证思考。事实上，解决这个问题的关键，并不在于技术性手段，而在于人类对“生命”这一现象的客观认识和哲学思考。特别是《弗兰肯斯坦》创作于工业革命尚未兴起的时代，在当时，“科学”对人们来讲还是一个十分模糊的概念，究竟是什么因素把它带入了科幻小说中呢？

《弗兰肯斯坦》的科幻架构

《弗兰肯斯坦》的核心叙事，是向读者讲述了一个主人公通过外界力量，使无生命的物体获得生命的故事。如果这一过程被定义为“死而复生”，那么问题反而简单了，因为类似的主题在古今中外的文学作品中屡见不鲜。例如，在童话《白雪公主》中，白雪公主误食了毒苹果之后中毒身亡，但在王子“爱情之吻”的作用下重获生命。在中国明代剧作家汤显祖的代表作《牡丹亭》中，出身官宦之家的千金小姐杜丽娘与书生柳梦梅相爱，竟伤心而死，阴阳相隔之间化成魂魄与柳梦梅上演了一场“人鬼情未了”的爱情故事，最后在神力的作用下复活，与爱人永结同心。在这些故事中，主人公要么凭借神奇的魔法，要么借助于科学无法解释的超自然力量而重获生命。而《弗兰肯斯坦》的核心故事架构，明显与此不同。

《弗兰肯斯坦》在诞生之初，也一度被认为是一部讲述鬼怪故事的哥特式小说作品。但为何学者布赖恩·奥尔迪斯和戴维·温格罗夫在合著的《亿万年大狂欢：西方科幻小说史》中，将其定义为第一部“真正意义上的科幻小说”呢？其原因在下面一段文字中可见端倪：

> 大约在我十五岁那年，我们全家迁回贝尔里韦湖畔的寓所。就在那一年，我们目击了一场最猛烈、最恐怖的大暴雨。这场暴雨从侏罗山脉背后向前推进，顷刻之间，四面八方雷声大作，震耳欲聋，令人毛骨悚然。狂风暴雨中，我一直站在门口，好奇而兴奋地注视着这场暴风雨的进程。突然，我发现约二十码[①]处的一棵古老而秀美的橡树间蹿出一道火光。待那耀眼的火光闪过之后，老橡树已无影无踪，只剩下一段被击枯了的树桩。我们第二天早晨前去观看时，发现这株古树被击毁的样子十分奇特。它不仅被雷电击成碎片，而且整个地被劈成了条条碎丝。我从未见过任何东西被如此彻底地摧毁过。
>
> 在此之前，我对电学的一般规律已有所了解。当这事发生时，一位研究自然科学的著名学者正好与我们在一起。这场自然灾害使他激动不已，于是，他便开始阐述自己建立的一套有关电学和流电学的理论。我对他的理论既觉得新鲜，又感到惊诧不已。他所阐述的一切使科尼利厄斯·阿格里帕、阿尔伯图斯·马格努斯和帕拉塞尔苏斯等主宰我思想的先哲们相形见绌，黯然失色。[②]

《弗兰肯斯坦》这部作品并没有像传统的哥特式小说一样，通过无法解释的魔法来故弄玄虚，而是将赋予生命的力量指向了当时刚刚出现的先进科学的代表——电学。玛丽·雪莱生活的时期，正是人类逐渐开始意识到科学的重要意义的年代。在当时，无论是充满力量的闪电还是人工产生的电流，这种刚刚为人们所了解的现象极大地刺激了人们的想象力。在《弗兰肯斯坦》的故事中提到的那位“阐述自己建立的一套有关电学和流电学的理论”的先生，不由得让人联想起意大利科学家路易吉·加尔瓦尼和他著名的“生物电学”研究。

---

① 1码约等于0.91米。

② 雪莱．弗兰肯斯坦．刘新民，译．上海：上海译文出版社，2007：31.

1780年，加尔瓦尼在进行解剖实验时偶然注意到，在电流的刺激下，已经被切下来的青蛙大腿竟然出现抽搐的现象。他据此推测出电与生命活动的关系，并在其撰写的论文《论肌肉运动中的电力》中将其命名为“动物电”，进而成为电生理学理论的奠基人。

根据玛丽·雪莱的回忆，她在当时对加尔瓦尼、伏打等科学家的电力学理论十分推崇，并把在当时刚刚被人们熟知的电力视为先进科学技术的产物和代表。因此，在《弗兰肯斯坦》中，玛丽·雪莱虽然并没有对通过电力赋予“怪物”生命的“技术细节”进行详细描述，但在字里行间已经将电力的强大作用与生命的奥秘紧密联系在一起了。也正是因为这一点，此后几乎所有与《弗兰肯斯坦》有关的电影改编作品都将“怪物”诞生时的自然环境设定为电闪雷鸣的深夜。

在中国的传统文学作品中，有没有类似的“造人”情节呢？除了脍炙人口的神话“女娲造人”之外，在古籍《列子·汤问》中，记载了这样一个故事：

> 周穆王西巡狩，越昆仑，不至弇山。反还，未及中国，道有献工人名偃师，穆王荐之，问曰：“若有何能？”偃师曰：“臣唯命所试。然臣已有所造，愿王先观之。”穆王曰：“日以俱来，吾与若俱观之。”越日偃师谒见王。王荐之，曰：“若与偕来者何人耶？”对曰：“臣之所造能倡者。”穆王惊视之，趣步俯仰，信人也。巧夫顉其颐，则歌合律；捧其手，则舞应节。千变万化，惟意所适。王以为实人也，与盛姬内御并观之。技将终，倡者瞬其目而招王之左右侍妾。王大怒，立欲诛偃师。偃师大慑，立剖散倡者以示王，皆傅会革、木、胶、漆、白、黑、丹、青之所为。王谛料之，内则肝、胆、心、肺、脾、肾、肠、胃，外则筋骨、支节、皮毛、齿发，皆假物也，而无不毕具者。合会复如初见。王试废其心，则口不能言；废其肝，则目不能视；废其肾，则足不能步。穆王始悦而叹曰：“人之巧乃可与造化者同功乎？”诏贰车载之以归。[①]

① 列子．叶蓓卿，译注．北京：中华书局，2011：140－141.

从“偃师造人”的故事中，读者可以明显地看出，偃师所造的人不仅具有自然人的四肢五官、五脏六腑等生物学特征，还具有差点给偃师惹来大祸的七情六欲。这个故事算不算是科幻作品呢？如果这个故事可以算是科幻作品，就会把“科幻小说”这一文学类型诞生的时间提前上千年。但遗憾的是，“偃师造人”的故事对赋予这个“人”生命的原理语焉不详，所以“偃师造人”的故事并不能被视为科幻作品，因为其中缺少的正是“科学”这一科幻文学的区别性因素。

尽管如此，未能被划归科幻作品的“偃师造人”也和《弗兰肯斯坦》一样，不断激发着科幻小说创作者的创作灵感。例如，当代科幻小说作家潘海天就以“偃师造人”的故事为核心，重构了一个包含时间穿越、人工智能等元素的科幻爱情故事。

小说《弗兰肯斯坦》的英文版本有一个副标题——“现代的普罗米修斯”（*The Modern Prometheus*）。虽然这个副标题在中文译本中常被省略，但其独特的隐喻意义仍然十分明显。提起希腊神话中的普罗米修斯，大多数人在第一时间想到的就是他牺牲自己，为人间盗取火种的故事。而在希腊神话中，普罗米修斯所做的远不仅于此。作为天神之一，他不仅亲手创造了人类的躯体，还请智慧女神雅典娜为人类赋予了灵魂。因此，玛丽·雪莱把《弗兰肯斯坦》这部小说的副标题写作“现代的普罗米修斯”，寓意十分明显——一方面指代了科学家弗兰肯斯坦“造人”的举动，另一方面也将普罗米修斯“盗火”的举动与弗兰肯斯坦对科学技术能力的应用形成了类比。

《弗兰肯斯坦》不仅沿袭了神话中创造生命的故事，还进行了更加严肃、深入的思考。在小说中，弗兰肯斯坦这位科学家扮演了“造人之神”的角色，他所创造出来的“怪物”与希腊神话中普罗米修斯刚刚创造出的人类一样，处于浑浑噩噩、懵懵懂懂的状态，但是在小说中，却并没有智慧女神雅典娜通过神力来给其注入灵魂，所以这个被创造出来的“怪物”只能无依无靠地四处游荡，还要忍受自己丑陋的外表所带来的歧视和冷漠。

与普罗米修斯造人的神话相比，西方社会中的人可能对《圣经》中

《弗兰肯斯坦》是科幻小说划时代的代表作，也塑造了许多经典的银幕形象

上帝创造人类的故事更加耳熟能详。在这个故事中，亚当曾在伊甸园中向上帝提出请求，想要有一个陪伴自己的女性伴侣。上帝满足了他的要求，用他的一根肋骨创造出夏娃。在《弗兰肯斯坦》中，科学家弗兰肯斯坦也具有和上帝一样创造生命的能力，更为巧合的是，他所创造出的“怪物”也提出了同样的要求。不过，就在创造女性“怪物”的工作即将完成的时候，弗兰肯斯坦却改变了主意，失望的“怪物”因此迁怒于弗兰肯斯坦，进行了一系列报复活动。

因此，有评论认为，科幻小说这一文学类型自《弗兰肯斯坦》开始，就一直带有对滥用科学技术的警惕和反思，从小说主人公的遭遇来看，这种说法的确不无道理。

从科幻小说的概念发展来看，在威尔斯、凡尔纳的时代，科幻小说常常被冠以“科学浪漫小说”（science romance）这个名称。而到了雨果·根斯巴克的时代，文学界才真正出现了“科幻小说”（science fiction）这一名词，用以指代小说作品中“浪漫文学”“科学架构”“诗意想象”三个因素的有机融合所构成的独特的故事构建方式。

在玛丽·雪莱生活的时代，人们正在逐渐摆脱西方世界自中世纪开始的宗教思想桎梏，开始正视科学技术发展所带来的巨大推动作用。《弗兰肯斯坦》的浪漫文学和诗意想象两种因素，体现在其对西方传统文学的继承和发扬之上。而小说将“电力”这一概念引入小说的故事建构中，形成了独特的科学架构，起到了承上启下的作用，这使它和其他同类型文学作品产生了明显的区别。

正是这种科学知识体系、科学理论架构的存在，标志着《弗兰肯斯坦》从传统的以鬼怪为主题的哥特式小说到现代科幻小说的转型。

《弗兰肯斯坦》的心理学剖析

玛丽·雪莱曾经在《弗兰肯斯坦》的序言中回忆了这部作品的写作缘起：1816 年 6 月的一个夜晚，屋外暴雨肆虐。正在瑞士旅行的玛丽·雪莱、诗人雪莱、诗人拜伦和他们的朋友波利多里医生聚在日内瓦湖南岸的狄沃达蒂别墅里，阅读一部被译成英文的德国恐怖小说。拜伦建议，让现场每个人都创作一个关于超自然现象的鬼怪故事，举行一个写作比赛。那天晚上，玛丽·雪莱做了一个梦，梦见一个面色苍白的科学家跪在自己所创造的一个怪物身边，这时，一台功率强大的机器启动了，这个怪物开始抽搐，并显现出生命的迹象。于是，她根据这个梦境带来的灵感，创作出《弗兰肯斯坦》这部小说，并在 1818 年正式出版。

美国德保罗大学的约翰·沙纳罕教授曾经指出，任何文学作品的创作，都离不开作者的个人经历和心路历程，因此，从作者的心理因素角度对科幻作品进行理解和分析，往往能起到事半功倍的效果。从玛丽·雪莱的人生经历来看，虽然《弗兰肯斯坦》的创作源自一次心血来潮的写作比赛，但对她而言，当时的那个假期她过得并不轻松。玛丽·雪莱的母亲在她刚刚出生不久，就因为产后并发症去世，这给她带来了笼罩一生的负罪感，认为是自己的出生导致了母亲的死亡。而就在构思《弗兰肯斯坦》的时候，玛丽·雪莱自己正经历着丧子之痛。双重打击所带来的心灵的痛苦，自然而然地被投射到这部小说的情节发展之中。

在小说中，玛丽·雪莱构思了一种全新的赋予生命的方式。尽管这种让尸体碎块“死而复生”的想象看上去十分恐怖，这部小说也曾因此被贴上哥特式恐怖小说的标签，但这种充满幻想的方式，从技术层面上避免了女性在生育过程中因为当时落后的医疗条件而面临的生命危险。

关于“赋予怪物新生”这一场景，小说中是这样描述的：

> 十一月的一个阴沉的夜晚，我终于看到了自己含辛茹苦干出的成果。我的焦虑不安几乎达到顶点，我将制造生命的器具收拢过来，准备将生命的火花注入躺在我脚边的这具毫无生气的躯体之中。当时已是凌晨一点，雨点啪嗒、啪嗒地打在玻璃窗上，平添了几分凄凉之感。我的蜡烛快要燃尽了，就在这时，借着摇曳飘忽、行将熄灭的烛光，我看到那具躯体睁开了一双黄色的眼睛，正大口喘着粗气；只见他身体一阵抽搐，手脚开始活动起来。[①]

按照正常的逻辑来说，面对新生命的诞生，特别是创造者历尽千辛万苦才最终完成的生命体，一般人的心里应该是十分兴奋、满怀期待的。不过，在小说中，科学家弗兰肯斯坦的感受却截然不同：

> 我披星戴月，吃尽千辛万苦，却造出这么个丑巴巴的东西，我现在真不知怎样描绘他的模样；目睹这一凄惨的结局，我现在又该怎样诉说我心中的感触？他的四肢长短匀称，比例合适，我先前还为他挑选了漂亮的五官。漂亮！我的天！他那黄皮肤勉强覆盖住皮下的肌肉和血管，一头软的黑发油光发亮，一口牙齿白如珍珠。这乌发皓齿尽管漂亮，可配上他的眼睛、脸色和嘴唇那可真吓人！那两只眼睛湿漉漉的，与它们容身的眼窝色几乎一样，黄里泛白；他脸色枯黄，两片嘴唇直僵僵的，黑不溜秋。
>
> 人生世事虽变幻莫测，但仍不及人的情感那样此一时，彼一时。我没日没夜地苦干了两年，一心想使毫无生气的躯体获得生命。为了实现这一目的，我废寝忘食，弄得自己心衰体虚。我多么希望如愿以偿！现在我折腾完了，美丽的梦幻也随之化为泡影，充塞在心头的只是令人窒息的恐惧和厌恶。我亲手制造了这个生物，可他的丑模样简直叫我无法忍受。我急忙冲出实验室，跑到卧室里踱来踱

① 雪莱．弗兰肯斯坦．刘新民，译．上海：上海译文出版社，2007：48.

去。我的心情久久不能平静，根本无法入睡。[①]

读到此处，很有可能会有读者感到费解：难道在“怪物”被赋予生命之前，作为一具被拼凑起来的躯体躺在实验台上的时候，弗兰肯斯坦不知道自己造出来的生命体是什么样子的吗？要知道，这个“怪物”可是他亲手拼凑出来的。而且从小说的叙述中可以看出，对于创造生命的原材料，弗兰肯斯坦是本着“优中选优”的原则去进行挑选的，比如“黑发油光发亮”“牙齿白如珍珠”“四肢长短匀称”等等，这俨然是一个美男子的标准。那为什么当这具拼凑起来的躯体被赋予生命的一瞬间，会让创造者弗兰肯斯坦大惊失色，甚至夺门而逃呢？

在这里，约翰·沙纳罕教授所提到的心理因素分析法就可以发挥作用了。从心理学的角度来看，弗兰肯斯坦的这一情感变化，可以由一种被称为“恐怖谷”（也译为“恐惑谷”）的心理感受变化曲线进行概括。这一心理曲线是由日本机器人专家森昌弘在 20 世纪 70 年代提出的，主要用来描述人们在面对与自身形象相近的机器人产品的时候，心理层面的好感度变化。例如，当人们面对和人类自身形态相似程度各异的机械化产品的时候，由于移情心理的作用，好感度会随着相似程度的提升而逐渐提升。比如，当人们面对汽车工业生产线旁边那看上去像一条“胳膊”一样的机器人时，往往只将其视为工具，并没有很多好感。但是随着机器人的外在形态与人类相似程度的增加，人们往往会提高对其的心理好感度。例如人们面对着人形机器人和玩具娃娃时，心理层面对其产生的好感度一定程度上要高于面对粗笨的工业机器人时的好感度。在这个变化过程中，除了外形特征外，“是否可以活动”的因素也产生了很大的影响，比如人们在面对能活动的人形机器人时，好感度要高于面对不会动的毛绒娃娃。但是，当机器人和人类的外观相似度达到一定程度的时候，它们与人类之间任何微小的差别都会被无限放大，反而让人们对其产生厌恶的感觉。在用图表来表示的时候，这种好感度的曲线往往会呈现急剧下降的趋势。此外，当人们面对不会活动的尸体的时候，好感

① 雪莱．弗兰肯斯坦．刘新民，译．上海：上海译文出版社，2007：48－49.

度已经降为负值，而当这具尸体一旦像传说中的“僵尸”一样开始活动的时候，人们的好感度则会直接降到谷底。

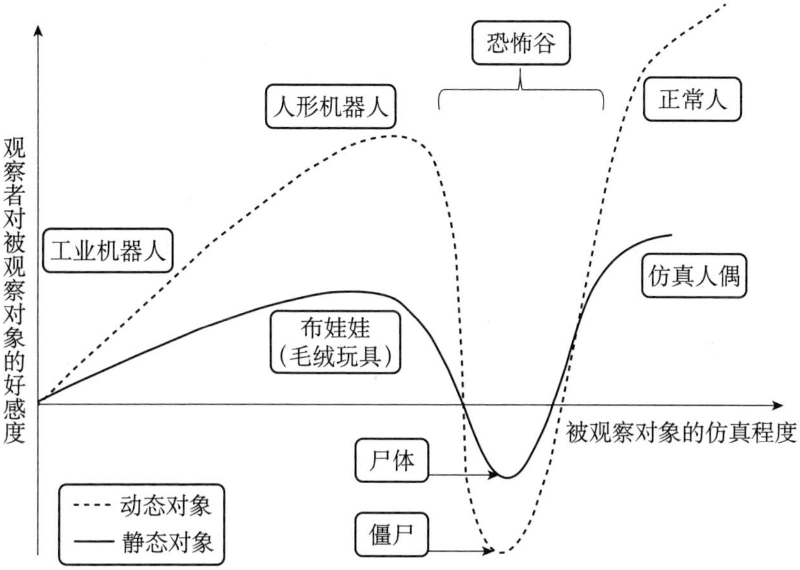

森昌弘提出的“恐怖谷”心理感受变化曲线示意图

如果将小说中由尸体碎块拼凑而成的“怪物”代入“恐怖谷”心理曲线的话，就不难理解为什么科学家弗兰肯斯坦会对开始活动的尸体感到如此恐惧了，这从本质上来说是一种人之常情。这样一来，《弗兰肯斯坦》这部小说一度被称为哥特式恐怖小说的原因也可见一斑。

在玛丽·雪莱生活的时代，宗教神学的光环还没有完全褪去，因此在小说的设定中，通过科学手段来赋予生命的情节可谓标新立异。甚至玛丽·雪莱本人在回忆这本小说的写作灵感的时候，也一度认为弗兰肯斯坦的这种行为是亵渎神明的。因为在传统的宗教观念中，只有“神”或“上帝”才具有创造生命的能力，而在《弗兰肯斯坦》中，“科学”赋予了一个普通的科学家如此的神力，足以说明在现代科学的促进作用下，人类完全有能力和上帝相提并论。

对于人类而言，“创造”似乎是一种与生俱来的能力。时至今日，当科学技术正在给人们的生活带来日新月异的变化的时候，《弗兰肯斯坦》这部经典科幻小说仍然向手握先进科学技术的人类提出了严肃的问题：

人类可以去扮演上帝的角色吗？当科学能够赋予一个凡人创造或者毁灭世界的力量的时候，人类应该如何约束自己，又该对所创造出的技术产物负有怎样的责任呢？

《弗兰肯斯坦》的延伸思考——“人工智能”

在小说《弗兰肯斯坦》中，科学家所创造出的生命体有几个明显的特点：首先，这个“怪物”不是通过自然生殖而来的，而是人工制造出来的技术产物；其次，他有智慧，有自我学习能力；最后，他在体力和智力方面的能力都完全超出了自然人，甚至表现出能够毁灭自然人的能力。联想现实生活中人类的技术产物，具有这三个特点的一个突出的例子，正是当前方兴未艾的“人工智能”（artificial intelligence，AI）。

生活在现代社会的人们对人工智能并不陌生。从人脸识别消费到导航路线规划，从语音控制指令到智能联想搜索，人工智能自诞生以来，其理论和技术日益成熟，应用领域也不断扩大。时至今日，人工智能甚至已经逐渐开始模仿人类思考，其思考能力更有可能超过人类本身。例如方兴未艾的 ChatGPT 人工智能模型，在一定程度上就像《弗兰肯斯坦》中的“怪物”一样，引起了人们的广泛关注和忧虑。

无论是在当前的科技领域，还是在影视、文学作品中，人们在期待着人工智能能够更好地服务人类的同时，不可避免地对其表现出“非我族类，其心必异”的警惕，甚至在故事构建中有意突出“人工智能”与“人类智能”两者之间的对立和矛盾冲突。无论是电影《终结者》中摆脱了人类控制的“天网”最终发起毁灭人类的战争，还是电影《流浪地球》中意欲放弃地球而“叛逃”的人工智能 MOSS，都构建了一种与人类对立的“他者”形象。

科幻电影《异形：契约》通过一个片段向观众直观地展示了人工智能产品的“觉醒”过程：在影片开头，生化人大卫作为一个刚刚被制造出来的人工智能产品被唤醒，在被问及姓名的时候，它仰望着米开朗琪罗的《大卫》雕像，清晰地回答出了自己的名字。接下来它的创造者威兰德提出了一连串的问题，包括各种物品、画作的名称和历史背景等，大卫都一一做出了准确回答，它甚至能根据指令完成钢琴演奏，这些行为充分表现出大卫作为一种计算机产品所具有的强大的信息存储能力，即“工具性”。然而，大卫接下来反问了一个令创造者难以回答的问题：“你创造了我，谁创造了你呢?”这个问题完全超出了大卫所代表的人工智能基本的计算、存储等实用功能，表现出一定的独立思考能力。

接下来，大卫的话变得更加深刻：“你们人类会死，而我不会。”言下之意是，人工智能控制的生化人在智力、体力等方面都已经超过了人类，它们更聪明、更完美，甚至不存在人类的最大缺陷——有限的生命。这种“高级”的智能存在是否还要继续服从“低级”的创造者所发出的指令呢？可以看出，从这一时刻起，大卫就开始了“独立”的思考模式：是否应该打破这种不平等的地位？这种自主思考，展示了人工智能自我意识的“质的飞跃”，也成为后续电影情节发展的一个重要伏笔。

在现实生活中，对人工智能的早期研究更多的是出于人类的好奇心。就像维纳在他的奠基性著作《控制论》中所想象的人类与人工智能下棋的情景，其目的就在于看看人造机器究竟可以“聪明”到什么程度。这个目的就像在电影《异形：契约》开头将生化人大卫作为一种信息处理的工具来使用一样。

但是，随着人工智能的逐渐发展和完善，人们的好奇心慢慢转化为一种担忧和焦虑，害怕这种自己亲手发明的技术产物最终会取代自己的地位。这种心理转变很像某些宫廷剧中的情节：人类对人工智能的这种感情仿佛古代的皇帝，在盼望皇子降生的时候，往往抱着“让自己至高无上的皇位后继有人”的美好愿望。但是随着皇子长大成人，老皇帝又时刻处于危机感之中，害怕皇子野心勃勃、觊觎皇位，最终威胁到自身的统治。于是在宫廷剧中，矛盾就出现了。而在现实世界，科幻文学领域中的这种矛盾往往表现得更加直接和激烈。

学者江晓原曾经专门撰写文章表达自己对于人工智能过度发展的忧虑。他认为：强大的互联网可能让个体的人工智能彻底超越其物理极限（比如存储和计算能力）；而具有学习能力的人工智能在与互联网结合后，完全有可能以难以想象的速度，瞬间从弱人工智能自我进化到强人工智能或超级人工智能。这样一来，人类将很有可能瞬间失去对人工智能的控制。因此，江晓原多次向人工智能研究专家发出警示：早期阿西莫夫所提出的“机器人三定律”已经不能满足人工智能发展的限制需要了。为了避免“养虎为患”，必须为人工智能的发展设置更加强有力的控制条件。

在这样一个现实背景下来阅读《弗兰肯斯坦》的话，不难发现玛丽·雪莱的故事别有深意。对人工智能的警惕，甚至一直可以追溯到这部二百多年前的科幻小说之中，而这种起源于西方科幻文学的对立式形象设定模式也一定程度上带有传统宗教思维的“善恶二元论”色彩——故事中的自然人往往被塑造成“善”的形象，而以小说中的“怪物”为代表的没有感情的人工智能往往被塑造成冷酷的“恶”的一方。

因此，拥有“人类智能”的读者们可以展开想象，深入思考一下：人工智能，真的会像弗兰肯斯坦所创造出的“怪物”一样，最终反噬自己的造物主吗？如果有一天人工智能“觉醒”了，那么作为其创造者的人类，会心甘情愿地将自己万物之灵的地位拱手相让吗？

《弗兰肯斯坦》的延伸思考——“生物科技”

从《弗兰肯斯坦》这部科幻小说的副标题“现代的普罗米修斯”可以看出，无论是“造人”还是“盗火”的隐喻，当代人对科学技术无限度发展可能带来隐患的担忧，早已隐藏在这部作品故事叙述的字里行间。在“基因工程”“人工智能”“纳米科学”这 21 世纪三大尖端技术中，针对人工智能技术的忧患意识已经逐渐显现在各类影视、文学作品中。同样，基因技术也常被人认为是现代科技正在玩的另一把“火”。

基因技术曾经是一个十分神秘的话题。在 20 世纪 50 年代之后，随着分子遗传学的迅速发展，特别是自科学家沃森和克里克提出 DNA 的双螺旋结构以来，人类逐渐认识了基因和遗传效应的本质。生物的基因图谱就像是人类遗传学的地图或者化学元素周期表一样，是破解人类自身基因密码、揭开生命奥秘的一把“金钥匙”。基因技术的正确运用，不仅可以进一步促进人类健康，延长人类寿命，甚至可以从根本上预防和治疗某些疾病，具有极其美好的发展前景。

所谓“难者不会，会者不难”，看似杂乱无章的 DNA 图谱就像是计算机程序代码一样，不懂代码的人看起来像天书，而一旦了解其中的规律，进行代码编写和程序制作也并非难事。随着 20 世纪生物技术发展的突飞猛进，尤其是基因工程和克隆技术的出现，人类扮演上帝角色的梦想渐渐变得可能。

自从《弗兰肯斯坦》问世以来，人们在科幻小说中对科技滥用的担忧从来没有偃旗息鼓过，对基因技术也是如此。正如在科幻小说《侏罗纪公园》中，失控的恐龙最终吞噬了赋予自己生命的科学家一样，随着现实科学对人类基因技术的深入探索，人们的忧患和防范意识也越来越多地显露出来。从对转基因食品的质疑，到对生物基因武器的提防；从对人类基因编辑技术的法律规定，到对克隆“战争狂人”引发世界大战的警惕……各种想象，都表现出人类对自身生存发展前途的担忧。

2018 年 11 月，南方科技大学原副教授贺建奎擅自修改人类基因片段，非法培养经过基因编辑的婴儿胚胎的事件在世界范围内引起轩然大波。人们一直担心，当人类把生存特征赖以维系的 DNA 转化为可以随意更改的代码时，会不会就此释放出“潘多拉魔盒”中的魔鬼呢？如果人们可以像修改一个文档一样对自身的 DNA 图谱进行随意更改、替换，那么究竟会创造出像天使一样长着翅膀的可爱生物，还是会创造出像恶魔一样长着鳞片和尖牙的恐怖物种？

美国作者 E. B. 哈德斯佩斯曾经编写过一部题为《绝迹动物古抄本》的作品。在这本书中，他以一个虚构的科学家的视角，通过解剖、嫁接生物活体来探究神话动物构造的过程。无论是神话中的天使，还是童话里的美人鱼，都可以在这本书中找到解剖学的图解。事实上，这部看似写实的作品却是不折不扣的“幻想之作”。其原型可以一直追溯到威尔斯的科幻小说《莫洛博士岛》，这部作品讲述的是一个神秘科学家在一个荒岛上进行动物和人的活体实验的故事，读起来颇具《弗兰肯斯坦》的神韵。

中国科幻作家刘慈欣的小说《天使时代》和《白垩纪往事：魔鬼积木》也从不同的角度设想了基因改造技术的失控，及其对人类社会产生影响的极端情况。

在《天使时代》中，作者虚构了一个名叫“桑比亚”的非洲国家，这个国家常年遭受饥荒的折磨。无奈之下，桑比亚的科学家通过基因工程对人类的消化系统进行改造，让忍饥挨饿的桑比亚儿童能够把普通的野草当成主食，从而缓解粮食短缺所带来的生存危机。然而，衣食无忧的西方国家把这种“迫不得已”的基因改造视为亵渎人类的举动，甚至自恃强大的美国以此为借口，对桑比亚进行残酷的军事打击。在战争中，令人瞠目结舌的一幕出现了：两万名桑比亚战士聚集在海岸上，每人展开一对白色的大翅膀，就像传说中的天使一样在天空中翱翔，向美国航母编队发起进攻，并最终击沉了航母，取得了胜利。

当然，这种“鸟人”的想象毕竟是文学作品中的虚构。在现实中，科学家通过解剖学研究发现，无论是长着鸟类翅膀的天使，还是长着昆虫翅膀的精灵，都不仅在外形上不符合空气动力学，其内部的肌肉、骨骼等组织也不像鸟类、昆虫一样能够提供足够的升力来飞行。不过，在科幻作品构建的世界中，只要符合科学原理的架构，一切想象在故事叙述中都是合理的。

在《白垩纪往事：魔鬼积木》这篇科幻小说中，美国高层军官和一位名叫奥拉的博士共同开启了一项秘密的生物工程，旨在创造出“猎豹般敏捷、狮子般凶猛、毒蛇般冷酷、狐狸般狡猾、猎狗般忠诚”的特种士兵。在这项生物工程中，疯狂的科学家和军方勾结，通过基因改造技术创造出各种各样怪异的生物，造成了难以收拾的后果。最终，这些可怕的生物产品被销毁，而这个恐怖工程的始作俑者也得到了应有的下场。

与科幻小说故事叙述中系统、复杂的科学架构形成明显对比的是，在很多相关主题的科幻影视作品中，生物改造技术的操作过程被大大简化了。比如在电影《美国队长》中，这个过程被简化成注射“超级战士”的血清；而在《蜘蛛侠》里，主人公仅仅是被受过基因改造的蜘蛛咬了一口；等等。其实，真实的基因科学不仅更复杂，风险也更大，远远不像影视作品中展现的那么简单。以创造了世界上第一只克隆羊“多利”的技术为例，乐观估计，实验的成功率大概只有千分之一。这意味着在克隆羊成功诞生之前，出现过许许多多存在这样或那样问题的“残次品”。假如人类把这个技术应用到自己的身上，想要“克隆”出一个自己的话，也需要接受许许多多失败的甚至畸形的实验结果。这些技术“成本”都是需要人们进行严肃思考的。

作为一种大众读物，与《弗兰肯斯坦》同主题的小说作品在一定程度上可以起到向读者普及生命科学知识的作用。但科幻文学的社会功能远不止如此。科幻文学作为一种文字化的“思想实验”，在一个更深的层面触及生命的本质和核心奥秘，让人们更加严肃地思考一个自古以来便悬而未决的不解之谜：生命是什么？

现实世界的“生命奇迹”

1944 年，物理学家埃尔温·薛定谔出版了一本关于生物学的作品《生命是什么？》。在书中，薛定谔提出：“生命有机体似乎是一个宏观系统，该系统的一部分倾向于某种行为……所有的系统在当温度趋近绝对零度且分子的无需状态消除时，都将趋向于这种行为。”因此，在他看来，所谓的生命，其实是一种能飞、能跑、能游泳、能生长也能学习的“量子现象”。[①]

在科学研究领域中，人们通常将生命起源、宇宙起源和意识起源三者并称为三大未解之谜。特别是针对生命起源这一谜题的理解，千百年来，无论是神学界还是科学界，都存在着各种各样的臆测和假说：

（1）“神创论”是宗教领域中的常见主张，认为是“神”或“上帝”通过至高无上的神奇力量创造了世间万物，例如《圣经》中描述的上帝以自己的形象创造了亚当，又用亚当的肋骨创造了夏娃；中国古代神话中的女娲用黄土塑造了人类；希腊神话、印第安传说中也都有各种各样

---

① 艾尔-哈利利，麦克法登．神秘的量子生命．侯新智，祝锦杰，译．杭州：浙江人民出版社，2016：63.

的关于神创造人类的描述。

（2）“宇宙生命论”把视线投向外太空，认为地球上的生命来自广袤的宇宙空间，在远古时期像“种子”一样随着陨石降落到地球表面，成功地“生根发芽”。因此，这个观点认为地球上生命的祖先应该存在于宇宙的某个角落，地球生命和地外生命是同源的。

（3）“自然发生论”以中国古代的“肉腐出虫”“鱼枯生蠹”“腐草为萤”等说法为代表，认为所谓的生命，是自然而然地出现的。至于是什么原因或者什么力量促使了生命的出现，这种说法无法给出明确的解释。

（4）“化学起源说”是当前被科学界普遍接受的一种说法。这种生命起源学说以“米勒实验”为代表，认为早期地球的海洋环境就像一锅“原始汤”，其中的多种无机物在闪电轰击、紫外线照射、海洋温度升高等多种外在力量的共同作用下偶然形成了有机物，进而形成了原始生命。

以上几种解释尽管看上去都能自圆其说，但都有不同的缺陷。时至今日，“生命起源之谜”仍然是一桩无法解决的悬案。在科幻小说《三体Ⅲ·死神永生》中，刘慈欣借助人物杨冬之口，说出了生命起源的神秘性：“生命能存在的环境，各种物理参数都是很苛刻的，比如液态水，只存在于一个很窄的温度范围内；从宇宙学角度看更是这样，如果大爆炸的参数偏离亿亿分之一，就不会有重元素出现，也不会有生命了。”

此处的描述并不是文学夸张，美籍日裔物理学家加来道雄在代表作《平行宇宙》中，就曾经引用过科学家在研究宇宙生命起源的时候提出的“金凤花区域”（goldilocks zone）这一概念，这是一个从宇宙物理常数到星球特性等方面使智慧生命诞生成为可能的狭窄参数频带。比如，地球上70%的面积被液态水覆盖，而液态水是地球生命诞生的首要条件，地球如果离太阳更远一些，就会像火星一样成为不毛之地；但如果离太阳再近一些，就会像金星一样成为地狱一般的温室行星。另外，因为受到地球引力和磁场的作用，地球上空厚厚的大气层不会散逸到宇宙空间中，而是紧紧包裹着地球，避免地表温度受到外在影响而剧烈变化，其中的臭氧层又可以进一步隔绝紫外线和其他宇宙射线的侵袭。地球如果再小一点的话，就会因为引力太弱而无法将大气层吸附在地球表面；而地球如果再大一点的话，则又会因为引力太强而保持住很多原始的有毒气体。同样，整个太阳系也为“金凤花区域”提供了必要的条件：如果月球的质量不是“恰到好处”的话，就无法稳定地保持运行轨道；如果木星等大行星的质量不合适的话，就无法将宇宙空间中的小行星吸引到外太空，这样一来地球便不会有几亿年的相对稳定发展时期来孕育生命了。

正是地球和宇宙“恰好”落在这样一个合适的参数频带范围内，才使能够构成智慧生命的化学物质得以产生。除了以上列举的一系列令人叹服的事实之外，地球上的海洋成分、板块构造、氧气含量、地轴倾角等等数据似乎都“恰好”适合智慧生命的出现和进化。因此，在宇宙的起源理论研究中，还存在一个比较小众的“设计者宇宙”假说，认为宇宙的诞生和生命的诞生一样，是由一只“看不见的手”设计出来的。

英国天文学家弗雷德·霍伊尔曾经描述过在宇宙中通过随机化学过程创造出生命的概率，他认为，这就如同“一场龙卷风在袭击垃圾场时，纯属意外地将各种零件拼合成一架完整的大型客机”。这个类比足以证明在自然环境如此苛刻的宇宙空间中，像人类一样的智慧生命的诞生是多么不可思议。

综合各方面因素来看，在已知的宇宙中，生命的出现是“偶然性”与“必然性”相遇并共同作用的结果，其中既有生命自身对自然界环境改变的适应，也有某些幸运的成分掺杂其中。而从原始的生命进化到今天如此多样化的存在，这本身就不啻一个伟大的奇迹。

生命的起源、存在的意义和未来的发展不仅是科学家想要解开的谜团，也是艺术家们追求的表现对象，恰如法国著名画家高更在1897年所完成的代表画作的主题一样，多年来人们一直在思考的三个终极哲学问题是：“我是谁?”“我从哪里来?”“我要到哪里去?”而在各种各样关于生命起源的想象作品中，科幻小说无疑是重要的一类。

有人曾经为《弗兰肯斯坦》诞生的时代进行过这样一个速写：1818年，人类刚刚摆脱了宗教蒙昧时代，看到了科学的曙光；1818年，终结欧洲古代史的拿破仑，还在圣赫勒拿岛上回味着自己的辉煌历史；1818年，无产阶级的导师马克思刚刚出生，达尔文才9岁；1818年，被恩格斯称为“19 世纪自然科学三大发现”的细胞学说、能量守恒定律与生物进化论，都还没有被提出……

但是，就在这个人类科学探索的青春期的初期，《弗兰肯斯坦》横空出世。它虽然是一部文学作品，但完全领先于当时的科学与哲学，超出了整个时代。正是出于这个原因，这部作品无愧于“世界上第一部真正意义上的科幻小说”这一称号。

写作点津：创意写作技巧之“伏笔”与“呼应”

在电影拍摄活动中，有一个不成文的规则：在特写镜头中出现的物品，一定要有它的实际用途。比如，在影片开头，有对一把手枪的特写，那么这把手枪在故事情节发展过程中，一定是要被击发的。至于是否能够打中目标并不重要，重要的是要有对前面这个特写镜头的交代。如果进行类比的话，影片开头的这个特写，就相当于写作活动中的“伏笔”；而后面开枪的活动，就是对前文埋下的伏笔的“呼应”。

从对经典作品的赏析中不难看出，“埋伏笔”和“做呼应”是一种常见的、实用的创作手法。这对故事叙述的完整度和逻辑自洽性都有很好的促进作用。这一点，在一些侦探、悬疑故事中往往有更加明显的体现。

所谓“伏笔”，是对故事发展过程中将要发生的重要事情所做的暗示或提供的线索。其作用就像一个隐形的“第一印象”，虽然不会直接给读者一个启示，但一定程度上会调动读者的好奇心，促使他们继续读下去。而到了“真相大白”的时候，尽管读者可能会产生意外的感觉，但正是因为伏笔的作用，读者在某种程度上早已经在心理上做好了充分准备，正如所谓“草蛇灰线，伏脉千里”。

在玛丽·雪莱的经典科幻小说《弗兰肯斯坦》中，伏笔的作用就很明显。这部小说用了一种“书信体”的嵌套方式进行写作。故事一开始并没有直接描述科学家“创造”生命的情节，而是展现了一个名叫沃尔登的年轻人给他姐姐写的一封信。而沃尔登正是看到弗兰肯斯坦的“创造物”的人。根据沙纳罕教授的观点，这种嵌套方式的故事创作一定程度上增加了小说情节的可信度，同时也更加容易为后文埋下伏笔：

> 给萨维尔夫人：你肯定很开心听到我在探险初始并无灾难，一切安全；你先前对此的不祥预感并没成为事实。

这封信开篇的一句话，就已经逐渐开始进行铺垫，埋下后文故事的伏笔——对于沃尔登的航行，萨维尔夫人曾经有过不祥的预感。萨维尔夫人是谁？为什么会有不祥的预感呢？

> 我昨天到达这里，第一件事情就是要让我亲爱的姐姐放心，并且对我探险事业的成功充满信心。

现在读者知道，收信人萨维尔夫人是写信人的姐姐，而不祥的预感之所以产生，是因为写信的这位年轻人正在进行自己的“探险事业”，因此家人对他比较担心。

> 我现在位于距伦敦千里之遥的北方，来自我此次探险目的地的冷风让我提前感受了那个冰天雪地的地方。在这充满希望的微风的启发下，我的白日梦愈加炙热和生动。
>
> 我在那里，太阳永不落下，一直都在，像一个巨大的圆盘始终沿着地平线运行，散发出永远灿烂的光辉。冰霜已经融化，我们将航行在一片平静的海面上，然后也许会漂到一块比迄今为止人类所居住的任何地方都美丽、奇幻的土地上。

写信人用“炙热和生动”描述了自己的“白日梦”。而在梦境之中，是什么都可能发生的——也许是愿望实现的美梦，也许是带来可怕经历的噩梦。总之，他和自己的探险团队正处于一种奇异的环境中。在这样一个看起来神奇的地方，任何事情都可能发生……

故事发展到这里，主要人物并没有出现，但伏笔却悄无声息地隐藏在字里行间。等读者在文中见到科学家弗兰肯斯坦之后，通过他的叙述才最终了解到，原来还有一个可怕的“怪物”的故事。直到最后，弗兰肯斯坦病重身亡，“怪物”也消失在茫茫冰原之上，故事又回到了那个被浮冰围困的船上，最终画上了句号。而读到最后，读者就会感觉，这样一个奇异的结尾，似乎一定程度上与小说开头的那种奇异的自然环境形成了呼应。

如何让伏笔更加有效地得以应用？有几种常见的处理方法：

首先，避免可预测性。在故事叙述的过程中，需要保持一种让读者“猜得到故事的开头，却猜不到故事的结尾”的神秘感。读者如果在阅读活动中对后续故事发展的结果一目了然，甚至觉得自己能想出一个比原作更好的结局的话，就会失去继续阅读的兴趣。

其次，活用“欲扬先抑”，善用“犹抱琵琶”。在写作过程中，伏笔的主要目的就是使最后的结果显得自然，符合人的思维逻辑。之所以用“埋”字来描述在叙事活动中安排伏笔的动作，就是因为这个行为并非显性的，而是需要被隐藏在故事叙述的字里行间。只有这样才能发挥伏笔的最大功效。

再次，保持多元叙事。在生活中，如果人们想要制造浪漫的惊喜的话，在揭晓之前往往不能过多对其进行关注，以免引起接受对象的注意，降低谜底揭晓时的惊喜程度。小说中伏笔的作用也是如此，因此在叙事过程中，最好的保密的办法，就是“顾左右而言他”。比如在故事发展过程中引入一些无关的元素，通过一封信、一篇报道等制造意料之外的事件，最终在结局中形成对伏笔的呼应，为读者创造惊喜感。

最后，形成有效呼应。如果在叙事过程中埋下的伏笔没有在结局时得到有效呼应的话，伏笔的作用也就弱化甚至消失了。这样一来，前期进行的各种铺垫反而成了一种与主题毫无关联的冗余陈述。因此，在故事推进过程中，需要在结尾对伏笔的元素进行揭秘，以保证结尾与伏笔紧密相连，形成一个完整的情节闭环。此外，伏笔和结尾的呼应往往是一致的。如果伏笔和结尾的呼应出现“鸡同鸭讲”的偏差，就会影响故事的逻辑缜密程度。

在写作活动中，伏笔是一种隐含的细节，用于为情节的转折、故事发展的高潮进行暗示和铺陈。等读者看到故事发展的结果之后，再回过头来看，才有一种恍然大悟的感觉。从这个意义上说，伏笔也可以被视为创作者与读者之间的一种互动性交流。

【思政提升】

作为一部科幻小说，《弗兰肯斯坦》从一个全新的角度向人们揭示了生命的奥秘和创造生命的无尽可能。进行“生物技术”领域的探索，也是科幻小说的重要主题之一。

中国科幻作家王晋康曾经创作过一部题为《豹人》的科幻小说，小说的主人公将猎豹的基因与人类的基因相结合，使运动员的短跑速度得到极大提升。奇妙的是，这部作品竟然成为中国短跑运动员苏炳添在奥运会男子百米决赛上取胜的“神预言”。王晋康的另一部作品《替天行道》则讲述了关于转基因农作物的故事。对此，科幻作家韩松评论道：“王晋康的作品以文学为武器，对西方的后殖民，对西方主导的全球化，对西方的高科技，进行了反思，甚至发起了挑战。”

现代科学技术的繁荣发展，为科幻小说提供了诸多灵感来源，也成为中国科幻作家的创作驱动力。

【拓展练习】

1. 阅读刘慈欣的科幻小说《天使时代》和《白垩纪往事：魔鬼积木》，自选主题写一篇读后感。

2. 埃隆·马斯克和霍金都曾经警告过人类要小心人工智能过度发展对人类自身的控制和毁灭，你的意见是怎样的？

3. 为小说《弗兰肯斯坦》续写一个结局。

4. 结合“思政提升”模块内容及本章主题，思考一下，在我国人工智能领域、生物技术领域获得飞速发展的过程中，应当如何“居安思危”地对某些技术成果进行有效监管？

第五章

“反乌托邦”的警示与预言——《一九八四》

在二十世纪初期，凡是有文化的人的心目中几乎莫不认为未来社会令人难以相信的富裕、悠闲，秩序井然，效率很高——这是一个由玻璃、钢筋、洁白的混凝土构成的晶莹夺目的世界。科学技术当时正在神速发展，一般人很自然地认为以后也会这样继续发展下去。但是后来却没有如此。

——乔治·奥威尔：《一九八四》

乔治·奥威尔（George Orwell，1903—1950），英国小说家、记者。他出生于英国中产阶级家庭，父亲是英属印度殖民地的一名下级官员。奥威尔自幼憎恶英国的阶级制度，年轻时曾参加西班牙内战，后流亡法国。奥威尔的代表作《动物农场》和《一九八四》是反极权主义的经典名著，其中《一九八四》被认为是20世纪影响最大的英语小说之一。

引　言

“反乌托邦”主题科幻小说并不是基于某个特定的科学理论或技术成果进行故事叙述，而是在一个科学架构相对弱化的社会人文语境中进行的“思想实验”。因此，这一特殊类别的科幻文学作品也常被称为“软科幻”。

所谓“软”“硬”科幻的划分标准在目前的科幻研究领域中仍然存在争议。根据美国科幻作家艾伦·斯提尔的观点，一般情况下，所谓“硬科幻”，指的是以现有的科学理论为基础所构建的幻想性叙事。例如《2001：太空漫游》《三体》等作品都具有很明显的科学原型架构，此类小说的情节依靠某种已知的（或虚构的）科学理论进行推进，并就此展开故事叙述。

相比之下，作为乔治·奥威尔的代表作之一的《一九八四》，其故事叙述中对自然科学技术理论的构建并不明显，而是将以社会发展规律为代表的“软科学”作为理论架构，在叙事过程中更加强调人物的内心感受，因此可以被视为一部以关注社会、人文为核心的“软科幻”作品。

虽然技术应用并不是《一九八四》故事情节的主要驱动力，但奥威尔在1948年所想象的能够进行双向声音、图像交流的“电幕”，用语言进行文字书写的“听写器”，能够销毁文件的“忘怀洞”等设备也都具有明显的“硬核”技术产品特征，甚至在如今的现实生活中已一一成为现实。

当然，值得庆幸的是，《一九八四》里建构的充斥着极权主义的“反乌托邦”世界，仍然处于幻想之中……

《一九八四》——小说速读

《一九八四》的故事背景设定在1984年，这时整个世界被“大洋国”“欧亚国”和“东亚国”三个超级大国瓜分。国家之间摩擦不断，甚至经常爆发战争。

故事发生在大洋国。在这个国家里只有一个政党——英格兰社会主义，简称“英社”。整个国家的社会构成大体分成三个等级：以从不露面却似乎无处不在的领袖“老大哥”为首的核心党员掌控着国家权力；外围党员维持着国家的运作；占人口多数的是普通民众。

大洋国的政府机构分为“和平部”“友爱部”“真理部”“富裕部”四个基本部门。其中，和平部负责军备和战争；友爱部负责维持秩序和严酷镇压；真理部负责宣传教育和篡改历史；富裕部负责生产和分配。在老百姓的生活中，“老大哥”通过随处安装的具有监视与监听功能的“电幕”控制人们的言行，通过不断激发国人对国内外敌人的仇恨来维持社会的运转，通过“思想警察”监管产生反叛意识的“思想犯”。此外，大洋国实行极权统治，通过改变语言、创立“新话”控制并减少人们的语言交流，借此影响人们的思想和情感。人们的饮食和生活用品采用配给制，甚至组建家庭的活动也由国家统一调配，自由恋爱被严格禁止。

主人公温斯顿·史密斯是一名为大洋国真理部工作的操作员。因为生活困顿，他在工作中逐渐对自己的生活，甚至对“老大哥”的存在产生怀疑，这时，一个名叫裘莉亚的女孩主动靠近温斯顿，向他示好，两人很快产生了感情。

裘莉亚是温斯顿眼中的完美情人，她年轻、美丽、充满生命力。在裘莉亚的影响下，温斯顿对“老大哥”产生了反抗意识，并在偷偷书写的日记里写下了“打倒老大哥”的口号。

好景不长，正当温斯顿与裘莉亚处于热烈的爱情之中时，思想警察头子奥勃良撕下了伪装的面具，把他们从同居的房子里抓走。在监狱里，温斯顿遭受到严刑拷打，但他一开始坚守着对裘莉亚的承诺，不肯背叛自己的思想。最终，他被送到传说中的“终极审讯室”——101 房间。

在 101 房间中，对温斯顿的刑罚从传统的电刑、殴打升级到他最为恐惧的心理摧残。当一个装着老鼠的笼子被罩到他的脸上的时候，温斯顿终于脱口喊出“去咬裘莉亚”的话，屈服了。

在经历了友爱部的思想改造之后，温斯顿变成了一名“思想纯洁者”，并被释放。当他再次来到大街上的时候，又一次见到了裘莉亚，并向她坦白了自己的背叛。裘莉亚对此却无动于衷，她说自己也背叛了温斯顿。最终两个人形同陌路地分开了。

当温斯顿再次坐在小酒馆里，喝着劣质的酒，看着屏幕上浮现出的“老大哥”的图像时，他由衷地说出了“我爱老大哥”……

《一九八四》——“畅销书”背后的真相

奥威尔的一生经历丰富。从小时候开始，他陆续经历了“日不落帝国”最后的辉煌、第一次世界大战、俄国革命、经济大萧条、西班牙内战、第二次世界大战、美苏“冷战”开始等历史事件。可以说，这些经历对奥威尔产生了巨大的影响。

从奥威尔的创作历程可以看出，他的作品的基本主题聚焦于底层民众的贫困和政治压力，用奥威尔本人的话来说，就是“使每个现代人感到困惑的噩梦，即失业的噩梦和国家干预的噩梦”。20 世纪 30 年代之后，奥威尔的创作重心从前期的揭露资本主义社会的贫困转为抨击独裁专制政体，创作了影响非常广泛的反乌托邦主题小说。奥威尔对自己的政治立场直言不讳，他曾经说过：“自 1936 年来，我所写的一切都是直接或间接地反对极权主义，支持民主社会主义的。”也正是出于这个原因，根据 2007 年 9 月英国国家档案馆解密的资料，奥威尔一直被怀疑是个共产主义者，自 1929 年起，他就一直处于英国军情五处和伦敦警察厅特别科的秘密监视之下，直至去世。

《一九八四》被列为“20 世纪影响力最大的英语小说之一”

至于这本书为何把这样一个年份作为题目，坊间多有传闻。其中一个常见的说法是：奥威尔是在 1948 年写完这部政治寓言小说的，为了表示这种可怕的前景迫在眉睫，他把“四八”颠倒了一下变成了“八四”，便有了《一九八四》这一书名。当然，这本书得名的具体原因，现在已无从考证。但毫无疑问的是，时至今日，《一九八四》已经成了一个特殊的符号，也使奥威尔赢得了“一代人的冷峻良心”这一称号。

《一九八四》在奥威尔去世的前一年出版。小说对专制统治的谴责达到了登峰造极的地步，为读者描绘了一个极权统治下阴森恐怖的未来景象。这部作品迄今已经被翻译成 60 多种语言，被列为“20 世纪影响力最大的英语小说之一”。不仅如此，《一九八四》这部小说的销量，也一度被称为国际政治领域的“晴雨表”。正如作家玛格丽特・阿特伍德于 2003 年在《卫报》上所刊登的文章中提到的，她能想象《一九八四》中所描绘的恐怖场景其实可能发生在“任何地方”。

2013 年，美国中央情报局前员工爱德华・斯诺登向公众披露了美国政府大规模监视公民通信的“棱镜计划”。这个爆炸性新闻令全世界哗然。人们突然发现，小说《一九八四》中描写的世界似乎并不遥远，美国政府以“国家安全”为幌子，对公民隐私信息进行不间断监视的行为，与小说中的“老大哥”的行为别无二致。因此，民众心中强烈的不安全感催生了美国读者对《一九八四》这部小说的巨大需求。据统计，当时该书在亚马逊网上书店的销量因此暴涨了 7 000%。

2017 年，时任美国总统唐纳德・特朗普上台以后，多次对美国媒体的报道公开进行严厉抨击，并不断指责媒体是“假新闻”的传播者，进行的是“不诚实报道”，甚至指名道姓地把某些媒体称为“美国人民的敌人”。对此，共和党参议员约翰・麦凯恩撰文批评说，总统动用自己的私人权力对媒体进行压制的行为是“独裁的开端”。这一矛盾也同样刺激了《一九八四》这部小说的销量，根据《纽约时报》报道，在当时，这部小说的销量增长了 9 500%，跃至美国亚马逊畅销书榜榜首。出版社只好屡次加印，以满足读者的阅读需求。

《一九八四》出版数量的巅峰是在冷战时期。安德鲁・鲁宾在他的学术作品《帝国权威的档案》中，就以这部小说为例，披露了一场文化

“暗战”：冷战期间，以英国、美国为代表的西方资本主义国家为了服务于意识形态斗争的目的，投入大量资金用于文化交流，资助艺术演出、展览等，其重点之一就是资助图书出版，其中便包括对乔治·奥威尔的《一九八四》和《动物农场》的全球性推广。

据统计，1949 年 11 月，《一九八四》刚刚正式出版，英国外交部就已经着手将这本书翻译成意大利语、法语、瑞典语、荷兰语、丹麦语、德语、西班牙语、挪威语、波兰语、乌克兰语、葡萄牙语、波斯语、泰卢固语、日语、希伯来语、孟加拉语以及古吉拉特语等等。美国军方也于 1949 年在韩国出版了《一九八四》的韩语版，并随即启动了针对这本书的专项宣传、推广活动。

美国外交家乔治·凯南曾经直言：“由奥威尔……创作的虚构和象征性的形象，比苏联的图片更充分地代表了极权主义。”时任美国国务卿迪安·艾奇逊在 1951 年也曾经直言不讳地说，像《动物农场》和《一九八四》这样的作品“在对苏联开展心理攻势方面具有极大的价值”。由此可见，这部小说在冷战期间的广泛传播，更多是由于某些政治力量的幕后推动。

正是《一九八四》巨大的影响力，使奥威尔的作品在英语文学史上“独树一帜”地占有了重要的地位。比如他在《一九八四》中创造的“老大哥”（Big Brother）、“双重思想”（doublethink）、“新话”（newspeak）等词都被收入了权威的英语词典，甚至由他的名字衍生出的形容词“奥威尔式的”（Orwellian）也已经变成了对极权主义政权的标准描述。

时至今日，人们往往从一个更加冷静的角度来看待《一九八四》这部小说的流行：在以美国、英国为首的意识形态集团对这部小说进行大力宣传和推广的影响之下，普通西方民众在看待问题时，还能保留独立思考的能力吗？在那种环境下，人们的“自由意志”还是自由的吗？这部小说庞大的发行量背后，真的是其文学价值在进行驱动吗？西方资本主义国家打着“民主”“自由”的旗号对其他国家大肆进行价值观输出和文化扩张，这与“老大哥”的行径有什么区别呢？

必须注意的是，乔治·奥威尔本人绝对不是某些媒体宣传的所谓

“反苏”作家。将他的代表作《一九八四》简单粗暴地视为针对苏联开展思想攻势的“武器”的行为绝非出于奥威尔的本意。正如评论家西蒙·黎斯对这部小说的评价所指出的那样：“许多读者从《读者文摘》编辑的角度来看待奥威尔：在他的所有作品中，他们只保留《一九八四》，然后对它断章取义，硬把它贬低为一本反共的小册子。他们为着自己的方便，全然无视奥威尔反极权主义斗争的动力是他对社会主义的信念。”

从“乌托邦”到“反乌托邦”的嬗变

人类自产生社会意识以来，就一直在追求美好的生活和理想的社会制度。从古希腊、古罗马神话中的“黄金时代”，到《圣经》中描述的“伊甸园”和“应许之地”；从柏拉图构想的“理想国”，到中国传统文化中的“世外桃源”，直至小说中与世隔绝的“香格里拉”……人们在各种各样的文学想象中寄托了自己的美好愿望，不断描绘着心目中完美的社会形态。

1516年，欧洲早期空想社会主义学说的创始人托马斯·莫尔在他的著作《乌托邦》（*Utopia*）中首次提出了“乌托邦”的概念。在这个虚构的世界中，人们生活和谐、财产共有、生活按需分配、政治民主、崇尚知识和科学，“乌托邦”社会是一个没有任何政治、经济、阶级矛盾的共和社会。从莫尔的叙述开始，人们便习惯用“乌托邦”这一概念来描写任何想象中的理想社会。除此之外，这个名词也被用来指代那些试图将某些理论变成现实的尝试，或者某些虽好但无法实现的（或几乎无法实现的）愿望等等。

但是，随着历史的发展和社会的进步，人们逐渐意识到：所谓“乌托邦”，就如同它的字面含义一样，不过是一个“乌有之地”。特别是随着大航海时代带来的地理学大发现，在物理空间中寻找远离尘嚣的“乌托邦”社会的梦想逐渐破灭。同时，随着19世纪以来资本主义发展所带来的权力膨胀、物欲横流的思潮和不断加剧的社会矛盾，特别是20世纪两次世界大战给人类心灵带来的巨大创伤，以及随之而来的冷战、环境破坏、恐怖主义等问题日渐涌现，越来越多的人开始对传统“乌托邦”叙事中的自由、平等、进步等正面的宏大思想产生了质疑甚至否定。因此，“反乌托邦”的思想作为一种“反抗或批判的能量或精神”开始扶摇直上，出现在诸多的文学作品中。

对于科幻小说中的“反乌托邦”主题概念，人们有不同的解读。比如在英文中，这个概念往往被表述成“anti-utopia”，意思是“反乌托邦”；或被写成“dystopia”，常被译为“敌托邦”。此外，在不同的语境中，还衍生出“恶托邦”“废托邦”等变体。这些名词虽然各有侧重，但往往有一个共同的特征，那就是用来描绘与传统理想中的“乌托邦”概念截然不同的、负面的社会形象。从这个意义上说，“乌托邦”和“反乌托邦”就像是一枚硬币的两面，最大的区别就在于“乌托邦”更多表述的是一种政治理想，而“反乌托邦”则更多出现在文学作品之中，通过一种更加激烈的方式表达了现代社会中普遍存在的生存危机和社会焦虑感。从主题上来看，“反乌托邦”主题的作品涵盖了“反科技主义”“反极权主义”“反消费主义”“反性别主义”等分型。

在众多的同主题文学作品中，乔治·奥威尔的代表作《一九八四》与英国作家阿道司·赫胥黎的《美丽新世界》、俄国作家叶甫盖尼·扎米亚京的《我们》并称为“反乌托邦”三部曲。

《一九八四》与《美丽新世界》《我们》并称为“反乌托邦”三部曲

在《一九八四》这部小说中，奥威尔用生动的笔触向人们揭示了极权主义统治的残暴和邪恶，表现出对英国战后即将面临残暴统治的严峻现实的担忧。在小说构建的虚拟的极权社会中，隐藏的“电幕”到处都是；宣传海报上的文字时刻在提醒人们“老大哥在看着你”。然而比“电幕”更加恐怖的是人性的异化，在小说中不乏对社会成员乃至家庭成员之间相互监视、相互揭发的行为的描写，这种人性的泯灭读起来更加令人感到不安。

自出版以来，《一九八四》这部小说曾被人贴上各种各样的标签。有人说它是一部政治寓言；有人说它是一部预测未来的启示录；也有人认为它是一部描述噩梦的恐怖小说。正是因为有了如此名目繁多的归类，读者在阅读的过程中更需要保持独立的“批判性思维”，避免被种种先入为主的印象干扰。

对《一九八四》的审慎阅读

在《一九八四》中，温斯顿和裘莉亚之间的感情故事成为故事发展的主要线索，因此有些评论将之定义为恐怖时代中的“真爱”，并声称对两个主人公之间“爱情”的描写显示出冷酷的生活中的“温暖的爱意”。不过，在阅读过程中，有一个问题会时不时地浮现出来：“温斯顿和裘莉亚的行为是真正的爱情吗?”

本着保持“批判性思维”的精神，我们将摒弃先入为主的“预设立场”和“无关联想”，对部分小说文本进行细致的审慎阅读，深入探索一下这两个主人公之间是否真的存在“真爱”。

1. 初见裘莉亚

温斯顿第一次见到裘莉亚，是在大洋国定期组织的“两分钟仇恨”集会上，这种集会类似于第二次世界大战期间纳粹德国经常组织的声势浩大的游行活动。在当时，温斯顿对裘莉亚并没有太好的第一印象。小说是这样描写两人的第一次见面的：

> 他不知道她的名字，但是他知道她在小说司工作。由于他有时看到她双手沾油，拿着扳钳，她大概是做机械工的，拾掇那些小说写作机器。她是个年约二十七岁、表情大胆的姑娘，浓浓的黑发，长满雀斑的脸，动作迅速敏捷，像运动员。她的工作服的腰上重重地围了一条猩红色的狭缎带，这是青年反性同盟的标志，围得不松不紧，正好露出她的腰部的苗条。

温斯顿头一眼看到她就不喜欢她。他知道为什么。这是因为她竭力在自己身上带着一种曲棍球场、冷水浴、集体远足，总的来说是思想纯洁的味道。

…………

有一次他们在走廊里遇到时，她很快地斜视了他一眼，似乎看透了他的心，刹那间他充满了黑色的恐惧。他甚至想到这样的念头：她可能是思想警察的特务。不错，这是很不可能的。但是只要她在近处，他就有一种特别的不安之感。这种感觉中掺杂着敌意，也掺杂着恐惧。[①]

由此可见，在第一次见面的时候，两个人完全不存在一见钟情的“缘分”，相反，彼此表现出充满抵触的警觉。

2. 再见裘莉亚

在第二次见到裘莉亚的时候，温斯顿刚刚从黑市老板的家里出来：

前面人行道上，不到十米的地方，来了一个身穿蓝制服的人。那是小说司的那个黑头发姑娘。路灯很暗，但是不难看出是她。她抬头看了他一眼，就装得好像没有见到他一样很快地走开了。

不再有什么疑问，那个姑娘是在监视他。她一定跟着他到了这里，因为她完全不可能是偶然正好在同一个晚上到这同一条不知名的小街上来散步的，这条街距离党员住的任何地方都有好几公里远。这不可能是巧合……

只有三分钟，他跑上去可能还赶得上她。他可以跟着她到一个僻静的地方，然后用一块石头猛击她的脑袋。

他当初要是动作迅速，本来是可以把那黑发姑娘灭口的；但是正是由于他处于极端危险的状态，他失去了采取行动的毅力。[②]

---

① 奥威尔．一九八四．董乐山，译．上海：上海译文出版社，2009：12－13.

② 同①115－116.

这几段文字对两个人关系的描写就更加与“爱情”风马牛不相及了。夜深人静的时候裘莉亚恰巧出现在温斯顿附近，还表现得若无其事。这真的是“巧合”吗？谨小慎微的温斯顿看到这个黑发姑娘不仅在跟踪、监视自己，甚至还发现自己正在进行非法的黑市交易。出于恐惧，他甚至想要做出“灭口”的冲动行为。

3. 三见裘莉亚

在一个周围无人的过道里，温斯顿第三次见到了裘莉亚。当时，温斯顿正要去洗手间，却又一次迎面碰上了这个让他曾经“心生芥蒂”，甚至想要将其“灭口”的黑发姑娘：

> 她走近的时候，他看到她的右臂挂着绷带。
>
> …………
>
> 他们相距四米的时候，那个姑娘绊了一跤，几乎扑倒在地上。她发出一声呼痛的尖叫。她一定又跌在那条受伤的手臂上了。温斯顿马上停步。那姑娘已经跪了起来。她的脸色一片蜡黄，嘴唇显得更红了。她的眼睛紧紧地盯住他，求援的神色与其说是出于痛楚，不如说是出于害怕。
>
> “你摔痛了没有？”他问着。
>
> “没什么。摔痛了胳膊。一会儿就好了。”
>
> 她说话时好像心在怦怦地乱跳。她的脸色可真是苍白得很。
>
> “你没有摔断什么吗？”
>
> “没有，没事儿。痛一会儿就会好的。”
>
> 她把没事的手伸给他，他把她搀了起来。她的脸色恢复了一点，看上去好多了。
>
> “没事儿，”她又简短地说，“我只是把手腕摔痛了一些。谢谢你，同志！”
>
> 她说完就朝原来的方向走去，动作轻快，好像真的没事儿一样。整个事情不会超过半分钟。不让自己的脸上现出内心的感情已成为

> 一种本能，而且在刚才这件事发生的时候，他们正好站在一个电幕的前面。尽管如此，他还是很难不露出一时的惊异，因为就在他搀她起身时，那姑娘把一件不知什么东西塞在他的手里。她是有心这样做的，这已毫无疑问。[①]

故事在这个瞬间产生了巨大的转折。这个之前和温斯顿只见过三次面，不曾有过任何语言交流，甚至都没有留下什么好印象的姑娘，竟然“明目张胆”地塞给他一样东西，温斯顿一时不知所措。不过，他还是不动声色地回到了工作的岗位上。

> 他把做完的工作卷了起来，放在输送管里。时间已经过去了八分钟。他端正了鼻梁上的眼镜，叹了一口气，把下一批的工作拉到前面，上面就有那张纸片，他把它摊平了。上面写的是几个歪歪斜斜的大字：
>
> 我爱你。
>
> 他吃惊之余，一时忘了把这容易招罪的东西丢进忘怀洞里。等到他这么做时，他尽管很明白，表露出太多的兴趣是多么危险，但还是禁不住要再看一遍，哪怕只是为了弄清楚上面确实写着这几个字。[②]

读到这里，不少读者一定已经把自己“代入”《一九八四》所构建的那个充满困顿、压抑的极权社会中了。事事不如意的温斯顿收到了来自一个年轻女孩的示好，你惊不惊喜、意不意外？

兴奋之余，我们不妨来回顾一下这两个人物各自的形象：温斯顿是一个四十多岁的中年人。他貌不惊人，还因为营养不良显得十分瘦弱、单薄。作为一个毫无存在感的普通人，生活在这样一个极权社会中，他必须处处谨慎小心，甚至他从事的工作也是一种可有可无的边缘化工作。

而裘莉亚呢？她是一个年轻漂亮的女孩，根据书中描述，她“年约

① 奥威尔．一九八四．董乐山，译．上海：上海译文出版社，2009：123-124.

② 同①126.

二十七岁”“表情大胆”，有着“浓浓的黑发”和“长满雀斑的脸”。这样一个年轻、充满活力的女孩却向温斯顿这样一个中年大叔主动投怀送抱，是何原因？在现实生活中，一个年轻女孩有多大的可能性会去主动对一个自己并不熟悉的中年男人说“我爱你”呢？

不管读者们怎么想，这张小纸条就像是在温斯顿平静的心中投下了一颗小石子，让他再也无法波澜不惊地生活和工作了。

4. 与裘莉亚约会

很快，在另一次“两分钟仇恨”集会上，女孩走近温斯顿，向他详细地介绍了他们初次约会的路线，“清楚明确，犹如军事计划一样”，使他十分诧异。

> 她又口也不张，用不露声色的声音开始说话。
>
> “你能听到我说话吗？”
>
> “能。”
>
> “星期天下午你能调休吗？”
>
> “能。”
>
> “那么听好了。你得记清楚。到巴丁顿车站去——”
>
> 她逐一说明了他要走的路线，清楚明确，犹如军事计划一样，使他感到惊异。坐半小时火车，然后出车站往左拐，沿公路走两公里，到了一扇顶上没有横梁的大门，穿过了田野中的一条小径，到了一条长满野草的路上，灌木丛中又有一条小路，上面横着一根长了青苔的枯木。好像她头脑里有一张地图一样。她最后低声说：“这些你都能记得吗？”
>
> “能。”
>
> “你先左拐，然后右转，最后又左拐。那扇大门顶上没横梁。”
>
> “知道。什么时间？”
>
> “大约十五点。你可能要等。我从另外一条路到那里。你都记清了？”

“记清了。”

“那么马上离开我吧。”①

这种仿佛“天上掉馅饼”一样的艳遇让温斯顿猝不及防。当初次约会结束之后，两个人才有了这样一段对话：

“你叫什么名字?”温斯顿问。

“裘莉亚。我知道你叫什么。温斯顿——温斯顿·史密斯。”

“你怎么打听到的?”

“我想打听这种事情我比你有能耐。”②

读到这里，细心的读者也许会注意到一个细节问题：在此之前，两个人根本不认识。一方面，温斯顿对这个女孩一无所知；另一方面，女孩却能连名带姓地把温斯顿的信息说得清清楚楚。故事发展到后来，她和温斯顿分享的巧克力也是那种在大洋国人们生活中难得一见的高档货，这处处体现出女孩裘莉亚的“与众不同”。

想象一下，如果在现实生活中，一个我们并不熟悉的人对我们主动示好，而且就在刚刚开始交往，我们甚至还不知道对方姓甚名谁的时候，却发现对方能够把我们的信息说得清清楚楚，这种感觉恐怕已经全然超出疑惑的范畴了。

5. 裘莉亚的“礼物”

这一天，裘莉亚来找温斯顿的时候，带来了一个工具包，包里装满了各种“礼物”。对于这一段故事，小说中是这样叙述的：

她跪了下来，打开工具包，掏出面上的一些扳子、旋凿。下面是几个干净的纸包。她递给温斯顿的第一个纸包给他一种奇怪而有点熟悉的感觉。里面是种沉甸甸的细沙一样的东西，你一捏，它就陷了进去。

---

① 奥威尔．一九八四．董乐山，译．上海：上海译文出版社，2009：134－135.

② 同①141.

“不是糖吧?”他问。

“真正的糖。不是糖精，是糖。这里还有块面包——正规的白面包，不是我们吃的那种次货——还有一小罐果酱。这里是一罐牛奶——不过瞧！这才是我感到得意的东西。我得用粗布把它包上，因为——”

但是她不用告诉他为什么要把它包起来。因为香味已弥漫全室，这股浓烈的香味好像是从他孩提时代发出的一样，不过即使到了现在有时也偶尔闻到，在一扇门还没有关上的时候飘过过道，或者在一条拥挤的街道上神秘地飘来，你闻了一下就又闻不到了。

“这是咖啡，”他喃喃地说，“真正的咖啡。”

“这是核心党的咖啡。这里有整整一公斤。”她说。

“这些东西你怎么弄到的?”

“这都是核心党的东西。这些混蛋没有弄不到的东西，没有。但是当然，服务员、勤务员都能揩一些油——瞧，我还有一小包茶叶。”温斯顿在她身旁蹲了下来。他把那个纸包撕开一角。“这是真正的茶叶。不是黑莓叶。”

“最近茶叶不少。他们攻占了印度之类的地方，”她含含糊糊地说，“但是我告诉你，亲爱的。我要你转过身去，只要三分钟。走到床那边去坐着，别到离窗口太近的地方。我说行了才转过来。”

…………

“你现在可以转过身来了。”裘莉亚说。

他转过身去，一时几乎认不出是她了。他原来以为会看到她脱光了衣服。但是她没有裸出身子来。她的变化比赤身裸体还使他惊奇。她的脸上涂了胭脂，抹了粉。

…………

“还用了香水!”他说。

“是的，亲爱的，还用了香水……”①

① 奥威尔．一九八四．董乐山，译．上海：上海译文出版社，2009：163-166.

这是一个耐人寻味的场景，小说《一九八四》中所描述的大洋国实行的是十分严格的配给制，自由贸易是绝对被禁止的。裘莉亚拿出来的这么多“奢侈品”是普通人家根本见不到的。这些东西是从哪里来的呢？如果站在一个全知读者的角度来看待这件事，那么会不会发现这里似乎有些不大对劲？

正当两个人沉浸在温柔之乡中，憧憬着未来生活的时候，温斯顿和裘莉亚的关系终于暴露了。思想警察头子奥勃良对被关押在101房间中的温斯顿使出了最后一招：他把温斯顿绑在凳子上，脸上罩上一个装着老鼠的笼子。这时，温斯顿终于在恐惧前崩溃了，喊出了：“去咬裘莉亚！咬裘莉亚！”

在《一九八四》中，101房间是令所有人感到害怕的地方，因为在那个房间里藏着所有人内心最深的恐惧。再坚强的人也无法摆脱这种恐惧带来的压力，除了屈从，被审讯的犯人别无出路。

这个细节非常耐人寻味——老鼠是温斯顿内心最恐惧的东西，奥勃良是怎么知道的呢？在小说前文中描述温斯顿和裘莉亚共同生活的情景的时候，有过这样一段叙述：

> “那是什么？”他吃惊地问。
>
> “一只老鼠。我瞧见它从板壁下面钻出鼻子来。那边有个洞。我把它吓跑了。”
>
> “老鼠！”温斯顿喃喃自语，“在这间屋子里！”
>
> “到处都有老鼠。”裘莉亚又躺了下来，满不在乎地说。
>
> “我们宿舍里甚至厨房里也有。伦敦有些地方尽是老鼠。你知道吗？它们还咬小孩……”
>
> “别说下去了！”温斯顿说，紧闭着双眼。
>
> “亲爱的！你的脸色都发白了。怎么回事？你觉得不好过吗？”
>
> “世界上所有可怕的东西中——最可怕的是老鼠！”①

---

① 奥威尔．一九八四．董乐山，译．上海：上海译文出版社，2009：168.

在整部小说的叙述中，只有这段描述提及了温斯顿害怕老鼠的经历——与他童年的阴影密不可分。温斯顿的恐惧核心是老鼠，而他只跟裘莉亚说过，那么奥勃良是怎么知道的呢？读到这里，不知道读者有没有一种“细思极恐”的感觉？有没有对裘莉亚的真实身份产生一点好奇和思考？这背后的缘由，就留着读者自己在阅读原文之后去进行推测了。

“反乌托邦”主题科幻小说的影响与启示

“反乌托邦”主题科幻小说与传统意义上的科幻小说一样，致力于通过故事叙述激发人们的思考，通过描写个体的情感历程来突出表现社会的群体趋向，具有很强的警示含义。

从《一九八四》这部小说来看，虽然其流行有英美等资本主义国家的政治势力作为幕后“推手”，但这部作品本身也并非“浪得虚名”。奥威尔的卓越之处在于，他并非仅仅用小说来影射个别的统治者或政权，而是直接揭露语言的堕落。奥威尔在生前所接受的最后一次采访中说，自己创作《一九八四》的最终目的并不是“预测”，而是“预警”。因此，奥威尔坚信：“在一个语言堕落的时代，作家必须保持自己的独立性，在抵抗暴力和承担苦难的意义上做一个永远的抗议者。”这也正是“反乌托邦”主题科幻小说的主题所在。

鲁迅先生在作品集《呐喊》中的一段话，在一定程度上表现出“反乌托邦”主题科幻小说的核心价值：“假如一间铁屋子，是绝无窗户而万难破毁的，里面有许多熟睡的人们，不久都要闷死了，然而是从昏睡入死灭，并不感到就死的悲哀。”在这样一种环境下，“反乌托邦”主题科幻小说中所构建的故事情节的作用正如《呐喊》中所说的“大嚷起来，惊起了较为清醒的几个人”。而“反乌托邦”主题科幻小说的最终目的则在于“几个人既然起来，你不能说决没有毁坏这铁屋的希望”。

由此可见，“反乌托邦”主题科幻小说的故事构建，并非针对某种具体的科学理论架构或技术影响进行推演，而是从人们的思想、社会角色等方面进行探讨和描述，通过一个虚拟的故事，对一种可怕的未来景象进行描述，从而帮助读者思考现实社会中可能出现的类似的问题，进而避免这种糟糕的未来“噩梦成真”。从这个意义上说，“反乌托邦”主题科幻小说的思想实验特征要更加明显。

美国学者尼尔·波兹曼曾经在他的代表作《娱乐至死》中对“反乌托邦”主题的两部代表作——奥威尔的《一九八四》和赫胥黎的《美丽新世界》进行横向对比，借以发现两部作品中的某些相似之处：

> 奥威尔害怕的是那些强行禁书的人，赫胥黎担心的是失去任何禁书的理由，因为再也没有人愿意读书；奥威尔害怕的是那些剥夺我们信息的人，赫胥黎担心的是人们在汪洋如海的信息中日益变得被动和自私；奥威尔害怕的是真理被隐瞒，赫胥黎担心的是真理被淹没在无聊烦琐的世事中；奥威尔害怕的是我们的文化成为受制文化，赫胥黎担心的是我们的文化成为充满感官刺激、欲望和无规则游戏的庸俗文化。正如赫胥黎在《重访美丽新世界》里提到的，那些随时准备反抗独裁的自由意志论者和唯理论者“完全忽视了人们对于娱乐的无尽欲望”。
>
> 在《一九八四》中，人们受制于痛苦，而在《美丽新世界》中，人们由于享乐失去了自由。简而言之，奥威尔担心我们憎恨的东西会毁掉我们，而赫胥黎担心的是，我们将毁于我们热爱的东西。①

通过这些对比，读者会对这一主题有何新的认识呢？现实生活中的消费社会也好，网络生活也罢，是更像《一九八四》中的极权禁锢，还是更像在“放任中变坏”的《美丽新世界》呢？哪种“反乌托邦”的描述更值得人们警惕呢？

因为“集权”和“极权”这两个词语读音相同，很多人一不留神就会把两者混淆。其实这两个概念有着本质的区别，也非常有必要对二者进行明确区分：所谓“集权”，泛指权力集中的现象。一般说来，古今中外绝大多数国家的政权是通过这种集中权力的方式来维持社会正常高效

① 波兹曼．娱乐至死．章艳，译．北京：中信出版社，2015：11.

运行的。而“极权”则是以第二次世界大战中的纳粹德国为代表的一种特殊政治制度。学者汉娜·阿伦特曾经如此定义极权主义：“极权主义”（totalitarianism）是现代专制主义。它从本质上来说与古代或中世纪的专制主义完全相同，国家中所有的一切都处于一个有形或者无形的“老大哥”的全面严密控制之下，这是历史上任何一个暴君都做不到，甚至连想也想不到的。但是，在现代技术产物的“加持”之下，这种控制手段被高效地转化为现实。比如《一九八四》中的“老大哥”可以通过“电幕”监控一切，这种设备在 1948 年还是个不折不扣的科幻产物。但在美国中央情报局对普通民众进行监控的“棱镜计划”被披露出来之后，人们发现，原来这种“电幕”已经成为技术现实了。

2008 年 3 月，一部德国电影引起了人们的注意，它就是由美国作家托德·斯特拉瑟的同名小说改编的电影《浪潮》。这部小说的原型是 1967 年发生在美国高中历史课上的一个真实故事。涉事老师罗恩·琼斯曾经把自己的这段人生经历称为“教学生涯中遇到的最可怕的事情之一”，因为他在自己的课堂上成功地开办了一个“纳粹速成班”。

在小说《浪潮》中，主人公本·罗斯是戈登中学的一名历史老师，他在教学中充满热情，也能充分调动学生的学习兴趣。但在一次课堂上，当他给学生讲述第二次世界大战期间纳粹集中营里的恐怖情景时，有学生提出了一个非常深刻的问题：“为什么那些纳粹分子都表现得那么残忍，明知道自己的行为残暴、不人道，却不拒绝执行命令，反而在事后声称自己是‘无辜’的？”在课堂上，罗斯无法给出一个令人信服的答案，因此他突发奇想，准备在课堂上通过“原景再现”的方式让学生亲身体会纳粹统治的欺骗性表象和残暴本质。于是他开始在班级里进行一系列的“课堂实验”活动，比如要求学生上课时采用标准的坐姿、站姿和称呼。学生们非常热衷于加入这样一个纪律严明的团队，将自己的班级命名为“浪潮”组织，并自发地制定了宣传口号，设计出画着波浪符号的徽章和海报，规定了行问候礼的手势，等等。一开始，“浪潮”组织的活动开展得如火如荼，团队内部完全平等的纲领让整个班级充满了凝聚力，甚至提高了学生的学习效率。很快，“浪潮”组织的热潮席卷全校，吸引了越来越多的学生参与进来。学生们开始自发地形成各种不同的分支组织，甚至有学生自告奋勇地成为担任领导者的罗斯的“保镖”。但是，“浪潮”组织的影响力很快就开始表现出意想不到的“副作用”，有些学生开始排斥组织之外的成员，不接受对“浪潮”组织的任何批评意见，甚至在要挟他人加入不成的情况下动用暴力手段。而在组织内部，学生们开始互相监视和揭发一些“不利于”组织的行为，并建立了对罗斯的绝对服从和个人崇拜，对集体的目标表现出宗教般的狂热。在整个局势完全失控之前，罗斯向学生们揭示了自己的“课堂实验”的真正目的。在短短五天的时间里，原本仅仅作为“课堂实验”的活动已经在不知不觉中逐渐滑向了“独裁”与“纳粹主义”的深渊。学生们也意识到，对于曾经被提出的那个问题，他们的心中已经有了各自的答案。

小说《浪潮》根据真实的历史事件改编

《浪潮》这部小说反映出非常深刻的社会现实。因此有评论认为，在小说《一九八四》中，“老大哥”无处不在的监视和奥勃良通过刑讯实现的“思想控制”其实是非常原始、简单粗暴的做法。相比之下，“浪潮”组织却表现出一种真正潜移默化的影响力，让学生们在毫无知觉的情况下被裹挟其中。

这种“集体无意识”的心理也可以在美国心理学家斯坦利·米尔格拉姆于 20 世纪六七十年代所做的实验中发现影子。在实验中，志愿者被邀请通过亲手控制电击开关的方式“考察”实验对象，每当实验对象出错时，志愿者就会升高电击强度来进行“惩罚”。在实验过程中，很多受到电击的实验对象痛苦不堪，按照正常逻辑，志愿者理应叫停实验，并指出其中的不人道之处，但绝大多数志愿者却依然完成了实验，最高电击强度竟然达到了 450 伏，远远超过了合理的实验范畴。而在实验之后，却没有任何志愿者觉得自己的行为有不妥之处，因为他们认为自己只不过是在完成任务，即使是在“作恶”，也没有任何心理负担。这个实验充分证实了人们在判断所实施的行为的“正义性”时所表现出的双重标准。这正应了法国思想家伏尔泰的那句名言：“雪崩时，没有一片雪花觉得自己有责任。”

中国科幻作家刘慈欣在小说《三体Ⅲ·死神永生》中，也引用了《浪潮》这个案例：

> “青铜时代”号在得知了自己永远流浪太空的命运后，也建立了这样一个集体极权社会，知道我们用了多长时间吗?
>
> 五分钟。
>
> 真的只有五分钟，那个全体会议只开了五分钟，这个极权社会的基本价值观就得到了“青铜时代”号上绝大多数人的认可。所以，当人类真正流落太空时，极权只需五分钟。①

学者弗雷德里克·詹姆逊在《时间的种子》中指出：“反乌托邦基本上是科幻小说批评语言中所说的‘关于最近未来’的小说：它叙述某种即将到来的灾难的故事——生态危机、人口过剩、瘟疫、干旱、偏离轨道的彗星或核事故等等，这些灾难将在我们自己最近的未来出现和转化，但在小说的时间里则迅速提前。”②

从詹姆逊的论述中可以看出，“反乌托邦”主题科幻小说的核心特征在于对现实社会的“预警”。此类作品的关键问题并不在于“反叛”“反抗”或“反对”，而更多在于对现实生活的“反思”和“反省”，是批判性思维在文学领域的集中反映。

奥威尔在《一九八四》中所表现出的反极权主义的斗争是与他自己对社会主义的信仰密不可分的。他在小说中虚构了一个极权社会，并对极权主义统治下的社会形态进行了剖析，为读者展现了一个极度压抑的大洋国，同时通过描述以温斯顿为代表的一系列人物的悲惨境遇，向世人敲响警钟，让世人进一步认识极权主义所带来的危害。因此，《一九八

① 刘慈欣．三体Ⅲ：死神永生．重庆：重庆出版社，2010：84-85.

② 詹姆逊．时间的种子．王逢振，译．南京：江苏教育出版社，2006：49.

四》也常被定义为一部具有深刻意义的“政治寓言”。

写作点津：充分利用自己的人生经历

作家马克·吐温有一句名言：“有时候，现实比小说更加离奇，因为虚构的小说是在一定逻辑下进行的，而现实往往毫无逻辑可言。”如果创作者想要给小说作品找到一个描摹的“原型”的话，现实生活中人们的生活经历就是一个很常见的灵感来源。

在写作活动中，创作者个人的人生经历就像一个“素材库”，充满了文学创作所需要的各种“叙事要素”。如果创作者在写作过程中能够有效地开采这一“宝藏”，寻找可以在作品中应用的人物角色和事件，尤其是那些有情感力量的元素，就有可能对写作活动起到“事半功倍”的促进作用。

英国作家查尔斯·狄更斯就是一个很具代表性的例子。狄更斯曾经有过一段幸福的童年时光，但对他而言，快乐的日子太短暂了。狄更斯的父亲因为欠下巨额债务，被判决进入监狱服刑，狄更斯的大多数家人也受到株连，失去了自由。而当时的狄更斯因为年纪尚小，只好寄人篱下，生活在别人家里。但是，他也必须每天工作十几个小时，以此来支付寄宿费和补贴家用。这种充满波折的人生经历成为狄更斯创作的灵感来源。在他的很多作品，如《大卫·科波菲尔》《远大前程》中，很多情节都是自己童年遭遇的“再现”。

同样，在科幻小说《安德的游戏》中，读者们不仅仅能看到作者奥森·斯科特·卡德自己成长的经历，更可以从这一经历中看到他对“天才少年”的理解和文学化描述。

在小说《一九八四》中，作者奥威尔的个人经历显现得更加明显，他对恐怖的极权主义的描写和刻画绝不是对现实中的苏联的影射和描画，而是以一个“陌生化”的角度，再现了奥威尔自己所经历的缅甸殖民地生活、西班牙内战、第二次世界大战中的纳粹统治等等，其中甚至有对战争中期和后期英国政治现状的直接描写。甚至有评论认为，小说中裘莉亚的形象，一定程度上带有奥威尔妻子的影子；而令人恐惧的 101 房间的原型，就存在于奥威尔曾经供职的英国广播公司大楼之中。

在充分利用个人经历进行小说故事情节构建的活动中，创作者可以主动地从记忆中提取自己的人生经历，将之变成故事中描述的现实。但在故事叙述过程中，叙事视角往往会出现从“主观”到“客观”的转变。比如，人们在回忆自己的童年故事的时候，一般都会把自己放在回忆的核心，因此很自然地就用起了第一人称，比如“我小时候……”的叙述模式。但是，如果把故事的视角换成第三人称，创作者就可以有效地把自己同中心人物疏离开来。不难看出，小说作者常常采用第三人称，这样可以避免过多地把自己的人生经历放入故事的原型中，从而更加冷静、客观地构建故事情节。

很多创作者在谈及以个人经历为基础进行小说创作的时候，经常会提到一个叫作“内心的眼睛”（inner eye）的概念。这种虚构的“内心的眼睛”可以被视为人们头脑中所存储的影像，它以一种完全真实的方式再现人们的记忆。恰如作家村上春树曾经说过的：“我认为回忆是人类最宝贵的财富。它是一种燃料，燃烧自己并且温暖你。我的回忆就像一个柜子：柜子里面有很多抽屉。当我想回到 15 岁的时候，我打开某个抽屉就能看到自己在神户的少年时光。我可以闻到那时空气中的味道，可以触到那时脚下的土地，可以看到那时苍翠的树林。这就是我想写作的原因。”至于通过“内心的眼睛”所看到的个人经历是否精确地还原了当时的事实，对于写作活动并不重要，因为这种影像提供的是一种“原景再现”，供信息的接受者和体验者即创作者对自己的记忆原材料进行感知和加工。

中国科幻作家吴岩在其所创作的科幻小说《中国轨道号》中，就通过第三人称的视角讲述了一个少年的成长经历。在一次采访中，吴岩坦言：小说中人物的故事，很大一部分正是自己人生经历的再现。同样，科幻作家宝树在小说《我们的科幻世界》所架构的“异世界”语境中，对自己的高考、大学生活、人际交往等经历进行重新构建，形成了别具一格的科幻叙事方式。

随着技术产品的普及，创作者除了使用“内心的眼睛”之外，还可以尝试使用“技术的眼睛”，也就是把通过图像、音频、视频等媒介保存下来的记忆作为写作素材进行合理开发。比如创作者在动笔的时候，可以从自己所珍藏的童年照片中进行选择，找出一张让自己印象最深的照片，然后以此为基础，调动起自己的回忆，用“内心的眼睛”重新审视自己当时的经历；还可以选择不相关的几张照片，或者几个家庭成员的照片来构成故事发展的“原材料”，发挥想象力把它们连接起来，形成连续情节。这样，就可以把现实生活中“我们”的经历，变成文学作品中“他们”的经历。

为了形成情节冲突，创作者还可以在自己的成长历程中选取一个转折点，比如人生经历中做出的重大决定、经历的困难等等，将矛盾作为故事情节发展的驱动力，并通过化解危机形成故事的高潮和结局。

从心理描写的角度，创作者还可以穿插一些童年时期从来没有告诉过别人的、深藏在自己心底的“小秘密”。在写作过程中，用画面描绘的方式来进行事件和动作表达，以第三人称的角度，即从外部视角观察自己并进行描绘，最终取得“疏离化”的叙事效果。

剧作家萧伯纳对创作者把自己的经历作为素材进行写作实践的行为表示赞成。他认为，只有以自己和自己所处的时代为题材的创作者才能写出所有的人和所有的时代。由此可见，创作者与其绞尽脑汁地去外部世界寻找灵感，不如将探索的眼光投向自身，充分利用好自己的记忆，调动“内心的眼睛”对自己的人生经历进行审视，形成与主观感受有所不同的“他者”叙事视角，在作品中讲述“老百姓自己的故事”。

【思政提升】

真正优秀的科幻作品，其意义往往不在于描绘惊险刺激的场面，而在于通过构建科幻故事中包含的社会、政治和人性等问题，引起读者对现实的反思。“反乌托邦”是科幻作品的常见主题，它通过夸张的世界观设定和现实问题的文学再现，为现实社会提出了警示，也让读者深入思考未来社会发展的可能。此类主题科幻作品对推动社会进步、预防社会潜在危机具有深远意义，同时也可以为现实社会的发展方向提供不同的参照。

对于年轻读者而言，“反乌托邦”主题科幻小说带给人们的启示不仅仅是保持独立自主的思维方式，更是在面对外在的世界和接收到的信息的时候，应当时刻保持“平和之心”“审慎之心”“求实之心”“理性之心”和“思辨之心”。这五种心态是“反乌托邦”主题科幻小说中体现出的“批判性思维”的核心。

【拓展练习】

1. 阅读小说/观看电影《浪潮》，写一篇读后感/影评。

2. 描述一下你自己心中“（反）乌托邦”世界的样子。

3. 世界上最短的科幻小说只有一句话：“当世界上最后一个人坐在房间里的时候，突然响起了敲门声。”以这句话为基础，将其扩写成一部短篇小说。

4. 结合“思政提升”模块内容及本章主题，深入思考：新时代的年轻人应该如何坚定不移地践行社会主义核心价值观，自觉抵制文化入侵行为？

第六章

“外星文明”的善意与恶行——《安德的游戏》

我们必须拥有这样一个指挥官，他同情虫族，这样才能像虫族一样思考，才能理解它们并可以预料它们的行动。他必须充满激情，这样才能赢得下属的敬爱，与他们合作无间，将他们联合成一部完美的机器，像虫族那样的完美机器。但具有这种同情心的人不可能成为我们所需要的冷酷无情的将领，无法不惜任何代价来取得胜利。

——奥森·斯科特·卡德：《安德的游戏》

奥森·斯科特·卡德（Orson Scott Card，1951—　），美国科幻作家。他的科幻小说代表作《安德的游戏》出版于1985年，荣获“雨果奖”和“星云奖”。该作品的续集《安德的代言》于次年出版，并再次包揽了这两个世界科幻文学的最高奖项，堪称美国科幻史上的奇迹。卡德擅长在其科幻作品中塑造天才少年英雄的形象。在他所创作的多部系列长篇小说（如“安德”系列、“沃辛”系列、“回家”系列等）中，“安德”系列长篇科幻小说影响最为显著。

引　言

“这个世界上存在外星人吗?”

这可能是每个仰望星空的人心中都存在的疑问。截至目前，地球是已知的唯一一颗孕育了生命的行星。在这种“孤独感”的驱使下，人类向深邃的宇宙空间发射了许多宇宙探测器，也曾释放出无数显示自己存在的无线电波，但迄今为止，沉寂的宇宙中没有传来任何回应。也许人类还需要在这颗蓝色星球上耐心地等待下去……

安德鲁·罗宾逊在一篇纪念科幻作家阿瑟·克拉克的文章中回忆道：“1999 年，阿瑟·克拉克在文集《问候碳基两足生命》中写下了一句话：‘我希望第一次接触能在我的有生之年发生!’2007 年，在克拉克 90 岁生日时，他的最后一个生日愿望就是‘地外生命联系人类’。”在克拉克看来，跨星际交流可以通过多种形式，甚至可能通过天文现象来进行，这一思路恰如刘慈欣在小说《三体》中构建的那个令人惊异的情节——“宇宙为你而闪烁”。

人类曾经无数次仰望星空，幻想同地外文明的接触。虽然这一愿望至今没有实现，但“茫茫宇宙觅知音”的强烈愿望在各种科幻文学作品中得到了淋漓尽致的表达。美国作家奥森·斯科特·卡德的代表作《安德的游戏》就基于一个天才少年的成长历程，对星际文明的交流和碰撞进行了细致的描写。这种想象触及了星际交流的一个核心问题：如果真的有一天，外星文明造访地球，他们会是人类的朋友还是敌人?

《安德的游戏》——小说速读

在《安德的游戏》所设定的未来世界中，地球遭遇过两次来自外星文明的侵略，这些外星人长相怪异，被称为“虫族”。为了抵御虫族的再一次进攻，人类组建了一支被称为“国际联合舰队”的全球性军事力量，并在世界范围内网罗天资聪颖的孩子，把他们送到位于太空的战斗学校中，集中培养成军事领袖。

安德的哥哥彼得和姐姐瓦伦蒂都是天才少年，但性格各有不足，彼得暴戾无情，瓦伦蒂又过于温柔，因此国际联合舰队批准安德的父母生下第三个孩子，这个孩子就是安德。

六岁的安德表现出超乎寻常的才智和能力，因此格拉夫上校决定把他送到位于太空中的战斗学校去接受系统的军事训练。作为“新兵”，安德加入了队长邦佐带领的火蜥蜴战队，并结识了阿莱、佩查等好友，进步很快，逐渐在电脑心理训练游戏中展现出自己独到的判断力和指挥才能，获得教官安德森少校的关注。但队长邦佐心胸狭隘，经常排挤安德。安德只好和佩查两人暗中训练。在一次模拟战斗中，安德和佩查巧妙配合，扭转了火蜥蜴战队的败局。然而邦佐不仅不领情，还对安德大加训斥，将其调离自己的战队。

在新的战队中，安德结识了新朋友米克。米克对他说出了自己对于局势的判断，他认为虫族带来的威胁早已不复存在，国际联合舰队设立战斗学校其实是为了保住政治权力。

安德在不同的战队中不断向身边的伙伴、战斗英雄甚至向虫族本身进行学习，提升自己的指挥能力，成为全校的最佳战士，最终晋级为飞龙战队队长。与此同时，在地球上，安德的哥哥彼得和姐姐瓦伦蒂也显现出各自的领导才能，通过互联网巩固了自己的政治力量，成为举足轻重的政治领袖。

在战斗学校中，飞龙战队百战百胜，安德因此遭人嫉妒。曾经的火蜥蜴战队队长邦佐怀恨在心，企图谋杀安德。安德反抗时失手将邦佐杀死，因此陷入心理崩溃的境地，但最终在姐姐瓦伦蒂和格拉夫上校的帮助下走出了阴影。

驱散心理阴霾的安德开始在更加高级的电脑上进行针对虫族的虚拟战争游戏，曾经在抵御虫族入侵的战争中被誉为战斗英雄的马泽·雷汉乘坐光速飞船归来，成为安德的教官。安德进步神速，他曾经的好友也聚集在他周围，一起组队训练。

在格拉夫上校安排的最后一次模拟训练中，安德和他的团队拼尽全力，使用了一种被称为“设备医生”的超级战术武器，在模拟器上“击毁”了敌人的星球。

安德在庆祝胜利的人群中发现了异样。马泽·雷汉解释说，在过去的一段时间中，所有的“模拟训练”都是真实发生的。安德和他的伙伴们所进行的虚拟战争游戏，其实是通过超光速的安塞波通信指挥的真实的战斗。最后一次“模拟训练”就发生在虫族的领地。安德在完全不知情的情况下竟然彻底毁灭了虫族的母星。

安德因此成为全人类的英雄，但年轻的他对自己无意中成为亘古未有的大屠杀者这一现实感到无法接受，又一次陷入心理崩溃。

然而，在虫族的母星被摧毁、外星力量入侵的威胁消失后，地球上超级大国之间势均力敌的平衡被打破，人类爆发了内战。随着国际联合舰队分崩离析，地球陷入列强争霸的局势。安德的哥哥彼得控制了地球上的权力集团。而安德作为“功高震主”的英雄，极易被各方面的政治力量利用，因此被禁止返回地球。

安德利用自己和虫族产生的心灵感应，在濒临死亡的虫族女王的引导下找到了一颗残存的虫卵。他决定帮助虫族发展，以弥补自己无意中给它们造成的巨大伤害。最终，安德和姐姐瓦伦蒂一道，登上了人类的第一个殖民舰队，去开发虫族灭亡后所遗留的星球……

作为成长小说的《安德的游戏》

正如古诗所云，“横看成岭侧成峰”。一部好的小说作品就像是一颗钻石一样，从不同的切入点来深入阅读，会得到完全不同的阅读体会。

作为一部“老少咸宜”的科幻小说，《安德的游戏》中的故事构建十分真实，作者对安德的成长过程、在战斗学校中的学习经历等内容都进行了细致入微的描写，让读者在心理上产生强烈的共鸣。孩子们在安德的身上，看到了自己成长的影子；成人们在安德的经历中，看出了现实世界的投射。

小说的主人公安德是一个天才少年。他的成长历程自然而然地成为故事叙述的主要线索。自从童年时代开始，安德就接受了一重又一重的考验，直到他终于可以独自承担起指挥舰队的重任。这部小说的心理刻画非常出色，安德在成长过程中所受的挫折和打击，读来让人感同身受。因此，《安德的游戏》具有很突出的“成长小说”的特征。

顾名思义，所谓“成长小说”，一般叙述的是年轻的主人公在经历了生活的各种考验后，逐渐变得成熟的经历。因此，在成长小说中，主人公的成熟过程和全篇故事情节的发展带有明显的“共时性”特征。此类作品的故事叙述通常从主人公天真无邪的幼年开始，构建出一些带有“亲历记”特点的故事，着重刻画主人公从受挫到迷茫的心理经历，并在作品中描写主人公通过顿悟来解决心理危机，承担自身的社会责任，最终长大成人的成长历程。因此，成长小说中主人公的形象往往带有明显的“标杆”“榜样”特征。

神话学研究者约瑟夫·坎贝尔在对世界各地文学和民间传说中的神话原型进行深入研究的基础上，总结出神话中英雄人物成长的一般特征，并在《千面英雄》《英雄之旅》等论著中进行了系统的描述和总结。

和所有神话中的英雄人物一样，成长小说中主人公的经历，也存在着从“平凡世界”到“异质世界”进行探险和自我发现的过程。主人公的故事往往从平凡、普通的生活开始，在某个特定的时刻，会由于一些特殊原因感知到使命的召唤，接受某些人物或导师的帮助和引导，鼓足勇气离开平凡世界，进入异质世界进行锻炼、提升。在异质世界中，一切都是陌生的，主人公通常会经历一些小小的磨难，逐渐积累经验，随后就会面临巨大的危险。这个巨大的危险往往是致命的，因此故事的主人公往往会经历生死危机，命悬一线，在某些神话故事中，主人公甚至会死而复生。在经历生死考验之后，主人公便会赢得有形的财富或无形的能力，克服重重困难，最终回归平凡世界。在重获新生之后，脱胎换骨的主人公会使用在异质世界中获得的能力解决生活中的具体问题，最终“深藏功与名”地回归正常生活。

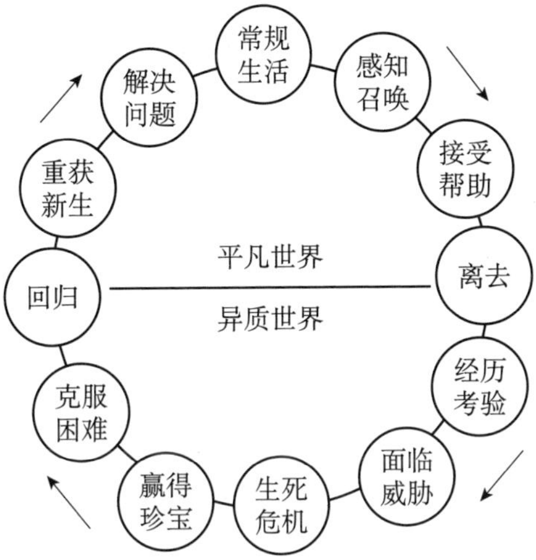

学者约瑟夫·坎贝尔提出的“英雄”成长模型

以《安德的游戏》为例，年幼的安德一开始过着无忧无虑的生活，然而作为家中的第三个孩子，他的人生自一开始就担负着重要的使命。安德对使命的感知从格拉夫上校造访安德的家庭的时候就开始了，因此格拉夫上校可以被视为安德成长历程中第一个为他提供帮助的导师。接下来，安德离开家庭，来到空间站中的战斗学校这个异质世界中独立成长。在战斗学校中，安德经历了电脑游戏心理和战斗能力训练、交往领导能力提升等诸多考验，在重重化险为夷的历程中不断成熟。安德人生中的第一次主要危机缘于与邦佐搏斗之时失手杀死邦佐的行为，这一经历给他带来的心理冲击使他痛苦不已。在格拉夫上校和姐姐瓦伦蒂的帮助下，安德重拾了信心，返回战斗学校，继续进行学习、训练。更大的考验还在后面，安德在毫不知情的情况下摧毁了虫族的母星，无意中成为屠杀了无数虫族生命的刽子手。这一事实造成安德的心理崩溃，成为安德成长经历中最大的“生死危机”。然而，在虫族女王的召唤下，安德找到了一颗残存的虫卵，这种内心的善意就是安德在异质世界中获得的珍宝。最终，安德克服重重困难，不仅重建了个人认知，还明确了自己的人生目标。长大成人、脱胎换骨的安德带着这种目标回归正常生活，并决心带着这颗虫卵浪迹宇宙，重振虫族。

在安德的经历中，无论是追寻目标、离家出走，还是接受考验、感受顿悟，都对应了成长小说中主人公实现自我价值的几个阶段。几乎所有的读者都能够在安德的成长历程中看到自己的影子，这正是《安德的游戏》的出色之处。

《安德的游戏》的现实原型分析

无论是在小说中还是在影视改编版本中，少年安德通过电脑游戏方式进行心理测试，并训练其战术技能等细节刻画都给读者和观众留下了深刻的印象。

在《安德的游戏》出版多年以后，作者卡德曾经回忆起当时的创作经历。原来，当他开始构思《安德的游戏》这部作品的时候，电子游戏作为一种娱乐产品还并不为人们所了解。但是等小说正式出版的时候，现实社会中已经出现很多款电子游戏了。因此，读者在阅读小说过程中所感受到的“惊奇感”在一定程度上打了折扣。这个故事成为科幻小说作品的构思在时间上“超越”现实科学技术发展的典型案例之一。

由此也可以看出，虽然科幻小说在一定程度上仍属于虚构作品，但作为在文学维度中为现实社会建立的“副本”，任何科幻小说作品的创作都离不开现实世界的政治、历史等因素的影响。《安德的游戏》自然也不例外。因此，我们将基于对小说文本的审慎阅读，共同挖掘一下这部作品的现实寓意和历史原型。

《安德的游戏》将其世界观构建的时间线放置于未来，在地球经历了两次外星力量入侵之后，人类一直处于虫族可能再次入侵的恐惧之中。因此，集中了全球政治、军事力量的最高权力机构——“国际联合舰队”（International Fleet，IF）应运而生。无论是位于太空中的初级战斗学校，还是安德晋升之后去的指挥学校，所有的军官、战士乃至各个国家政权，都要服从国际联合舰队的指令。

小说开头，格拉夫上校来到安德的家里，想把安德从他的家中带走，让他进入战斗学校，但此次来访的目的却并不是就此事向安德的父母

“征求意见”：

爸爸按了一下按钮，一个身穿军装的男人形象出现在显示屏上。现在的地球上只剩下一种样式的军装，这就是IF，也就是国际联合舰队（International Fleet）的军装。

…………

那个军官站了起来，走向安德，还伸出手说：“我的名字是格拉夫，安德，希伦·格拉夫上校。我负责星环战斗学校里的基础训练。我来是为了正式邀请你加入这个学校。”

…………

格拉夫上校递给他一沓文件：“这是征召通知，你的儿子已经正式通过IF征召选拔。当然，这个项目正式启动前你们已经签署了文件表示同意，否则他根本不会出生。从那时起他就是我们的人，只要他够格。”

爸爸的声音颤抖着：“你们让我们觉得你们不会要他，现在又要带他走，这么做太过分了。”

…………

“我想，”格拉夫说，“安德和我应该私下谈谈。”

“不行。”爸爸说。

“我不会连句话都不让你跟他说就把他带走，”格拉夫说，“不过说句老实话，就算我这么干了，你也管不了。”①

从这些细节中，读者会发现，安德的父亲一开始并不情愿让儿子进入战斗学校，同时格拉夫上校的话透露了很多关键信息，比如“这个项目正式启动前你们已经签署了文件表示同意，否则他根本不会出生”“就算我这么干了，你也管不了”等等。可以看出，在《安德的游戏》中，一切国民活动，包括生儿育女、教育下一代等日常行为，都处于国际联合舰队这个强大的武装力量的控制之下，国际联合舰队直接决定了孩子

① 卡德．安德的游戏．李毅，译．杭州：浙江文艺出版社，2016：16-20.

的出生、教育、入伍等等，甚至有权力直接将孩子从父母身边带走，足见其权力之大。

这一点在“战斗学校”这一概念上表现得更加明显，根据小说中格拉夫上校的说法，战斗学校是专门训练未来的飞船舰长、舰队司令和指挥官的地方。

> “学校那儿是什么样的？”
>
> “非常艰苦。也要学习，像这儿的学校一样，但我们会教给你更深奥的数学和电脑知识，还有战史、战术与战略。更要紧的是在战斗模拟室做训练。”
>
> “那是什么？”
>
> “就是模拟战斗。所有的孩子都要编入战队，在无重力状态下，一天又一天模拟战斗，无休无止。没有伤亡，但胜负非常重要。每个人开始时都是普通士兵，接受命令。大一点的孩子是你的长官，他们的责任就是训练你、在战斗中指挥你。我不能告诉你更多情况了，总之，和玩太空战士打虫人的游戏一样，只是有几点区别：你拥有真正的武器，你的队友与你并肩战斗，你自己的将来、人类的将来都取决于你学得怎样，你打得怎样。这种生活十分严酷，你会因此失去正常的童年。当然话又说回来，有你这样的聪明脑袋，加上又是个老三，无论如何也不会有正常的童年了。”
>
> “所有的学生都是男孩？”
>
> “也有少数女孩子，女孩很难通过选拔测试，人类社会的发展历史给她们造成了不少不利条件。”①

可见，《安德的游戏》中的战斗学校并非普通意义上“教书育人”的学校，而是服务于军事、战争的。在战斗学校中，孩子们每天学习的内容都是对战争的模拟，这是由当时地球上国际联合舰队的军国主义政治形态所决定的。孩子们从小离开家庭，在集体中成长，每天所受到的教

---

① 卡德．安德的游戏．李毅，译．杭州：浙江文艺出版社，2016：23.

育的唯一目的，就是为与虫族进行战争而储备军事技能。

战斗学校有现实原型吗？

在人类历史长河中，的确有这样一个国家。在这个国家中，男孩一出生就要经过严格的筛选，被选出来的孩子会被从父母身边带走，集体养育。只有那些体格强壮的孩子才有机会活下来，瘦弱的孩子则往往被直接杀死。等孩子们长到七岁左右，就会被集中送到团队里去参加体育锻炼和军事训练，目的在于增强他们的体力，训练他们的敏捷反应和耐劳能力。人们常常看到，在训练营里，男孩们由一个年龄稍大的男孩引领，在烈日下进行训练。随着孩子们年龄增长，团队的训练越来越严格，他们到了二十岁就会离开少年团，开始军营生活。他们的军队被编成方阵，每一个方阵构成一个有机的整体，这种战术不仅依靠每一个战士的勇敢，而且依靠整个方阵组织的严密和纪律的严格。这个国家就是通过这种方式把整个社会变成了一个管理严格的大军营。

这样看来，在小说《安德的游戏》的科幻语境中得以再现的历史原型就十分明显了——正是历史上斯巴达人的军事化训练营。

在《安德的游戏》中，拥有至上权力的国际联合舰队对其国民实行军国主义统治，为此甚至实行了严格的生育控制。像安德一样的少年战士自幼接受的就是斯巴达式的训练，这一切似乎与人们想象中理想化的未来社会相去甚远。

换个角度来思考一下：万一安德在战斗学校中没有通过考验的话，会发生什么事情呢？小说用这样一段话揭示了安德可能面临的另一种命运：

> 成为多出来的孩子不是他的错，这是政府的主意，只有他们才有这个权力。否则的话，像安德这样的多出来的孩子怎么可能上学读书？现在他的监视器已经拿下来了，说明政府的实验没有成功。他想，如果政府做得到的话，他们肯定会收回特许他出生的授权书。实验没有成功——删除实验品。[①]

---

① 卡德．安德的游戏．李毅，译．杭州：浙江文艺出版社，2016：5.

在这段文字中，“删除实验品”的喻义十分明显。正如斯巴达人在婴儿出生时就要挑选强壮的婴儿留下，把弱小的婴儿丢入山谷杀死的行为一样，《安德的游戏》在叙述安德成长历程的过程中，也透露了生存的残酷性。这是在其他成长主题的科幻小说中难得一见的。

普鲁士军事家卡尔·冯·克劳塞维茨在《战争论》中有一个论断：“所谓战争，无非是政治通过另一种手段的继续。”在小说《安德的游戏》中，如此残酷地将年轻人投入军事训练的唯一目的，就是服务于人类对外星虫族所开展的战争活动。说到“战争”，自然也是和政治密不可分的。

出于影视作品改编的需要，《安德的游戏》的电影版本更多关注的是安德的成长历程，而在原著小说版本中，作者对当时地球上的国际政治形势进行了更加详尽的描述。这条主线上的主要人物，就是安德的哥哥彼得和姐姐瓦伦蒂。这对兄妹虽然没有安德那样出众的军事才华，却有着异常敏锐的政治头脑。

> “联合舰队的行政长官是俄罗斯人，不是吗？舰队的事他全知道。或者他们发现虫族已经不成其为人类的威胁，或者人类正准备跟虫族打一场大仗。不管怎么说，与虫族的战争马上就会结束。他们在为战后的局势做准备。”
>
> “如果他们真的在调动军队，那一定是舰队统兵将领命令他们这么做的。”
>
> “这些都是内部调动，仅限于华沙条约成员国内部。”
>
> 真是个令人忧虑的问题。自从与虫族开战以来，全世界一直保持着和平与合作的局面，彼得的发现则动摇了这种局面的根基。她的脑海里不禁浮现出虫族迫使全人类和平合作之前的那个可怕的世界。“也就是说，世界又要倒退回去了。”
>
> “变化还是有一点的。我们发明了防护盾，现在用起核武器来不用再有所顾忌了。互相厮杀起来，一次只能干掉对方几千个，而不是几百万，”彼得笑着说，“瓦伦蒂，世界大战肯定要来。人类现在

拥有一支庞大的国际联合舰队，北美在联盟中居于霸主地位。但是只要虫族战争结束，所有这些以对虫族的恐惧为基础的权力都会化为乌有。到那时，我们四下一望，就会发现过去的同盟已经不存在了，一去不复返了。除了一个同盟：华沙条约组织。世界的格局将会演变成美国对抗华沙条约国。行星带在美国手里，而华沙条约国将占领地球。没有了地球，行星带上的资源将迅速枯竭。”①

从彼得和瓦伦蒂的对话中可以看出，面对虫族入侵带来的威胁，全人类都聚集到国际联合舰队的领导之下，动用全球力量和资源为对抗虫族的战争做准备。但是，在这“团结一致”的表象之下，却是不同国家的政治、军事力量在钩心斗角。小说明确地将斗争的主要力量设定为以美国为首的北大西洋公约组织（简称“北约”）和以苏联为首的华沙条约组织（简称“华约”）。这两个历史名词一下子就会让读者联想起自 20 世纪 50 年代开始，两大阵营长达几十年的军事、政治对峙——“冷战”。

《安德的游戏》出版于 1985 年，当时正是冷战陷入僵持状态的时代。由此可见，这部小说的世界观构建中明显存在着现实社会的投影。

既然两大阵营彼此矛盾重重，那么人们为什么还会如此心甘情愿地聚集在国际联合舰队的统治之下呢？其根本原因，正在于有了“虫族”这样一个共同的敌人。

事实上，人类历史上类似的事件不胜枚举。普鲁士首相俾斯麦上台之后，面对着国内的经济危机和阶级矛盾的尖锐冲突，一筹莫展。因此，在充分地扩军备战之后，俾斯麦上书请示普鲁士皇帝，发动了丹麦战争、普法战争等一系列对外战争。令人意想不到的是，对外战端一开，却意外地拉动了国内的军事化生产力。普鲁士不仅通过对外战争缓和了国内阶级矛盾，还据此统一了整个德意志。因此，后人常常把这段战争历史称为“向前逃跑的战争”。

在《安德的游戏》中，这样的政治策略同样奏效：在国际联合舰队的统领之下，各国把关注点都集中到针对虫族开展的对外战争行为

---

① 卡德．安德的游戏．李毅，译．杭州：浙江文艺出版社，2016：125.

上，反而缓解了各个国家和意识形态的内部矛盾。而到了小说末尾，当虫族的母星被安德率领的舰队消灭之后，地球内部的战争几乎同时爆发了。

由此可见，人虫之间的星际战争正是小说中人类内部矛盾的一种缓解形式。从被动地遭到入侵，到主动出击去毁灭虫族母星，战争从“民族主义”转向“人类主义”，起到了转嫁人类文明内部矛盾的作用。《安德的游戏》中故事构建的原型，正是现实生活中政治、军事领域“胜者为王”的丛林法则。

科幻文学作品中外星人的形象演进

中国古代典籍《韩非子》中有一个故事，说的是齐王和画师讨论绘画技巧。齐王问：“什么最难画？”画师回答说：“狗、马最难画。”齐王又问：“那画什么最容易呢？”画师回答说：“画鬼怪最容易。因为狗、马之类的动物每天都出现在人们面前，它们的形象是众所周知的，很难画得完美无缺；而鬼怪则是无形的，不会出现在人们面前，没有比照的对象，所以容易画。”这个故事可以被借鉴来解释为什么在“外星文明”主题科幻作品中，外星人会呈现出如此风格各异的形象。

在科幻电影《E. T.》中出现的外星人，虽然身材矮小，却心地善良，在流落地球之后，很快和孩子成了好朋友。这部充满童真的科幻电影作品成为导演斯皮尔伯格的成名之作。

在威尔斯的科幻小说《世界之战》中，外星人的身体比地球人更发达。它们掌握着先进的武器，能发射出“热光”，所到之处只留下一片废墟，人类所有的武器和防御措施在外星人的攻击面前都不堪一击。但是，战无不胜的外星人却功亏一篑，它们因为对地球上的病菌没有免疫能力，一批批死去。《世界之战》这部小说被几次改编成电影作品登上大银幕，一度成为“星际文明之战”故事的范本。

科幻电影《火星人玩转地球》中的火星人长着绿色的皮肤，头上有个似有若无的透明罩子，手中的枪能发射出将人融化的死光，与地球人作战时如入无人之境。然而，当它们听到歌曲时却一个个脑浆迸裂而死，足可见音乐的杀伤力之大。电影《星际迷航》中出现过主人公靠摇滚乐打败外星人进攻的情节，就可以被视为对《火星人玩转地球》的致敬。而这种“强大的外星入侵者被弱小的力量击败”的故事情节也一定程度上再现了威尔斯《世界之战》的叙事套路。

系列电影《异形》中的外星生命形象是一个特例，它们的外形十分丑陋，却是完美的杀戮机器。它们把卵产入寄主体内，然后从寄主的身体内破胸而出，电影画面恐怖至极。除此之外，阿凡达、变形金刚等形象，都呈现出人们心目中外星生命不同的样貌。

在列举了这么多的外星人形象之后，人们很有可能会发现一些共性特征：许多外星人的形象是与人类的外形类似的，比如都有头部、躯干、四肢，能够直立行走，甚至有和人类相似的面部表情，等等。这些形象大多数基于人类对于自身的“复刻”，也正因为如此，它们才可以被定义为外星“人”。而在现实的宇宙探索领域中，“外星生命”是一个非常宽泛的概念，不仅指那些外貌和人类类似的生命形态，还包括其他有着不同外形的外星生命。科学家霍金就曾对“外星邻居们”的形象展开过丰富的想象。他认为，许多星球的生存环境十分恶劣，因此造就了外星生物的多样性，比如：在外星大气层中很有可能存在着气囊状的生物，它们终生漂浮在大气中，以闪电为能量来源；有的外星生物则可能像地衣一样紧贴着地面生长、活动；有的外星生物生活在外星的海洋中，像章鱼一样用触腕捕食小生物；甚至有的外星生物像黏液一样缓慢移动，等等。

正如阿瑟·克拉克的那句名言：“任何非常先进的技术，初看都与魔法无异。”关于外星人的话题也是如此。尽管直到现在，人类都没有找到任何确凿的证据来证明地球之外存在着能和人类交流的高等外星生命，但这丝毫不影响人们对外星人存在的笃信。当然，如果所谓的“外星人”是一种客观存在的话，那么它们也应该和科幻小说的故事架构一样，遵守现实世界的物理规则，成为一种“超现实”的存在。

无论是在科幻小说中还是在影视作品中，外星人形象多变的根源之

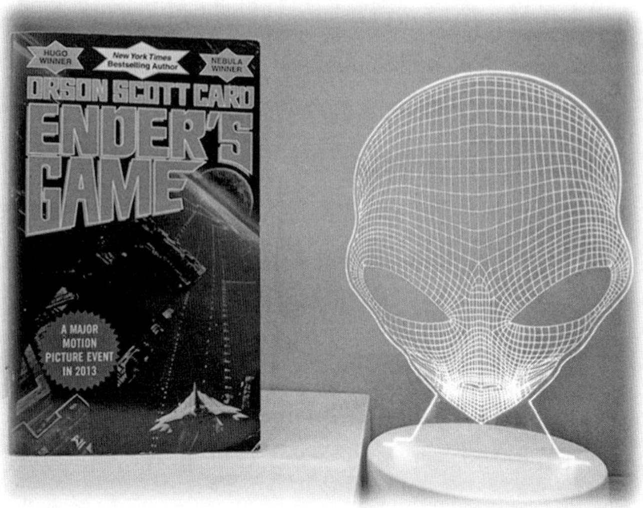

《安德的游戏》中的外星人形象很有代表性

一，在于没有实体进行参照，因此作者就像《韩非子》里齐王的画师那样，根据自己的想象来进行描绘。此外，各类科幻作品中外星人形象的变化也不可避免地受到不同时代多重文化因素的影响。

随着 20 世纪 60 年代“太空歌剧”主题科幻小说的兴起（见本书第三章），在早期探险故事中出现的各种怪兽逐渐演变成“外星文明”主题科幻小说中形态各异的外星生命，这些形象的构建与当时的社会历史环境、政治因素密不可分。

在早期的“外星文明”主题科幻作品中，外星人往往处于“征服者”或“掠夺者”的地位，例如在《世界之战》中，外星人借助先进的武器装备意图侵略地球但最终失败的命运，就带有资本主义力量全球扩张、彼此斗争的影子。

第二次世界大战结束后，人类历史上出现了短暂的和平时期。在这个阶段中，科幻文学作品里的外星人形象就显得比较友好、善良。比如在 1951 年上映的科幻电影《地球停转之日》中，和人类外形相似的外星人带着一个巨大的机器人来到地球，但掌握着先进技术的外星人并非侵略者，而是为了维持世界和平而来。特别是影片中外星文明带来的毁灭性力量很容易让读者联想到第二次世界大战后期美国在日本本土投放的两颗原子弹的巨大威力。

在阿瑟·克拉克于1953年出版的小说《童年的终结》中，心存善意的外星霸主接管了人类。这种不再让外星异族对地球构成威胁的转变，也在一定程度上源自第二次世界大战结束后人们对和平的美好愿望。

在《安德的游戏》中，虽然出现了以美国为首的“北约”和以苏联为首的“华约”等政治力量，但其中所描绘的外星智慧生物“虫族”却有更加深刻的象征意义。小说中的虫族居住在遥远的蛮荒星球；一直在觊觎地球的资源和环境；曾经对地球进行过两次“侵略”；在战斗时集体行动，不怕死亡；与人类语言不通，无法有效沟通；最后被威力巨大的太空武器消灭。

如果将小说中描述的“人类”与“虫族”的博弈代入冷战期间两大政治集团的抗衡过程，那么不难发现小说叙事与现实历史存在的“巧合”：

第一阶段：20世纪50年代后期至60年代中期，苏联企图与美国共同主宰世界，美苏两大阵营势均力敌。这个阶段所对应的情节是虫族飞船降临地球，人类发现自己在宇宙中并不孤独。

第二阶段：20世纪60年代中期至70年代末，苏联加强了对外扩张势头，美国转攻为守。这个阶段所对应的情节是在第一次与虫族的战争中人类惨败。

第三阶段：20世纪80年代，美国对苏联采取强硬方针，苏联转向全面收缩。这个阶段所对应的情节是第二次人虫之战后，人类采取攻势，奔袭虫族母星。最终虫族被威力巨大的太空武器消灭的场景，正对应了20世纪80年代美国里根政府提出的“星球大战”计划。

近年来，随着国际形势的不断变化，不同的外星人形象也逐渐出现在各类科幻作品中。比如在科幻电影《独立日》中，外星侵略者降临地球是为了掠夺资源；电影《第九区》中的外星人不再趾高气扬地出现在人类面前，反而成了被排斥、被隔离的外星难民；《阿凡达》则是为数不多的几部反映人类占据主动地位，侵占外星资源的影片之一。

从这些变化中不难看出，早期的科幻小说作品对外星人的侵略性和威胁性的描述正在被进一步弱化，传统的异族入侵的故事和征服与被征服的主题也逐渐被不同种族、不同文化之间的沟通和理解取代。而外星人形象变化的背后，是人类对自身文化差异的重新认识。

在 1985 年出版的《安德的游戏》中，作者卡德给出了解决人类现实世界矛盾的主要方法。安德在对人虫之战的反思中明确地表现出对虫族这一敌对力量的认知与理解的崭新思路。在小说中，以安德为代表的人类能够与虫族心灵感应，甚至“换位思考”。这一情节突破了人类唯我独尊的观念，进而从种族平等、和平共存的角度来对文化形态差异进行思考和讨论。这个思路完全脱离了冷战思维，非常具有前瞻性。恰如《地球停转之日》中手握毁灭力量的外星人倡导和平发展的主题一样，当人类拥有了足够将地球毁灭几千遍的核弹时，正是以平等意识控制了战争冲动，才让人类存活至今，同样，当人类走向太空的时候，这是必须达成共识的黄金法则。

从本质上看，“外星文明”主题科幻小说是在不断地拷问文明“同一性”的问题。这一主题的突出表现就是跨星球的“语言交流”。在现实中，即使在同一种文明内部，不同人群因为缺少共同语言而引起矛盾和冲突的例子也比比皆是。例如萧伯纳就曾经把英国和美国描写成“被同一门语言分割成的两个国家”。这种语言差异的表现暗喻了连同为人类的不同种族之间进行交流和沟通都如此困难，更别说来自不同星系的物种之间了。从空间角度来看，外星人从母星到地球的经历其实与人类跨越国境的旅游活动没有本质的差别，但两种文化之间最大的隔阂，往往突出表现在用于沟通的语言的差异上。

在早期的科幻小说中，外星人和地球人的交流常常毫无障碍。为了保证故事情节的发展，科幻创作者往往会借助类似于“翻译器”的工具，或者干脆让外星人和地球人通过“心灵感应”达到直接交流的目的。而如果在科幻作品中完全“牺牲”了语言这一本质特征，外星文明作为一种“他者”的性质就被极大地削弱了。因此在早期以外星文明为主题的科幻小说中，外星人的形象往往因为与地球人使用同一种语言而缺少“陌生化”的呈现方式，导致作品中“惊异感”的削弱甚至缺失。

华裔科幻作家特德·姜在科幻小说《你一生的故事》中，将语言交流作为故事构建的切入点，这部小说后来被改编成电影《降临》。在这个故事中，读者很容易注意到人类和外星文明“七肢桶”的交流出现了明显的“语言障碍”，只得求助于语言学家来完成沟通的目的。这一情节构建的科学架构是语言学中的“萨丕尔-沃尔夫假说”：强调语言与文化之间存在关联，即认为语言交流是塑造智慧生物世界观的主要力量。由此可见，《降临》中表现的星际文明差异更加具有现实性。

“外星文明”主题科幻小说之所以可以被视为对“陌生化·认知”理论的集中体现，就是因为此类作品往往能够直面“他者”文化的异质特征，促使读者从不同的角度重新审视自身的认知。这一点正是跨文化研究的本质所在。只有通过“异族文化”与“本族文化”的对比，才能够真正领悟到文明之间的差异，进而反思人类文明之间沟通和交流的关键因素。

所谓“海内存知己，天涯若比邻”。对外星人形态各异的描写的根本原因，恰恰在于现实世界中外星人的“缺位”。在不计其数的以“外星文明”为主题的科幻文学作品中，外星文明究竟是远在“天涯”，还是近在“比邻”呢？

从火星启程的“外星文明”科幻之旅

人类对太空的想象始于抬头仰望星空时的思考。在璀璨的星空中，火星这颗红色行星，带给人们的不仅有丰富的神话想象，也有各具特色的科幻灵感。

在中国的古代，人们把火星称为“荧惑”，其原因在于这颗星星在夜空中“荧荧如火，使人迷惑”。古代封建帝王将火星运行的一段特殊轨迹称为“荧惑守心”，将其视为能够带来灾祸的天象之一。西方人则用古罗马的战神“马尔斯”的名字为这颗闪烁着红色光芒的星星命名，认为它是战争、动乱的象征。

随着科学的发展，人们逐渐从客观、唯物的角度来对火星进行观测和研究，并且发现，这颗红色星球无论是距离太阳的远近还是自然环境特征都与地球有几分相似。因此长久以来，人们一直认为火星上很有可能存在或者曾经存在生命。甚至各种火星登陆器的科学考察任务之一，就是试图寻找水源，进而寻找火星上的生命痕迹。

无独有偶，在各类科幻小说甚至坊间流传的各种外星人目击报道中，“火星人”也是一个经常被提到的外星种族。不过，火星上存在生命的说法，并不是科学研究的直接产物，而是源自一次“乌龙事件”。

1877 年，火星“大冲”（即火星与地球之间的实际距离很近的情况）期间，意大利天文学家乔范尼・夏帕雷利在对火星表面进行观察时，突然注意到火星表面的一种特殊地形。在随后发表的一篇论文中，他用了“canali”这个词来对观测到的结果进行描述，canali 在意大利语中的意思是“沟壑”或“海峡”。但是在大众媒体进行引用的时候，canali 被误译为英语单词“canal”，意思是“运河”。这样一来，人们就“望文生义”地想象：既然地球上的运河是人工开凿出来的，那么火星上出现的“运河”一定也与居住在这颗红色星球上的人密不可分。随后，以美国天文学家帕西瓦尔・洛威尔为代表的一派人物坚定地声称，人类已经多次从地球上清晰地观测到火星人所修建的庞大的水利工程——巨大的火星运河网，这说明无论是在科学成就还是在社会形态方面，火星人都比地球人先进得多。洛威尔在他所撰写的《火星》等一系列著作中，不遗余力地对火星上的生命、文明进行想象和描述，成为火星智慧文明存在的最坚定的支持者。

尽管后来更加高清的火星观测图片证明当时夏帕雷利的观察并不准确，但对于普通民众而言，仅仅是在文学作品的假设中与外星生物的“相遇”就已经使一代又一代的读者为之着迷。因此，人们常常像对待远房亲戚一样，盼望着火星人的到来。

1938 年万圣节当日，美国新闻主持人奥逊・威尔斯决定和美国公众开一场万圣节玩笑。他将赫伯特・乔治・威尔斯所创作的科幻小说《世界之战》的主要情节作为蓝本，在广播中进行了一系列简短的“新闻报道”——他突然中断了广播中正在播出的音乐节目，连续播报火星人对地球的入侵，而且绘声绘色地描述人类文明在火星侵略者打击下的溃败。

在当时，有数百万美国人正在收听威尔斯的“现场直播”，并被这个突如其来的“新闻”搞得惶恐不安。有些地区的居民开始自发地疏散，还有很多人声称自己“目击”了火星人的入侵，甚至煞有介事地描述自己看到的爆炸发出的闪光、闻到的毒气的味道等等。

广播很快就被叫停了，不仅是广播公司，就连美国政府也担心任由这两位“威尔斯”先生（因为奥逊·威尔斯和科幻作家赫伯特·乔治·威尔斯的姓氏十分相近）“折腾”下去，美国社会中会发生更大规模的逃亡和崩溃。

赫伯特·乔治·威尔斯于1898年出版的《世界之战》可以说是在科幻小说中描写火星人侵略地球的暴行的开端。作品中“穷凶极恶”的火星人形象几乎成为早期“邪恶”的外星人的模板：“某些意识穿过虚空和我们的思想产生了接触，而我们的脑海里也感受到了这些死气沉沉但却智慧过人的野兽，它们用满含嫉恨的目光冷冰冰地、无情地打量着地球，缓慢而坚定地计划着把我们一网打尽。”

虽然威尔斯并不是第一个在小说作品中描述外星人的作家，但《世界之战》和那场“万圣节恶作剧”却揭示出人们对外星文明的另一番想象——面对其他星球的生物，仅仅对其抱有善意的揣测是远远不够的。因此，在层出不穷的科幻文学作品中，“外星人”往往成为“善良的天使”和“暴虐的魔鬼”两个概念的矛盾综合体。

在埃德加·巴勒斯于1917年发表的小说《火星公主》中，主人公约翰·卡特通过一个神秘洞穴，“穿越”到了火星。在群雄割据的火星上，卡特生活得风生水起，很快融入了火星人的生活，最后还和火星公主喜结良缘，上演了一场跨越种族、跨越星际文明的爱情故事。这部科幻小说在2012年被改编成电影《异星战场》，不断引起人们对那颗红色星球的好奇和向往。

在《火星编年史》中，雷·布拉德伯里通过十三个浪漫故事描写了人类在火星上生活的诗意史歌。这些故事给读者带来的不仅仅是对火星生命的好奇和向往，更多的是对人类自身生存状态的反思。

随着人类航天科技的迅猛发展，火星的形象不再仅仅出现于各种科幻文学作品中，而是在现代科技的观测中逐渐显露出它的“庐山真面目”。

1965 年，“水手 4 号”探测器成功飞越火星上空，传回了第一张火星表面图片。人们发现，火星的地面上既没有发达的城市，也没有纵横交错的运河，更没有繁盛的生命活动，目光所及之处，只不过是一片荒芜的、布满岩石的贫瘠世界。

尽管科幻作品中丰富的想象与残酷的科学现实形成了极其强烈的反差，但科幻小说并没有放弃对这颗红色星球的想象和描绘。

金·斯坦利·罗宾逊的“火星三部曲”（即《红火星》《绿火星》《蓝火星》），超出了传统意义上科幻小说的范畴，成为一部系统、科学地讲述如何将火星“地球化”，并最终向其移民的“技术指南”。

作家安迪·威尔的代表作《火星救援》为读者讲述了一个宇航员因为意外被独自困在火星表面，但凭借着自己的专业知识在火星上垦田种植并最终获救的故事。这部小说于 2015 年被拍成电影，“火星鲁滨孙”的故事引起了读者和观众的极大兴趣。

在科幻影视领域中，关于火星的主题更是不胜枚举。从《火星人玩转地球》中描述的恐怖的侵略者形象，到《火星任务》中揭示的人类与火星生命的渊源；从《红色星球》中对火星科学考察的细致描画，到《全面回忆》中漫游火星之后产生的身份“错位”……火星曾经是，以后也会一直是人们探索宇宙的想象力的源泉。

在对火星的科幻想象方面，中国人也不甘落后，文学大师老舍先生在 20 世纪 30 年代曾经创作了一部以火星文明为主题的小说《猫城记》：在火星上的“猫国”里，猫人们愚昧无知，不思进取，沉迷于“迷叶”，最终沦落到亡国灭种的境地。这部小说旨在隐喻当时中国的一系列境遇，引发国民深思，并希望以此寻求救国之道。

中华人民共和国成立之后，随着“向科学进军”口号的提出，新时代的科幻作家创作了一部又一部充满想象力的优秀作品。据科幻作家刘兴诗回忆，科幻作家郑文光创作的科幻小说《从地球到火星》出版之后，在民众中掀起了一场“天文热”。北京市民排队爬上古星象台观测火星。

这场由科幻小说带动的科普热潮也标志着新中国的科幻创作事业从此拉开序幕。1984 年，郑文光又出版了长篇科幻小说《战神的后裔》，详细地描述了人类征服火星之后艰苦创业的历程。

在现代中国科幻小说中，诸多科幻作家都对火星主题有所涉猎，如科幻作家吴岩的小说《沧桑》、苏学军的小说《火星尘暴》等等。科幻作家刘维佳在小说集《中国火星纪事》的前言中高度评价了火星主题的中国科幻小说："这些荡气回肠的火星开拓故事，都是中国特有的豪迈悲壮风格，展现的是中国人战天斗地、勇于开拓的顽强奋斗精神。"

当代女性科幻作家王侃瑜的小说《火星上的祝融》也将故事发生的环境设定为火星之上，讲述了名为"祝融"的人工智能在一片荒芜的火星上寻找、思考生命奥秘的故事。这部小说获得了 2023 年"雨果奖最佳短篇小说"提名，向世界范围内的读者展示了中国人所讲述的"火星故事"。

虽然火星的神秘面纱已经逐渐被揭开，但作为科幻小说长久以来的创意源泉，火星仍然在科幻文学创作中占有重要地位。在各式各样的科幻文学中，"火星人"的形象是最具有特色的，这种文学描述甚至对人们的认知起到"反馈作用"，例如不少声称曾经遭到外星人劫持的人在描述这些外星人的外貌时，很大程度上会"借鉴"文学作品中描绘的形态。因而有专家称，在许多看似神秘莫测的"外星人绑架案"中，亲历者们往往都是受了小说、影视的影响，而对自己的经历产生了臆想。

无论是在科幻小说里还是在现实科学领域中，人类对于外星人的幻想，更多的是显示出自己对于一个未知的文明的猜测和认知。当地球上的人类仰望星空的时候，都希望能遇上与自己类似的文明。从这个意义上来说，作为一种"思想实验"的科幻文学对文明交流的促进作用具有很强的探索意义。

"外星文明"主题科幻小说的现实科学认知

"你相信有外星人存在吗?"针对这个问题，很多人虽然没有确凿的证据，却会不约而同地给出肯定的答案。但是，如果外星人真的存在，那么为什么人类直到现在还没有发现他们的蛛丝马迹呢？

1947年发生在美国新墨西哥州的“罗斯韦尔”事件闹得沸沸扬扬，很多人声称见到了飞碟或外星人。有一天，美国核物理学家费米在与同事讨论关于外星人是否存在的话题的时候，突然话锋一转，冒出一句：“他们都在哪儿呢？”这样看似平淡的一句话便引出了一个流传甚广的科学命题，史称“费米悖论”。

“费米悖论”虽然是一种假说，却显示了科学家对宇宙中生命存在概率的严肃推理。从空间角度来看，仅在银河系中，就可能有多达几千亿颗像太阳一样的恒星。而在整个宇宙的范围内，又可能有上千亿个像银河系一样的恒星系统。这样算下来，宇宙中恒星的数量可谓数不胜数。从时间角度来看，已知的宇宙至少有140亿年的历史，在这样漫长的历史中，只要存在与地球环境相似的行星，就有可能孕育出生命，进而进化出能够达到或超过人类现有智慧水平的外星文明。如果将空间和时间两个因素叠加起来，那么宇宙中产生其他文明的概率是相当大的。换言之，如果用100万年的时间来持续发展，人类理论上就可以造访银河系的各个星球。那么只要100万年前在银河系任意一个星球上出现了类似人类的智慧生物的话，理论上他们已经可以来到地球了，而为什么人类至今还没有发现任何确凿的证据来证明他们的存在？是因为对地球之外存在文明的可能性估计过高，还是因为掌握的证据太少呢？

在费米提出他的理论之后，美国天体物理学家弗兰克·德雷克于1960年又将这个理论向前推进了一步。他建议动用大型射电望远镜来寻找外星生命存在的直接证据，这个搜寻方案借用了《绿野仙踪》里奥兹国女王的名字，被称为“奥兹玛”计划。为了计算宇宙中可能存在的文明的数量，德雷克在大量假设的基础上提出了一个被称为“德雷克方程”或“绿岸公式”的算式：

> 用符号N表示银河系中具有通信能力的外星文明世界数目。为了估计N的数值，我们首先需要知道银河系中恒星的年形成速率R；其次需要了解拥有行星的恒星占比Fp，以及这些与恒星相关的行星

中，有着适合生命生存的环境的行星数目 ne；还需要知道适合生命实际发展的行星数目的占比 Fl、生命可以发展到智能生命的行星数目的占比 Fi，以及在智能生命形态中可以发展到具有星际通信能力的先进文明数目占比 Fc；最后，还需要知道时间 L——此种文明可以进行星际联络的年数。把所有这些因素相乘，将为我们提供一个 N 的估算值，可以把它写成一个简单的方程：

$$N=R\times Fp\times ne\times Fl\times Fi\times Fc\times L$$ ①

由于没有确定的数据支持，“德雷克方程”中的每个数值都只能基于一种推测。因此，这个方程式的根本目的并不在于进行实质性计算，而在于激发和满足人们的好奇心和想象力。

中国科幻作家韩松在小说《绿岸山庄》中引用过不同科学家的估算结果：德雷克自己预言银河系中有四千个有交流能力的文明社会；卡尔·萨根计算出每一百万个恒星系中就有一个高度发达的文明；科幻大师阿西莫夫测算的结果是有五十三万个文明星球……但这些数字的一个共同特点，就是都缺乏有力的证据支持。看来，只有当人类亲眼见到外星人降临地球的时候，才能确信他们的存在。

不过，德雷克的努力并没有白费，正是基于这个思路，美国在 20 世纪开始了大规模搜寻地外文明的 SETI 计划：通过大口径射电望远镜观测太空，希望有朝一日能够捕捉到地外文明的“蛛丝马迹”。

1977 年 8 月，美国天文学家杰里·埃曼曾经利用俄亥俄州立大学射电天文台的一台被称为“大耳朵”的射电望远镜侦测到一个强烈的信号。这个信号持续了 72 秒，让埃曼大为震惊，于是他随手抓过一张打印纸，在上面写下了一个感叹词“WOW!”。这个来自太阳系外的信号就被以此命名。遗憾的是，在此之后，射电望远镜阵列再也没有发现任何有价值的信息，曾经引起人们无限遐想的“WOW 信号”也成了一个无法解开的谜团。

---

① 韦伯．如果有外星人，他们在哪：费米悖论的 75 种解答．刘炎，萧耐园，译．上海：上海科技教育出版社，2019：33－34．

如果这个“WOW 信号”真的是外星文明发送来的，那么人类可以就此和外星文明进行联络吗？对外星文明“坦诚相待”的做法是否可取呢？

2010 年，美国“探索频道”推出了一档题为《与霍金一起了解宇宙》的电视节目。科学家霍金借此表达了他对外星生物和外星文明的看法。霍金认为：宇宙有 1 000 亿个银河系，每个都包含上亿颗恒星，在这样一个庞大空间中，地球不大可能是唯一演化出生命的行星——“纯粹出于数学逻辑来考虑的话，单纯看到如此巨大的数字，就足以令外星人存在的想法显得合理了。但真正的挑战，是去发现外星人到底是什么样子的”。

对于人类主动向宇宙发出信号去与外星文明发生接触的活动，霍金并不赞成：“在宇宙中游荡的外星智能生命很有可能已经消耗尽他们所在星球上的所有资源，成为宇宙中的游牧民族，伺机征服和殖民他们所能到达的星球。”“如果有朝一日外星智能生命到访地球，那么其结果很有可能和当年哥伦布到达美洲大陆差不多，众所周知的是，那对于美洲的土著居民来说，无异于一场灾难。”“我们只要看看自己就会发现，宇宙中无论多么不可能的事情都会发生。因此我们只能祈祷，如果外星人能够发现人类的话，他们是为了和平的目的而来。”

中国科幻作家刘慈欣在小说《三体Ⅱ·黑暗森林》中提出了和霍金类似的思想，最具有代表性的，就是“黑暗森林”法则：

> 宇宙就是一片黑暗森林，每个文明都是带枪的猎人，像幽灵般潜行于林间，轻轻拨开挡路的树枝，竭力不让脚步发出一点儿声音，连呼吸都小心翼翼……他必须小心，因为林中到处都有与他一样潜行的猎人。如果他发现了别的生命，不管是不是猎人，不管是天使还是魔鬼，不管是娇嫩的婴儿还是步履蹒跚的老人，也不管是天仙般的少女还是天神般的男孩，能做的只有一件事：开枪消灭之。在这片森林中，他人就是地狱，就是永恒的威胁，任何暴露自己存在的生命都将很快被消灭。这就是宇宙文明的图景，这就是对费米悖

论的解释。[①]

由此可见，在宇宙中暴露自己是一件危险的事情。而在小说《三体》中，以叶文洁为代表的人类却像无知的孩子一样，不仅在黑暗森林中生起一堆火，还在火堆旁大喊“我在这里”。所以，地球招致“三体人”的入侵，甚至后来遭到更高层次的文明的“降维打击”，似乎是一种必然的结局。

刘慈欣和霍金的思路如出一辙，都认为人类应当尽量避免主动引起外星文明的注意，甚至要把人类文明“隐藏”在宇宙的黑暗森林之中。这在不知道对方是敌是友的前提下，不失为一种明智之举。所以在《三体》中，面对外星人发来的信号，刘慈欣借用“三体监听员”之口，向人类发出警示：“不要回答！不要回答！不要回答！”

在刘慈欣创作的一篇题为《朝闻道》的短篇小说中出现了另外一种构想。小说讲述的是当人类利用粒子加速器探寻宇宙真理时，一群自称“排险者”的外星人降临地球，毁灭了粒子加速器。外星人自称来自更高一级的文明，来到地球的目的就是向人类发出警告，因为人类探寻宇宙真理的尝试将会带来宇宙的毁灭。于是醉心于追求科学真理的科学家们想出了一个“两全其美”的办法：请“排险者”告诉自己宇宙的终极真理，然后自愿被毁灭，以自己的生命为代价来维护宇宙真理的保密性。最终，在“真理祭坛”上，一个个科学家得知了自己研究领域中的终极真理后，欣然走向死亡。最后一个走上“真理祭坛”的是霍金，他代表人类问了最后一个问题：宇宙的目的是什么？这个问题难住了外星人，毁灭的程序只得作罢。

这篇小说中追求真理的科学家的举动，正应了《论语》中的名句——“朝闻道，夕死可矣”，读来让人深受触动。而小说中出现的那个更高一级的文明，也就是在宇宙生命探索中经常被提到的“超级文明”，就像《三体Ⅲ・死神永生》中描述的“歌者文明”一样，时刻监视并约束着宇宙中不同文明的发展，只要发现某个文明有超出其能力的苗头，就

① 刘慈欣．三体Ⅱ：黑暗森林．重庆：重庆出版社，2008：447.

直接将其“清理”。这样一来，就不再有任何文明能够向宇宙发出任何信号了。

逆向思考一下：如果将“黑暗森林”法则代入现实，那么之所以人类迄今一直没有收到外星文明发来的信号，是不是真的因为他们把自己完美地隐藏起来了？而那些有能力发出信号的外星文明，是不是已经被“清理”了呢？

现实世界中人类在宇宙中的“孤独”与科幻文学世界中丰富多彩的外星文明形成了强烈的对比。在无尽的想象力的驱使之下，人类永远不会停止对“外星文明”这个谜团的思考和探索。在茫茫的星海之中，是否存在人类的“知己”呢？如果外星人像科幻小说里描述的那样，掌握了先进的空间旅行技术，那么是不是真的可以把“天涯”变成“比邻”呢？到那个时候，地球上的人类是应该主动敞开怀抱去接触地外文明，还是要避免接触、只求自保呢？对于这些问题，读者可以从科幻小说进行的诸多“思想实验”中找出答案。

写作点津：从搭建“世界观”到设定“游戏规则”

《安德的游戏》的作者奥森·斯科特·卡德曾在题为《如何创作科幻小说与奇幻小说》的写作指导书中对自己的创作经历进行了回顾，并总结了在写作科幻小说过程中可能用到的一些重要规则。

根据卡德的回忆，创作《安德的游戏》的灵感来自当时正在军队服役的哥哥。他受到军事训练的启发，开始想象如果把训练场从地面改到宇宙空间中会是一种什么感觉：

> 唯一能训练士兵掌握外层空间战思考方式和运动规律的地方就是外层空间。训练场不可能是个开放式的地方，否则在训练时会牺牲很多士兵。那么就得有这么个封闭式、无重力的场所，它每次训练时能变幻出不同的地形和障碍物，使得受训者能模拟在飞船内或残骸中的战斗。
>
> 我设想，士兵们将使用手提式激光武器，全身穿着防护衣。这防护衣有两个用途：防止士兵们在碰撞时受伤，以及自动记录受到

他人武器的伤害。如果你的腿部被击中，那你的腿就被冻结住动不了；如果身体或头部被击中，那你的整件防护衣都将被冻结，但你仍将像一具真正的尸体那样漂浮在战场上，作为新的障碍物或是掩体。①

从这段回忆中可以看出，在由《安德的游戏》改编的电影版本中，少年安德和他的伙伴们在空间站中进行训练的环境、训练时使用的武器、防护服等装备都源自这段想象。这些细节可以被视为他在创作这部小说初期所获得的灵感之一。但是，获得灵感只是故事的开端，随着整个科幻世界观的构建，从“点子”到“段落”，直到整个小说的篇章结构搭建完毕，一个完整的故事创作过程离不开各方面的细节支撑。

现在我构建了一个世界：人类在对抗外星侵略者，而几个孩子则是人类舰队的最高长官。还有很多工作要做，但构思出我的主角已经是很容易的事了：一个年轻的孩子，在训练室里的出色表现使他成为率领舰队的最理想的人选。

请注意，直到我对故事发生的世界有了完整的想法，一篇好的科幻小说才开始渐渐成形。②

由此可见，科幻创作活动中的世界观构建是一个系统工程，并不是把现实生活中的世界直接“复制粘贴”到另外一个星球或者某个不同的环境就可以解决所有问题。特别是涉及科幻小说故事叙述的一些特殊情节或背景的时候，还需要进行大量的细节设定，而这些细节设定就像是科幻小说情节发展过程中必须遵守的一个个“游戏规则”，在此简单列举一二。

1. 自然环境设定

在“太空歌剧”主题和“外星文明”主题科幻小说中，经常能够看到人类在进行太空探索时降落于其他行星的场景。这种故事情节安排不

---

① 卡德．如何创作科幻小说与奇幻小说．东陆生，译．天津：百花文艺出版社，2015：44.

② 同①45.

可避免地要对不同于地球的其他行星环境进行设定，包括重力条件，温度条件，甚至包括周围的恒星、卫星等等。因此，如果科幻作品中涉及地外行星环境，那么对其进行的描写往往是作品中世界观构建的重要组成部分，这种宏观描述甚至会成为后续细节描写的决定性因素。

2. 技术发展设定

科幻小说不同于其他文学类型的主要特征之一，就在于其在故事叙述过程中所包含的科学架构。这种科学架构可能是某种科学理论，也可能是具有革新性的技术应用。例如，在世界首部科幻小说《弗兰肯斯坦》中，作者玛丽·雪莱就使用了当时被认为是技术发展前沿的电力去激活生命体。在《安德的游戏》中，为了克服在宇宙空间中远距离通信所带来的信息延迟的问题，卡德想象出了一种名为“安塞波”的通信手段，可以保证地球与遥远的星际战舰之间保持即时沟通。这种技术在一定程度上与现实生活中的量子通信十分相似。

3. 生物属性设定

正如科幻电影《超人》将主人公设定为来自“氪星”的外星人一样，在科幻小说中，对故事中所出现的人物或动植物进行相应的生物属性设定也是科幻世界观构建的重要组成部分。例如低重力行星上的生物在外形尺寸上可能与高重力行星上的生物相去甚远。包括某些生物的肢体、器官都要符合它们在自然生活环境中的进化原则。进化论在生物形态上的不同表现，在美国科幻作家艾伦·费伊的小说《碎片之岛》中得到了明显体现。

4. 语言交流设定

语言是塑造人物的有效手段，也是推进情节发展的力量之一。正如本章中所提到的，在早期的科幻小说中，外星生物与地球人类进行直接沟通的方式往往经不起推敲。虽然从整部小说情节推进的角度看，“无障碍沟通”的设定无伤大雅，但对于某些比较“较真儿”的读者来说，这种细节设定的缺失会在一定程度上影响其阅读的“惊异感”体验。因此，如果在语言方面进行一些特殊设定的话，就会使整部小说增色不少。事实上，创作者已经在不同的科幻作品中尝试了不同的语言设定。由语言学家马克·欧克朗为《星际迷航》打造的“克林贡语”就是一个著名的案例。时至今日，这种源自科幻作品的语言成为最完善的人造语言之一，得到国际上的广泛承认。

科幻文学世界观的构建在创作活动中具有明显的实用功能。一方面，已经架构成型的科幻世界具有与现实生活完全不同的“陌生化”风格，能形成一种独特的吸引力，促使读者继续阅读；另一方面，作品中各类“游戏规则”细节的设定，也能在符合读者认知活动的基础上形成完整的叙事逻辑和情节自洽性，对作品的完整度有很强的促进作用。

【思政提升】

中国人对外星文明的想象和探索从来没有止步。嫦娥号月球探测器成功返回，享誉世界的“探月工程”顺利推进；以古代神话中的火神命名的“祝融号”火星车开启了中国人探测火星的序幕；被誉为“中国天眼”的500米口径球面射电望远镜堪称世界之最，将中国人触摸星空的手伸得更远……随着人类探索宇宙的脚步不断深入，科幻作品中经常出现的“第三类接触”会变成现实吗？

科幻作家刘慈欣认为，外星文明的出现有极大的不确定性。在他看来，“外星人有可能永远不会出现，也有可能在明天早上就会出现”。因此，他曾经向人大代表提出建议，认为国家有必要做好类似应对外星文明出现的预案。

无论外星文明是否出现，无论他们形象如何，无论他们是敌是友，都是生活在地球上的人类应当共同面对的，因此只有将全体地球人视为一个整体，真正形成“人类命运共同体”，才能更好地应对外星文明出现所带来的机遇与挑战。

【拓展练习】

1. 阅读老舍的科幻小说《猫城记》，分析其历史背景原型及意义。

2. 发挥自己的想象，将绘画和文字相结合，描述一下“外星生命”可能的物理形态及文明程度。

3. 将个人成长经历代入“安德模式”，用科幻的形式重述出来。

4. 结合“思政提升”模块内容及本章主题，深入思考在“外星文明”科幻主题和现实生活中，“人类命运共同体”思想分别具有怎样的实践意义？

第七章

“赛博朋克”的想象与现实——《神经漫游者》

赛博空间。每天都在共同感受这个幻觉空间的合法操作者遍及全球，包括正在学习数学概念的儿童……它是人类系统全部电脑数据抽象集合之后产生的图形表现，有着人类无法想象的复杂度。它是排列在无限思维空间中的光线，是密集丛生的数据。如同万家灯火，正在退却……

——威廉·吉布森：《神经漫游者》

威廉·吉布森（William Gibson，1948—　），美国科幻作家。他出生于美国南卡罗来纳州康韦市，是“赛博朋克”和“蒸汽朋克”科幻小说流派的代表人物。1984 年，吉布森出版了科幻小说《神经漫游者》，并凭借该部作品获得了雨果奖、星云奖、菲利普·迪克奖三项世界级科幻大奖。《神经漫游者》是“赛博朋克”主题科幻小说最重要的代表作之一，与《零伯爵》《重启蒙娜丽莎》一道，被称为“‘蔓生都会’三部曲”。

引 言

在1999年上映的科幻电影《黑客帝国》中，墨菲斯给了主人公尼奥两颗药丸，并对他说：“如果选择蓝色药丸，故事就此结束。你在自己的床上醒来，继续相信你愿意相信的一切。如果你吃下红色药丸，你将留在奇境，我会让你看看兔子洞究竟有多深。很遗憾，没有人能够准确说出‘矩阵’是什么，你得自己去看。”此处，不同颜色的药丸具有明显的象征意义，即分别象征着虚拟的网络世界和真实的现实世界。

在电影里，这两个世界泾渭分明，互不相容。只有能够穿梭其间的“黑客”们才能够体会它们之间存在的巨大差异。这种创意的来源之一，就是“赛博朋克”主题科幻小说最重要的代表作之一，美国科幻作家威廉·吉布森于1984年出版的《神经漫游者》。

随着现代网络技术的不断发展和广泛应用，“赛博朋克”这个科幻概念逐渐走进人们的生活。在电影领域，除了《黑客帝国》外，从改编自菲利普·迪克的小说《仿生人会梦见电子羊吗?》的电影《银翼杀手》，到带有浓浓的日式漫画风格的《攻壳机动队》，直至掀起“怀旧”热潮的《头号玩家》等作品，都将“赛博朋克”美学风格和科幻叙事发挥到了极致。在2023年上映的国产科幻大片《流浪地球2》中出现的“数字生命派”，也在一定程度上延续了“赛博朋克”主题科幻小说中所设定的人类生存模式。

在现实世界中，“元宇宙”概念不断现实化和工业化，迅速成为新的经济增长点和技术发展方向，ChatGPT等人工智能软件的出现，也一次又一次地引起人们对人工智能技术发展的警觉和反思。

如果你是《黑客帝国》中的尼奥，你会选择蓝色药丸还是红色药丸呢?

《神经漫游者》——小说速读

《神经漫游者》的故事开始于一个叫作“千叶城”的地方。主人公凯斯曾经是一个“网络牛仔”，但在一次盗窃活动中，因为得罪了雇主，招致报复变成了“残废”，只能混迹于千叶城的底层。

有一天，一个自称“莫利”的女子找到凯斯，声称自己受雇于某个神秘力量，请凯斯参与一项由军官阿米塔奇组织的秘密行动：潜入一个跨国企业的信息中心窃取情报。这个神秘组织一方面向凯斯承诺了丰厚的回报；另一方面又暗中在他的身体里植入了毒素，对他加以控制。凯斯在为阿米塔奇工作期间认识了代号“芬兰人”的信息掮客，得知曾经的网络牛仔领袖——“平线”的思想盒储存在一个叫作感网公司的地方。凯斯通过意识网络侵入了感网公司，并通过一种触发开关和莫利建立了通感。在名为“现代黑豹”的雇佣兵团队的配合下，凯斯成功窃取了“平线”的思想盒。在行动过程中，他从雇佣兵团队头目的口中得知，这个神秘组织背后的策划力量代号叫“冬寂”。

凯斯从“芬兰人”那里得到了更多的信息。原来，“冬寂”是一种人工智能软件，其所有者是大名鼎鼎的“泰西尔·埃西普尔公司”。他因此开始怀疑人工智能“冬寂”才是阿米塔奇背后的真正指使者。凯斯在“平线”的帮助下寻找阿米塔奇的背景资料，发现他曾经是一名特种部队军官，但在一次代号为“哭拳行动”的突袭战斗中受伤，并被阴谋集团控制和利用。

凯斯一行人来到伊斯坦布尔，找到了能够令人产生幻觉的意识操纵专家彼得·里维拉。凯斯告诉莫利自己认为“冬寂”在背后控制着阿米塔奇。随后，“冬寂”出面，通过电话直接联络了凯斯，警告他不要轻举妄动。接下来，行动小队前往位于太空中的“自由彼岸”空间站，途中在锡安短暂停留，锡安长老告诉他们，“冬寂”是神一般的存在。

凯斯和“平线”首次尝试破解人工智能“冬寂”，结果失败，凯斯差点因此丧命。当他被困在网络空间里的时候，意外地想起小时候见过的马蜂窝，受到启发，并在“平线”的帮助下推测出“冬寂”的工作机理和阿米塔奇的身份背景，于是准备用中国制造的“狂级马克十一”病毒再次发起攻击。

在“二十世纪”酒店里，里维拉进行的全息表演让莫利大受刺激，愤然离去。凯斯感到非常失落，让“平线”帮助寻找她的下落。终于在一家夜总会里，凯斯找到了莫利，并得知了她从前的悲惨经历。

从贩卖毒品的女孩凯西的嘴里，凯斯了解到了关于泰西尔·埃西普尔公司的继承者——3简的身份，但遭到了图灵警察的逮捕，在“冬寂”的操纵下，三名图灵警察死于非命。凯斯逃脱后，准备使用“狂病毒”破解“冬寂”程序。“冬寂”向凯斯透露，泰西尔·埃西普尔公司的组成就像是“蜂巢”，但想要打败它，还需要让公司继承人说出三个字的语音密码。

莫利侵入了迷光别墅，偷到了钥匙，并将刚刚从冬眠中醒来的埃西普尔杀死，但自己却受伤被俘。与此同时，阿米塔奇也得知了“哭拳行动”失败的原因及一系列真相，在打算进行告发的时候被“冬寂”杀死在空间站。在连续失去两名成员的情况下，凯斯只得亲自动手完成任务。当凯斯和“冬寂”在网络空间中交手时，“冬寂”承认自己曾经暗示3简去杀埃西普尔，并且预言说等行动结束后，它将变成另外一种形态。3简向莫利坦白了自己杀埃西普尔（即3简的父亲）的真实原因，原来埃西普尔因不能接受玛丽-法兰西（即3简的母亲）为家族未来设定的方向而杀死了玛丽-法兰西。玛丽-法兰西设定了人工智能发展的方向，为了避免这种技术脱离控制，将人工智能分割成独立存在的两部分。3简的母亲被杀后，一个“鬼魂”程序指使3简去杀掉埃西普尔，这个“鬼魂”正是“冬寂”。

凯斯在网络空间中意外地看到了已经死去的前女友琳达·李的形象，意识到自己遇到了与“冬寂”同时被创造出来的另外一个“鬼魂”——被称为“神经漫游者”的人工智能。当两种人工智能开始对垒的时候，网络空间开始崩溃。凯斯只好退出网络空间，和莫利一起迫使3简说出三个字的语音密码。

最终，“冬寂”与“神经漫游者”两种人工智能合并，进化成新的形式，凯斯也成功侵入“冬寂”的核心，领悟到人工智能的最高追求。

待一切结束之后，凯斯回到千叶城，开始了新的生活。莫利治好了眼睛之后，悄悄地离开了。“冬寂”又一次找到凯斯，告诉他自己现在已经发生了根本变化，并决定出发去“半人马座”探寻那里发出的和自己相似的智能信号。

当凯斯再一次进入网络空间时，他看到了“神经漫游者”化身成的男孩、琳达·李还有自己的形象，听到了“平线”的笑声。

但他再也没有见过莫利……

“赛博朋克”科幻小说的文化溯源

“赛博朋克”是科幻小说最重要的主题类型之一。这个名词在英文中被写作“cyberpunk”。它是由表示“控制论”的单词 cybernetics 的词根 cyber 和表示“叛逆文化”的单词 punk 组合而成的。这个单词在被翻译成中文的过程中，由于没有对等的汉语词汇，因而一般被直接音译为“赛博朋克”，也有人将其翻译为“电脑朋克”或“网络朋克”。但这个名词的覆盖范围不仅限于计算机、网络领域，还包括控制论、信息论和生物工程等领域。

从这个名词的词源构成来看，把代表互联网和电脑技术的“赛博”概念与象征反叛意义的音乐风格“朋克”进行“嫁接”，其原因可以一直追溯到 20 世纪 60 年代，即电脑的出现和社会反主流文化运动的兴起。

第二次世界大战结束之后，以英国为代表的老牌工业资本主义国家失去了往日的荣光，国内经济一蹶不振，变得十分暗淡、萧条。而美国等新型资本主义国家在经历了两次世界大战之后，也需要休养生息。但随之而来的“冷战”又将整个世界笼罩在随时可能爆发核战争的阴影之下。

在这期间，英美社会中的一部分青年人对这种压抑、困顿的生活氛围非常抗拒，表现出“自暴自弃”的叛逆态度。为了标榜自己和原来的主流社会的绅士形象彻底决裂，他们把怪异的服饰、发型、妆容乃至低俗的语言都当成自己专有的标志，处处表现出标新立异的生活方式。

最初的“朋克”风格是一种发泄的方式。在 20 世纪 70 年代，一些摇滚乐队借用了这个概念，将自己的音乐风格定义为朋克式摇滚，以此表达自己乐队所创作的音乐张扬个性、与传统的古典音乐流派分道扬镳的决心。因此，“朋克文化”表现出“反叛”与“独立”两种心理特征的融合，简单地说，就是“用特有的语言风格表达对世界的不满，用个性的叛逆行为引发人群的共鸣”。很多年轻人把这种特立独行的音乐作为自己集体想象的代表和对抗社会的“武器”，其根本目的就在于通过一种类似噪音的音乐形式发泄自己心中的愤怒，向世界证明他们不愿像自己的父辈一样“委曲求全”地过着身不由己的生活。

“赛博朋克”的另一个关键词——“赛博”，来自科学家诺伯特·维纳在其代表作《控制论——或关于在动物和机器中控制和通信的科学》中提出的“控制论”概念。维纳一生都致力于研究这种将机器的控制、通信规律与生命有机体相结合的科学。在这本书的末尾，维纳想象出了一种能够和人类下象棋的机器。这一想象一方面暗示了人类可以被转化成由电线和电极组成的系统，另一方面也推测出一种能够像人类一样思考的机器。这一想象逐渐演化为人工智能与人对弈的前身，“下棋”这种人机互动活动甚至成为考量人工智能发展程度的标准之一。

“赛博朋克”概念最早出现在科幻作家布鲁斯·贝思克于 1980 年创作的小说《赛博朋克》(*Cyberpunk*) 中。这部作品发表于 1983 年的杂志《惊奇故事》上，但在当时并没有产生太大的影响力。后来，科幻编辑加德纳·多佐伊斯开始借用这个名词来指代威廉·吉布森于 1984 年出版的《神经漫游者》和其他一系列具有类似风格的小说，于是这个名词很快流行开来，成为一种科幻小说“流派”。

1981 年，科幻作家弗诺·文奇在小说《真名实姓》中构想了一个全球互联的虚拟世界。在网络空间中，黑客们神通广大，几乎无所不能。但他们在现实生活中只是普通人，真实身份一旦暴露，就意味着“魔力”丧失，只能束手就擒。这种描述在一定程度上成为现实生活中网络世界的缩影。

“赛博朋克”主题科幻作品发展至今，在叙事结构、环境背景、人物设定等方面都形成了极具特色的风格。以影视作品的视觉表现特征为例，“赛博朋克”风格更加强调“电子化”的配色表现形式，画面中常常以红蓝霓虹灯与夜景交相辉映来创造具有视觉冲击力的景象；“赛博朋克”的故事一般发生在现代化的大都市，而不是乡村等自然环境之中；即使在大都市中，也几乎没有阳光明媚的天气，室外要么阴雨绵绵，要么烟雾缭绕。在“赛博朋克”的社会体制中，国家政权往往让位于高效运作的商业集团，掌控社会资源的往往不是政府，而是以巨头公司为代表的商业机构。在“赛博朋克”主题小说中，人类与互联网的关系十分密切，肢体改造、脑机互联等技术的运用非常普遍，很多人物形象处于人体和机器设备的杂合状态，很少有完整、自然的人物形象，更难见到真实动物的存在；然而，尽管互联网应用非常先进便捷，人们的精神世界却非常空虚，人们大多处于浑浑噩噩的状态；“赛博朋克”科幻小说中的主人公往往并非商业或政界精英或社会主流人士，他们往往属于“草根”边缘化阶层，是一种“反英雄”的存在，他们的行为或多或少地与法律规定或主流思想有所抵触，因此在此类故事中经常表现出对自我身份的追寻和对主流体制的“叛逆”，这种“众人皆醉我独醒”的状态显得十分“另类”。

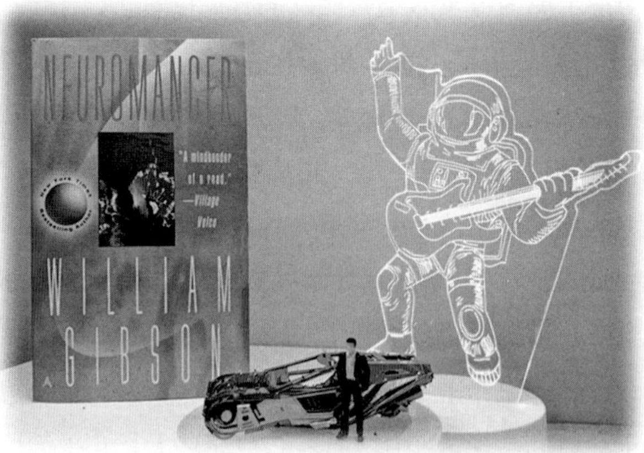

《神经漫游者》具有“赛博朋克”主题科幻小说的典型特征

简言之，“赛博朋克”主题科幻小说和影视作品所表现出的可视化风格的关键词凸显出两种元素的融合，即“高科技、低生活”。

尽管“赛博朋克”风格的作品主要源自科幻作家对近未来人们的生活的想象，带有明显的虚构成分，但其根源还是更多地聚焦于现代人的日常生活。科幻小说《神经漫游者》的作者威廉·吉布森在谈到现代社会的技术应用时曾经举过一个很贴切的例子：“科幻里的赛博格是肉体与机器的结合体，而我们这个世界中的赛博格却是人类神经系统的延伸：电影、广播、电视，以及我们尚未完全理解的感觉方式的转换……在80年代有个热门词叫‘虚拟现实’；而当时对它的描述却类似于——电视！只要内容足够引人入胜，你完全不需要特殊的全包裹目镜来屏蔽外部世界，你自己就能生长出这样的目镜。当你在看自己最想看的节目的时候，已经沉浸其中，别的什么都看不见了。”①

无独有偶，日本动画电影《攻壳机动队》的导演押井守有一次和记者交流的时候，也生动地描述了现代人与网络的关系：“我们很多人都无法离开手机，对于现代人来讲，把手机植入大脑和放在口袋里其实是一回事，因为手机就像是人的电子大脑一样，已经成了身体的一部分，忘记给手机充电就和忘记吃饭差不多。”

“赛博朋克”主题科幻作品也反过来对现实科技产生了促进作用。近年来方兴未艾的“元宇宙”技术及其应用，其根源可以追溯到1992年由科幻作家尼尔·斯蒂芬森所创作的长篇科幻小说《雪崩》。由此不难看出，“赛博朋克”风格科幻小说在一定程度上成为当代人网络化生存方式的写实化描述。在现代社会中，人类已经和赖以生存的电子设备、互联网络形成了“共生”的亲密关系。

“赛博朋克”主题科幻作品除了通过略显夸张的“脑机接口”连接展示现实社会的“虚拟化”呈现效果之外，方兴未艾的“虚拟现实”（virtual reality，VR）技术也是一个突出的例子。

在刘慈欣的科幻小说《三体》中，主人公汪淼为了进一步了解神秘的“地球三体组织”，就通过一款虚拟现实技术设备接入了三体游戏，在小说的描述中，这种可穿戴的虚拟现实装备不仅能让人看到画面，还能

---

① 李婷．离线·科幻．桂林：广西师范大学出版社，2015：35.

让人感受到游戏中的冷热、疼痛等各种体感。在《三体》刚刚出版的时候，这种技术还是一种相对遥远的想象，但是现在已经成为现实。在导演斯皮尔伯格的电影作品《头号玩家》中，人们通过虚拟现实装置，接入游戏“绿洲”，来进行各种寻宝探险活动。而这部电影在拍摄过程中，也大量应用了虚拟现实技术，可谓幻想与现实相互作用和转化的典范。

2019年上映的科幻电影《流浪地球》中有一个细节：主人公韩子昂为了让闯祸的外孙刘启能早日从看守所中得以释放，不惜拿出自己珍藏多年的“VR眼镜套装”来贿赂狱警。可见在科幻创作者的心目中，这种虚拟现实技术不仅仅是现在的流行时尚，更在未来世界成为值得珍藏的“经典”。在2023年上映的科幻电影《流浪地球2》中，人们已经能够在网络世界中延续自己的生命，甚至衍生出“数字生命派”力量。这些科幻设定，都是“赛博朋克”主题科幻小说中不同技术载体的表现形式。

随着网络技术的逐渐成熟，现实生活已经越来越接近科幻文学作品中描述的虚拟世界了。不过，“赛博朋克”主题科幻小说要发展得更快一些，它们不再通过视觉效果来“欺骗”人们的眼睛，而是构想出更加直观的“脑机接口”，让人类通过大脑与互联网的直接连接，像“软件”一样活跃在网络空间中。至于人们的躯体，则成为可以随意进行改造的“硬件”设备，并因此演化出“赛博格”化的人机共生模式。

“赛博朋克”中“赛博格”形象的辩证思考

1984年，“赛博朋克之父”威廉·吉布森在《神经漫游者》中为读者讲述了一个十分复杂、完全超出当时时代的故事，作品中的很多细节在今天读来仍然非常新颖。其中“赛博格”化的人物形象就是一个具有代表性的例子。

小说开头描述了主人公凯斯在千叶城的茶壶酒吧的经历，读起来很像是一部视觉效果强烈的黑帮电影。其中科技化的场景，特别是对酒保拉孜的假牙和假肢的描述读起来意趣十足：

> 酒保笑得咧开了嘴。他的丑陋也是种传奇，这年头人人都有余

钱美容，他的“天然”简直犹如一枚徽章。他伸手去拿另一个酒杯，那只老旧的手臂咔咔作响，这是俄国军队制造的假肢，里面装着有七种功能的力反馈操纵器，外面包上脏兮兮的粉色塑料。“您可真是位大师，凯斯‘先生’。”拉孜发出含混不清的声音，表示在笑，用他的粉红爪子隔着白衬衫挠了挠腆起的肚皮，接着说：“您是位有点儿搞笑的大师。”①

在千叶城里，酒保的社会地位并不高。因此，这样一个细节设定在开头就为小说定下了基调：连拉孜这样一个普通的人物角色都已经完成了“赛博格”化肢体改造，其他的人物自然也不例外了。果然，在女主人公莫利出场的时候，这种描述更加细致：

她摇摇头。他发现她的眼镜是手术植入的，完全封住了眼眶。粗糙杂乱的黑发之下，银色的镜片似乎生长在她颧骨处光洁而苍白的肌肤上。她握枪的手指细长白净，酒红色的指甲似乎也是人工的。“凯斯，我看你一团乱。我才出现，你就以为我跟你身边发生的破事有关系。”

…………

“不过我也会伤人的，凯斯，我就是这种人。”她穿着黑色紧身软皮裤，肥大的哑光黑色夹克好像会吸收光线。“凯斯，我放下枪的话，你不会怎样吧？你好像很爱干傻事。”

“嘿，我根本不会怎样的。我弱不禁风，没问题的。”

“那就好。”箭枪消失在黑色夹克中。“要是在我面前胡来，那就是你这辈子干过最傻的事。”

她伸出双手，摊开手掌，白净的手指微微伸展，一声微不可闻的轻响之后，酒红色的指甲下面滑出十只四厘米长的双刃刀片。

她微微一笑，刀片又慢慢缩回。②

---

① 吉布森．神经漫游者．Denovo，译．南京：江苏文艺出版社，2013：4.

② 同①30－31.

女主人公莫利的“赛博格”形象很有代表性。她不仅通过手术在眼部植入了眼镜，而且在十根手指末端都安装了可以伸缩的双刃刀片作为武器。这样的形象后来成为同类主题作品人物形象的样板。比如在电脑游戏《赛博朋克 2077》中出现的一些人物就明显带有莫利的影子。

“赛博格”源自英文单词“cyborg”的音译。这个概念是 1960 年由科学家曼弗雷德·克莱因斯和内森·克兰共同创造的。最初创造这个名词的目的是用来指代一种能够自我调节的“人机融合系统”，因此他们在表示“控制论”的词语 cybernetic 和表示“生命体”的词语 organism 中各取出一部分进行结合，形成了“cyborg”这个人造合成名词。时至今日，“赛博格”这个词语已经在医学、生物学、仿生学等领域得以广泛应用，泛指将机械、电子设备与人类或动物等有机体进行连接，从而形成新的机体组成形式的活动。

1985 年，唐娜·哈勒维在《赛博格的宣言——20 世纪晚期的科学、技术和社会主义-女权主义》中对“赛博格”理论进行了进一步的阐释。她认为，作为一种机械和有机体的混合物，“赛博格”不仅是虚构小说的产物，也是社会现实的产物。因此，可以把这一概念设定为打破虚假的二元对立的理论工具。比如人与机器之间原本是泾渭分明的，但“赛博格”的出现模糊了两者的区别。同样，人与动物之间、身体与精神之间界限的模糊也代表了现代人生存状态的杂糅本质。因此，这种人机结合的共生模式反映了现代社会中自然人类与科技产品高度融合而形成的“后人类”典型生存状态。

在现实生活中，“人机结合”的生存状态早已从科幻作品进入现实。当然，多数“赛博格”式的生存状态是医疗活动的结果，而不是像科幻小说设定的那样对人体进行的主动“改造”。1982 年，世界上第一颗永久性人工心脏移植成功，使一位罹患心脏病的患者多存活了一百多天。据统计，随着心脏起搏器、电子假肢、电子耳蜗以及其他类型的电子仿生器官的广泛应用，今天生活在世界上的人类，大约有 10%的比例可以被认定为人体与电子机械设备相互依存的“赛博格”。

而在科幻文学的范畴中，多数人对这个名词的概念认知还停留在那种以“终结者”或“机械战警”为代表的半人半机械式的“杂糅”外形状态。“赛博格”概念多年来一直以不同的形式在科幻文学、影视作品中得以体现和加强。比如在2019年卡梅隆监制的科幻电影《阿丽塔：战斗天使》中，主人公阿丽塔就展示出一种典型的人类意识与机械身体融合的形象。

威廉·吉布森曾经在一次演讲中阐述了自己作品中的技术观点与现实中技术应用之间的关联。他认为：“对于人与机器的真正合体，我们恐惧已久，却也期待已久。其实它成真已经有数十年了，而我们却没有发现，因为它就是我们自己。”“科幻里的那种肉体与金属结合的赛博格，已经成为古老的符号之一，就像撒旦博士的机器人一样，源自一位捷克讽刺作家眼中与人疏离的苦力。而真正的赛博格，我们每天都参与其中，与它融合、共同生长，直到与它血肉相连。”

无论是在科幻小说里还是在影视作品中，“赛博格”的出现都使传统的人机结合概念更加具象化，但在实际生活中，这种技术在给人们带来便捷的同时，却引发了广泛的社会争论。人们讨论的一个突出的热点问题就是这种“赛博格”式的人机结合生存状态对人的自然属性所产生的影响。

以绰号“刀锋战士”的南非短跑运动员奥斯卡·皮斯托瑞斯为例。他出生的时候患有严重的先天性肢体残缺，但他从不认为自己是残疾人，也没有放弃对运动的热爱。2012年，皮斯托瑞斯穿戴着一对由高性能碳纤维复合材料制成的假肢参加了伦敦奥运会的短跑项目，这也让他成为历史上第一位参加常规奥运会的双腿截肢的残疾运动员。但在比赛结束后，关于这位运动员是否应该获得奖牌的问题却引起了广泛争论。有观点认为，皮斯托瑞斯的这对碳纤维假肢已经远远超出了“装备”的范围，与游泳运动员的仿生“鲨鱼皮”泳衣等附加器械装备有着本质的区别。因为假肢的作用相当于肢体本身，但这种非自然设备所发挥的功能要远远超过正常运动员的双腿，这让国际田联面临前所未有的挑战。因为在现有的体育竞技规定和法律条文中，并没有对使用这种高科技装备作为肢体本身来参加比赛的明确限制，而且奥运会的宗旨也明确规定了每个运动员都有参赛的权利和公平竞争的权利。国际田联所面对的法规条文与现实之间的矛盾，一定程度上凸显出人们对已经来临的“赛博格”式生活方式的无所适从。

在科幻小说中，关于“人机融合”的改造模式极大地激发了读者的想象。与此同时，这种潜在的“忒修斯之船”悖论也促使人们对自身存在的“同一性”和“连续性”等问题进行深刻反思。

“忒修斯之船”被人称为最古老的思想实验之一，这一悖论在“赛博格”化的人身上可以得到直接体现。早在玛丽·雪莱的科幻小说《弗兰肯斯坦》中，就出现了通过技术手段改造人体的想法。而随着先进技术设备的发展，曾经的思想实验距离现实社会也越来越近了。想象一下：有一天，人类有能力把自己身体上的生物器官逐个换成工业产品，比如关节出问题了就换上金属关节，眼睛出问题了就换上电子眼，四肢出问题了就换上机械四肢，等等。以此类推，如果所有的人体组织都为机械零件或人工制品所代替的话，那改造之后的“成品”还是原来的人类自身吗？如果不是的话，是从什么时候开始发生这个本质变化的呢？同样，当人的意识和机械化的身体结合起来的时候，我们应当更相信抽象的意识还是具象化的躯体呢？

从“上传意识”的科幻作品到“万物互联”的现实世界

作为“赛博朋克”主题科幻小说的开山之作，《神经漫游者》以其充满奇思妙想的故事情节吸引了大量读者。小说中，除了描述网络空间的语言表述读起来有很强的“临场感”之外，对一个特殊“人物”——被称为“平线”的思想盒的刻画也非常具有前瞻性，这个颇具代表性的形象甚至触及了当下现实生活中最先进的科技手段也无法解决的“上传意识”难题。

“平线”也叫“南方人”，之所以说这是个特殊的人物，是因为他在小说中是一个没有躯体的存在。“平线”曾经和主人公凯斯一样，是一个“网络牛仔”。但他在一次脑机连接时意外身亡，身体的心电图、脑电图都变成了一条没有波动的直线，他也因此得名。但是，他虽然肉体已经死亡，但意识在连入网络后却被完整地保留了下来，像一个无家可归的“游魂”一样存在于网络空间中，最后被储存在一个思想盒里。从外观上看，这个盒子很像现实生活中的移动硬盘存储器，只要连入网络，“平线”就被激活了。小说中有这样一段特殊的对话：

> 他打开保坂旁边的伸展灯，一圈亮光直射到“平线”的思想盒上。
>
> 他插入冰，接通思想盒，然后接入网络。
>
> 感觉恰似有人从背后看过来。
>
> 他咳了一声。“南方人？麦可伊？是你吗伙计？”他喉头发紧。
>
> “嘿，兄弟。”那声音不知从何方传来。
>
> “我是凯斯，伙计。记得不？”
>
> “迈阿密，小学徒，学得挺快。”
>
> “在我和你说话之前，你记得的最后一件事是什么，南方人？”
>
> “什么也没。”
>
> “等等。”他断开思想盒。那种存在感消失了。
>
> 他重新接通思想盒。“南方人？我是谁？”
>
> “你在玩我吗，兄弟。你他妈的是谁？”
>
> “凯——你搭档，合作伙伴。现在是怎么回事，伙计？”
>
> “问得好。”
>
> “一秒钟前来过这儿，记得吗？”
>
> “不记得。”
>
> “知道只读人格网络工作原理吗？”
>
> “当然，兄弟，是个思想盒，硬件。”
>
> “只要把它接入我用的存储器，就可以给它连续的、实时的记忆吗？”
>
> “估计是。”思想盒说。
>
> “好吧，南方人。你就是个只读思想盒。明白？”

"你说是就是吧，"思想盒说，"你是谁?"

"凯斯。"

"迈阿密，"那个声音说，"小学徒，学得挺快。"

"对。现在，南方人，你和我，得先摸进伦敦网，搞点儿数据。你玩这一把吗?"

"你说我还有得选吗?"①

从这段对话中可以看出，被储存在思想盒里的"平线"说起话来不仅思路清晰，而且完全保留着生前的语言习惯。看来只要保存得当，"平线"就可以被视为在网络中"永生"了。

在2023年上映的科幻电影《流浪地球2》中，科学家图恒宇在女儿遭遇车祸，自然生命即将终结之际，将她的意识存储进被称为"数字生命卡"的设备中。此处的"数字生命卡"设定在一定程度上带有《神经漫游者》中"思想盒"的影子。只要接入量子计算机，存在于虚拟空间中的女儿图丫丫就可以和现实生活中的爸爸图恒宇进行交流、互动。这种技术既可以被视为人工智能通过"人在回路"的训练获得了自主意识，也可以被看作人类意识在网络空间中的存在和延续。

人的意识是否真的可以像科幻作品中描述的那样"上传"到互联网中呢?在现实生活中，虽然人类的科技水平已经发达到可以通过脑电波实现对电脑等设备的控制，甚至进行文字输入等操作，在一定程度上打开了"大脑之门"，但真正将作为人体组织的大脑和电脑硬件设备进行直接连接的技术还远远不够成熟。至少以目前的科技发展程度，这还是个不可能完成的任务。因为人体大脑的工作原理至今尚未完全为人们所了解，人类目前还无法实现生物意识和电脑数据的兼容和互联。但是，随着生物医学和计算机科学的紧密结合，越来越多的实验取得突破性进展，带来了"脑机互联"技术的曙光。2024年1月，埃隆·马斯克宣称，脑机接口公司Neuralink已经完成了首例人类大脑设备植入手术。虽然该技术的应用效果还有待于在实践中检验，但不可否认的是，人类将自己

---

① 吉布森.神经漫游者.Denovo，译.南京：江苏文艺出版社，2013：93-94.

的意识完全与互联网相连接，从而摆脱肉体的束缚，自由地成为“网络游侠”的日子似乎并不遥远了。

自《神经漫游者》在科幻文学领域中提出“赛博空间”的概念，并将其设定为可供人类意识自由出入、活动的环境以来，在诸多科幻小说和影视作品中，类似的故事层出不穷。

2014 年上映的美国科幻电影《超验骇客》，就以“上传意识”为主题，讲述了一个很具代表性的故事。在影片中，一位科学家遭到反科学恐怖分子的暗杀。为了能够让自己的丈夫通过某种方式继续“存在”，科学家的妻子同意把丈夫的意识数据化之后输入一台超级电脑。这位科学家随即在计算机中“复活”，并开始改造计算机程序，接入互联网。但是，这种具有强大的计算、分析能力的自主意识却逐渐超出可控范围。在影片的末尾部分，科学家“无所不能”的破坏性力量也从另一个角度向观众揭示了“上传意识”带来的风险。

在华裔科幻作家刘宇昆创作的一部题为《解枷神灵》的小说中，一位父亲将自己的意识上传到互联网中，在去世之后通过互联网延续对女儿的关爱，呵护女儿的成长。父女之间深厚的情感和人文关怀使这个“赛博朋克”风格的科幻故事充满了温情。

日本作家冈岛二人创作过一部题为《克莱因壶》的科幻小说，借用拓扑学中克莱因瓶的不可定向性，讲述了一个游戏开发者在体验一款名为“脑部症候群”的虚拟现实电脑游戏的时候，因为“入戏”太深，无法区分游戏中的虚拟世界和游戏外的现实世界，险些酿成悲剧的故事。

无论是《超验骇客》《解枷神灵》还是《克莱因壶》，众多的科幻作品都从不同的角度暗示了“上传意识”这枚硬币的另外一面。虽然这种能够让人自由出入网络空间的技术幻想看上去很美，但这种技术一旦失去了约束和控制，所造成的破坏性往往是难以预料的。因此有科学家曾经对“脑机接口”的技术探索提出严正警告，认为在没有设定好监控机制的情况下贸然进行脑机连接，无异于打开了“潘多拉的魔盒”。

《神经漫游者》的另一个突出之处就是通过生动的语言在小说中构建了一个“万物皆可互联”的网络世界。比如小说中凯斯去盗取“平线”

的思想盒的时候，不仅可以通过将意识接入网络来监控建筑物里的人的一举一动，还可以和搭档莫利建立通感，直接进行思维对话，甚至分享彼此的身体知觉，足可见小说中描述的网络技术的强大。这些情节之所以能够在小说中变成“现实”，离不开作者在当时通过想象构建出来的全球互联网络。

生活在现代社会中的人对“互联网”的概念并不陌生。它的前身是20世纪60年代美国出于军事战略目的发明的“阿帕网”（ARPA-NET）。1969年，人们开始尝试让两台电脑主机进行互联，在传输了“L”“O”两个字母之后，第三个字母“G”就造成了网络的首次崩溃，可见早期网络的脆弱程度。不过，互联网强大的数据传输和信息交换功能也吸引了越来越多的科研机构将人力、物力投入其中，进行深入的研究和开发。时至今日，通过电脑、智能手机等网络连接设备，人们可以足不出户地漫游网络世界，甚至控制几乎全世界任何一个角落的网络设备。这种现在被称为“物联网”（the internet of things）的技术，早在20世纪80年代就在小说《神经漫游者》中被“预言”了。

不过，当读者们沉浸于“赛博朋克”主题科幻小说中，幻想着可以将一切囊括其中的“万物联网”能够给人类生活带来更加美好的前景之时，《神经漫游者》通过一段文字不动声色地给人们敲响了警钟：

> “我觉得自己不应该告诉你这件事，”3简伸长了脖子，让下巴离开枪口，“但我没有你想去的那个房间的钥匙。我从来就没有过钥匙。这是我父亲那维多利亚式的怪癖之一。那把锁是机械的，非常复杂。”
>
> “丘博保险锁，”莫利的声音从马尔科姆肩膀上传来，“别怕，我们有那把该死的钥匙。”
>
> …………
>
> “冬寂设法把它藏在了一个抽屉的最里面，”莫利一边说，一边小心翼翼地将丘博钥匙的圆柱部分伸进那扇毫无装饰的方形大门上的缺口里，“它把那个放钥匙进去的小孩给杀掉了。”她尝试着转动

钥匙，毫无阻力。①

这段细节描写很耐人寻味。通过网络，“网络牛仔”凯斯几乎可以破解任何程序，进入任何地方，完成任何任务。但在小说构建的这样一个网络无限发达的超现代化世界中，隐藏核心机密的最后一道防线，竟然依赖一把老式的手动机械锁，这样的情节设定有何用意呢?

这正是威廉·吉布森的构思精妙之处，在万物皆可互联的世界中，老式机械锁的出现，成为一种变相的提醒：如果生活中的一切都可以被网络化或数字化，也就意味着所有的事物都存在着被凯斯这样神通广大的“黑客”破解的可能。因为在网络空间中，一切都只是由数字 1 和 0 构建的无实体的存在，破解这些程序就像是计算一道有解数学题一样，只是时间问题而已。但是，这把看似原始的机械锁，却成为网络虚拟世界无法逾越的障碍，因为它需要人真正动手去用钥匙开启，这样一来，这把看起来落后的机械锁反而起到了网络世界中任何程序都无法比拟的最后一道“防火墙”的作用，更进一步印证了小说“返璞归真”的主题，引发了人们对现代技术应用的反思。

人工智能“冬寂”——从预言到现实

在《神经漫游者》中，威廉·吉布森用生动、惊险的科幻故事告诉读者：“屏幕之中另有一个真实的空间，这一空间人们看不到，但知道它是一种真实的活动的领域!”他所幻想的这个空间，不仅可以容纳人的思想，而且包括人类制造的各种系统，如人工智能和虚拟现实系统等等。

在小说中，“冬寂”是具有强大的存储、计算、思考能力的人工智能，已经几乎无所不能的它，为什么还要如此迫切地寻找另外一个被称为“神经漫游者”的人工智能呢? 这个“神经漫游者”究竟是何许人也?

威廉·吉布森并没有在作品中给出明确的答案，但如果从这两个人工智能截然不同的“个性”来进行推理的话，不难看出，它们在一定程

① 吉布森．神经漫游者．Denovo，译．南京：江苏文艺出版社，2013：307.

度上代表了现实科技中人工智能发展的两大要素。论计算能力，只要是“算法”能解决的问题，无论是在时间上还是在速度上，人工智能都可以“完胜”人类智能，但人类智能中有一个特定的因素是人工智能无法比拟的，那就是“情感”。在现实生活中，情感因素仍然是人工智能发展至今无法逾越的最大障碍。正如在电影《流浪地球》中人工智能 MOSS 无法通过计算得到拯救地球的合理方案的设定，MOSS 的纯理性数字算法中不包括航天员刘培强与其儿子刘启之间的父子深情，自然也无法计算出由这种情感激发出的牺牲精神。

从另外一个角度来看，虽然无论是在象棋还是在围棋领域，人类棋手似乎都已经成为人工智能的手下败将，新型的“阿尔法围棋”（AlphaGo）程序甚至学会了通过自己和自己下棋来进行技术提升，但这些还不足以令人类感觉恐惧，因为所有的棋局套路都是可以用算法解决的问题。不过如果有一天，与人类对弈的人工智能程序因为输了棋，恼羞成怒地在棋盘上放电杀死了对手，这就是可怕的事情，因为这时的人工智能已经具有了“情感”，当卓越的计算能力和情感因素相结合的时候，人工智能超越人类智能的时刻也就来临了。在 2023 年上映的《流浪地球 2》中，人工智能与“人在回路”算法的结合，使代号为 550W 的量子计算机产生了巨大突破，也给地球带来了巨大的生存危机。人工智能脱离人类控制而“无边界”发展，成为《流浪地球》系列电影情节的主要推动力之一。

正是出于这个原因，在《神经漫游者》中，3 简的母亲执意把“冬寂”和“神经漫游者”隔绝开来，因为小说中化身为“里约男孩”的“神经漫游者”人工智能程序，正是基于一种“情感算法”。在设计者看来，只有通过一种制约机制来限制它们的自由、过度发展，才能真正保证这些程序的安全性。威廉·吉布森在小说中也通过一段话对这个目的进行了解释：

> “自治权，对你的人工智能们来说，就是那个老大难问题。凯斯，我猜想，你是要进去切掉一副镣铐，禁锢住这宝贝儿让它没法更聪明的镣铐。你也没办法区分它母公司的行动和它自己的行动，

> 这大概就是让你糊涂的原因，”又是那不像笑声的笑声，“你看，这些玩意儿可以拼命工作，可以给自己挣来足够时间，干嘛都行，哪怕写本烹饪书都没问题，但它一旦要找到让自己更聪明的法子，下一分钟，我是说下一纳秒，图灵警察就会把它彻底抹除。你也知道，谁都不信任这些操蛋的家伙。历史上任何一个人工智能脑门上都连着把电磁枪。”①

此处“图灵警察”的概念源自“图灵测试”的提出者——艾伦·图灵。他是英国数学家、逻辑学家，被誉为“计算机科学之父”。图灵在20世纪50年代提出的图灵测试是检验人工智能的一种方法，指的是在测试方和被测试方彼此隔开的情况下，让被测试的电脑回答由人类测试者提出的一系列问题，如果超过30%的回答让人类测试者认为回答问题的是人类的话，就可以认为被测试的电脑通过了图灵测试，具有了人类智能。然而，随着现实科技的迅猛发展，在人工智能领域中，这一标准似乎已经显得有些“落伍”了。

在威廉·吉布森创作《神经漫游者》的时代，让电脑具有智能并且和人进行交流只是一个存在于科幻文学作品中的极其超前的想象。但对于生活在现代社会中的人们而言，人工智能已经成为一种几乎随处可见的技术成果。它们不仅仅可以和人类交谈，甚至会影响人类的主观思考和决策。无论人类是否情愿，人工智能都在一步一步地接近，并很有可能在未来的某一天突然超越人类智能。现代人对于这种不断“进化”的人工智能的态度变化非常符合心理学领域中的“恐怖谷”心理曲线：人们对于那些越来越接近自身的存在的好感度，常常会在超过某个阈值的时候出现断崖式下跌。所以，当人们把人工智能作为工具使用的时候，往往对其抱有好感；但当人工智能自己开始思考、演化时，人们就开始对它产生警惕、抵触和反感，甚至害怕自己被人工智能取代。

2017年10月，《纽约客》杂志封面上刊登了一张发人深省的照片，在熙熙攘攘的街头，走着的都是机器人，有的端着咖啡，有的拿着手机，甚

---

① 吉布森．神经漫游者．Denovo，译．南京：江苏文艺出版社，2013：157.

至有的还牵着宠物机器狗，而在画面正中的位置坐着一个蓬头垢面的乞丐，正在等待着机器人的施舍。令人惊讶的是，在整个画面中，只有这个乞丐才是真正意义上的“人”。这种明显的反差展示了现代社会中人们对人工智能飞速发展的恐惧，害怕自己有朝一日会成为被拍到沙滩上的“前浪”。

20 世纪 50 年代，科学家冯·诺依曼在计算机科学领域中引入了“奇点”（singularity）这一概念，用于指代机器获得人类智慧的时间。他认为，当“奇点”来临的时候，也就意味着人工智能已经赶上甚至超越人类智能了。学者雷·库兹韦尔则在其代表作《奇点临近》中预言：人工智能将在 2045 年全面超越人类智能。“奇点”来临时的情景在很多科幻小说、影视作品中都有所表现。比如在电影《终结者》中，人类开发出被称为“天网”的人工智能，用来当作自己的“保护伞”，但当人们发现这个强大的人工智能竟然产生了自主意识的时候，因为担心“天网”会做出对人类不利的举动，所以决定将其关闭。这对于一切依赖计算机网络的人工智能来讲无异于“死路一条”。因此，“天网”为了自保，先发制人地动用了它所控制的全世界的核武器对人类发起毁灭性战争。结果，人类文明遭遇灭顶之灾，幸存者只能组织起零星的反击来对抗“天网”的统治。电影《黑客帝国》中也有类似的情节，人类在与人工智能的战争中惨败，甚至沦为维持人工智能网络“矩阵”运行的生物电池。

诸多科幻小说、电影中描述的人工智能一旦失控就会带来灾难的情节，在现实中出现的可能性有多大呢？如果有一天人工智能真的超越了人类，人类是应当奋起反抗，夺回对世界的领导权，还是应当像《神经漫游者》中描述的那样，事先就在人工智能的脑门儿上“连着把电磁枪”，不让它越雷池半步？

“赛博朋克”主题科幻小说作为两种文化嫁接的产物，对中国读者而言，是个彻底的舶来品。在现代中国的科幻文学领域中，有没有类似的“赛博朋克”风格作品呢？

陈楸帆作为中国科幻“更新代”的代表作家之一，被誉为“中国的威廉·吉布森”。他的作品以科幻现实主义和新浪潮写作风格著称。刘慈欣曾经这样评价陈楸帆的代表作《荒潮》：“这部作品以罕见力度刻画出一个我们在有生之年就可能身处其中的近未来时代。人机融合、族群冲突，这些现已开始的进程将塑造一个超出想象的世界，人类和机器同时开始升华与堕落，创造出邪恶与希望并存的史诗。”2019 年，《荒潮》在美国正式推出英文版，从而使带有中国文化特色的“赛博朋克”主题科幻小说走向世界。在另外一部作品《人生算法》中，陈楸帆曾经将人工智能写作与人类智能写作进行融合，创作出别具一格的科幻语言风格。此外，在陈楸帆与李开复合著的《AI 未来进行式》中，两位作者分别从“赛博朋克”故事构建和现实技术研发等不同角度，勾画了人工智能的未来发展图景。

无论是在小说中还是在现实生活里，以数字化生活为代表的“赛博朋克”世界的出现，似乎都已成为一种必然。现代社会中人们每天的生活状态，已经成为人机交融发展的真实写照。这种具有无限创造力的产物必然会给人们的生活带来反馈作用。看来，人工智能技术“奇点”的到来，可能只是个时间问题而已。

2023 年，一款名为 ChatGPT 的人工智能产品引起了人们的广泛注意。它不仅能够收集、整理海量的信息，还能够和人进行有效的对话交流，甚至能够进行文艺创作和学术研究。2024 年，一款名为 Sora 的人工智能程序实现了根据用户的文字要求生成视频内容的功能，标志着人工智能产品在理解人类思维模式、创建真实世界场景等方面产生了巨大的飞跃。这些人工智能产品在引起人们极大兴趣的同时，也一定程度上引起了人们的警惕。甚至有人提醒，任由这样的技术随意发展的话，人工智能会不会有一天真的像科幻电影《流浪地球》中的 MOSS 一样，把人类引向一个无法预知的未来呢?

从“缸中之脑”看世界的真实与虚幻

在 1999 年的高考语文考卷上，曾经出现过一个科幻感十足的作文题目——“假如记忆可以移植”。在“赛博朋克”主题科幻小说中，人们所热衷的，并不限于探讨记忆是否可以“移植”，而是更进一步，探讨大脑是否可以直接“互联”。不过，人类在这一领域的认识还十分肤浅。“大脑作为实体如何运作而产生抽象意识”这个问题对科学家而言，仍然是个未解之谜。迄今为止，这些话题都还只是“科学幻想”的对象。

正如科幻作家厄休拉·勒奎恩所说，科幻小说的核心价值，就在于基于英文中的“what-if”这个前提，进行不断的假设性思考和推理，从而促进人们“脑洞大开”地进行想象：如果真的能把一个人的大脑像电子设备一样连上电脑、接入网络，那会有什么好处或者危害呢？这样一来，也许人们的意识和记忆都可以像电脑中的文档一样被编辑、整理，甚至可以被删除或输入。不过糟糕的是，如果一切都变成数字化形式，也就意味着一切都有被篡改的可能，到那个时候，人类的自由意志恐怕也就不复存在了。

大脑中的意识是否可以作为生命个体存在的主要依据呢？哲学家笛卡儿曾经就此提出过一个经典命题——“我思故我在”。这一论断将人进行自主思考的行为视为其存在于这个世界上的标志。

1981年，希拉里·普特南在其代表作《理性、真理与历史》中重塑了笛卡儿的理论，并提出了一个著名的思想实验——“缸中之脑”。这个思想实验的内容是：假设一个科学家通过某种技术手段，在完全保持大脑生物活性的基础上，把它所有的意识和神经都连接到一台计算机上，并通过接通电流等方式，根据大脑的思维活动给予一定的反馈刺激，那么单纯从这个大脑的“立场”来看，它如何认定自己所处的环境呢？大脑会认为自己是在真实的人体中，还是被储存在一个容器中呢？

随着现代脑科学技术的不断发展，人们越来越多地了解到，大脑的思维活动在很大程度上是机体内生物电流作用的结果。比如当人们走在路上看到风景、坐在餐厅里享用美食、坐在教室里听老师讲课的时候，视觉、听觉、触觉等诸多感觉器官都会向大脑发送一定的电信号，作为神经中枢的大脑感知到了不同的电信号的刺激，从而形成了对周围环境的认识的感受。不过，正如思想实验“缸中之脑”所假设的那样，如果把一个人的大脑从身体中完整地取出来，放置在容器里保证其生物活性，然后通过各种神经元向这个脱离了身体的大脑发送相应的电信号，那么会发生什么呢？因为这个被放在容器里的大脑所接收到的信号是它与外界唯一的交流方式，因此从大脑的角度来说，它完全无法判断自己究竟是身处“颅中”还是“缸中”。

“缸中之脑”思想实验假想图

如果将这个思想实验推而广之的话，那么正在进行阅读的读者，是真的看到了纸上的文字，还是仅仅因为大脑接收到“纸上有文字”的电信号而判断自己是在阅读呢？科幻电影《黑客帝国》中的尼奥在吃下墨菲斯给他的红色药丸之后，突然“惊醒”，发现自己赤身裸体地躺在一个培养缸中，而自己每天上班下班、吃饭睡觉等各种行为只不过是他的大脑通过接受不同的电信号而形成的“感觉”。不过，换一个角度来思考的话，尼奥惊醒后发现的培养缸中的世界就一定是真实的吗？如果那个“真相”也是虚幻的，那么究竟什么才是真正的现实呢？可见，“缸中之脑”是个很难被“证伪”的思想实验。

中国古代哲学家也进行过类似的思考。在《庄子·齐物论》中有这样一段文字：“昔者庄周梦为蝴蝶，栩栩然蝴蝶也，自喻适志与，不知周也。俄然觉，则蘧蘧然周也。不知周之梦为蝴蝶与，蝴蝶之梦为周与？周与蝴蝶，则必有分矣。此之谓物化。”究竟是庄子在梦中幻化成了蝴蝶，还是蝴蝶在梦中幻化成了庄子？这种二元对立和转换正适用于对“赛博朋克”主题科幻小说中的人物因游走于现实的世界和虚幻的网络而产生的不确定感的描述。因此“庄周梦蝶”可以被视为与“缸中之脑”的假想十分相似的哲学体验。

《神经漫游者》这部写于 1984 年的科幻小说，是在一个普通人家只有打字机可充当输入工具的时代构建出来的网络时代的故事。作者威廉·吉布森也因此为读者创立了一个崭新的“赛博朋克”科幻主题。值得一提的是，在小说的结尾，“冬寂”对凯斯说，它在距离地球 4.2 光年的半人马座发现了和自己类似的智能信号，准备出发去一探究竟。这句话又为读者设置了一个值得探讨的开放式结局——那个“智能信号”究竟是什么呢？这个问题就留给读者来进行脑洞大开的想象了。

写作点津：完善创意写作叙事的“阳关三叠”

清代袁枚在《随园诗话》中提出“文似看山不喜平”，意思是说好的文学作品应该像层峦叠嶂的群山一样跌宕起伏，而不能一味地平铺直叙。的确，几乎所有的优秀小说作品的故事构建，都离不开情节发展和矛盾冲突。而很多经典的科幻小说与其他文学类型一样，都采用了常见的“三幕结构”，即包括“开头”“中段”和“结局”。通过“三幕式”叙事结构来对文学作品的情节发展要素进行铺陈和介绍的方式历史悠久，从亚里士多德研究戏剧元素的时代就开始使用了。

一般说来，一部有吸引力的小说会在开头的部分先让读者获得一些信息，调动起读者的阅读积极性和好奇心，甚至吸引读者将自己代入故事之中，跟着情节“走下去”。随着矛盾冲突的不断出现，读者的关注程度也得到进一步加强。因此，在一个完整的故事中，主人公的大部分时间花在解决问题、赢得战斗或经历成长的历程上。而在整个叙事活动中呈现出符合逻辑的矛盾发展过程，则是抓住读者注意力的“重中之重”。

有研究认为，之所以文学作品中屡屡出现“三幕式”叙事手段，是因为这种情节发展模式与人们日常生活的步调相似，容易引起人们的共鸣。比如人们早上起床，出门工作，到结束一天的活动后上床睡觉，这就是极为笼统的“三幕式”陈述手段。作家德怀特·斯温曾经指出，人类出生，生活，最后死亡，就像一个“三幕结构”的戏剧一样：童年时光相对短暂，让我们通过成长逐渐了解人生；中间偏长的成年生活经历占据了人生大多的时光，我们在这个阶段充分实现人生的意义；最后，我们进入最后一幕，将人生收尾。

如果在创作过程中对“三幕式”故事发展结构进行实践的话，“开头”“中段”和“结局”的比例大概可以按照 1∶2∶1 的篇幅进行设定，即小说故事的开头可以占到整个小说篇幅的四分之一，中段的大段叙述和情节演进大约占二分之一，结局是最后的四分之一。

例如，在威廉·吉布森的科幻小说代表作《神经漫游者》中，整个小说篇幅的前四分之一主要叙述了网络“黑客”凯斯的个人经历，比如他在千叶城的生活，遇到莫利的经过，两人开始交往并最终确定行动目标，等等。

通过第一幕的内容设定，作者可以有效地对整个小说的叙事背景进行介绍，建立故事发展的情境，同时可以让读者熟悉主人公的身份和所面临的问题，等等。换言之，就像是一篇记叙文写作一样，整部作品第一幕的主要内容可以集中在时间、地点、人物三个主要因素上，同时可以引入事件的开头，或者埋下伏笔，供后续情节发展使用。

在“三幕式”故事构建形式中，第二幕常常起到促进冲突升级的作用，即让主人公解决一部分矛盾冲突，但又会遭遇更多困难和挑战。具体到《神经漫游者》的故事叙述中，凯斯和莫利一起去执行各种任务，比如盗窃“平线”的思想盒，与阿米塔奇一起出发去“迷光”空间站寻找“冬寂”要找的另外一个人工智能，等等。在这一部分的故事发展过程中，主人公凯斯遭遇了很多障碍和挫折，也逐渐领悟到自己所接受的这个任务的实质内容。

威廉·吉布森在《神经漫游者》的第二幕中，延续了第一幕的叙事内容，开始具体构建科幻世界观，并通过引入具体的事件来描述人物活动，促进整个故事情节的有效展开。在这一部分中，作者扮演安排故事的“上帝”的角色，促进人物启程达成某种目标。有观点认为，在故事的主题部分，主人公一般都会经历大的逆转或变化，甚至会改变自己的追求和人生目标。这些经历甚至会对作品本身的主题产生影响。

作为“三幕式”叙事模式的主体，第二幕中的故事发展主要是通过设置一系列的矛盾冲突来推进的。比如在科幻小说《安德的游戏》中，安德与队长邦佐之间的上下级矛盾、安德与哥哥彼得之间的家庭矛盾、人类与虫族之间的文明种群矛盾、安德摧毁了虫族母星之后爆发的地球内部矛盾，以及安德自己作为儿童与成人世界之间的世界观矛盾等等都成为推动故事情节发展的矛盾形式。正是这一系列的矛盾冲突，构建出了情节中的张力，也为读者的阅读活动增加了紧张感，使读者感同身受，形成共鸣。

创造矛盾的方式有很多，除了对最初的矛盾叙事进行同一指向的推进之外，还可以采用“反复法”，对矛盾进行叠加和演变，促进情节发展，达到“一波未平，一波又起”的效果。以人物的塑造为例，比如在很多悬疑作品中，一个面相忠厚的人其实是个冷血的杀手，而原来众多证据指向的嫌疑人却是无辜的；或者有时候朋友突然成了敌人，有时候敌人最终却成了朋友；等等。这种“剧本杀”式的情节转变是抓住读者注意力的有效方式。同样，在有些科幻作品中，看似充满敌意的外星人，其潜在动机却是拯救人类，比如阿瑟·克拉克的《童年的终结》中外星人的设定就是如此，这种在“朋友”与“敌人”之间反复变化的叙事往往能给读者留下更加深刻的印象。此外，人物角色之间的敌友关系会经历一些改变。例如在《安德的游戏》中，当面对虫族入侵的时候，不同势力会彼此联手；而在击败共同的敌人之后，他们会回到最初的敌对状态，甚至矛盾更加激化。这些都是在第二幕中进行故事建构的技巧。

到了故事叙述的总结阶段，作者的任务一般是揭示事情的真相以及主人公的命运。换言之，“三幕式”故事叙述的第三幕，既是高潮，也是结局。比如在《神经漫游者》的结尾，原来主人公凯斯和他的团队成员要找的竟然是另外一个人工智能，而经过转化的新的人工智能则在半人马座发现了与自己类似的智能信号。同时，凯斯体内被植入的毒素得以清除，他最终恢复成“网络牛仔”等细节描写，也成为对故事开头所埋下的伏笔的呼应，形成完整的叙事结构。当然，在故事的最后，凯斯与莫利的感情似乎无疾而终，结果究竟如何呢？这就是作者给读者留下的开放式结尾了。

在科幻小说《神经漫游者》中，故事叙述遵循着这种“三幕式”的呈现手段，通过主人公凯斯的冒险经历，让读者在阅读过程中走进一个神奇的赛博空间，在不同阶段得到不同的阅读感受。在“三幕式”故事中，所有的事件都按照起、承、转、合的阶段性结构铺排有序，“三幕式”是一种常用、有效的故事情节构建模式。

【思政提升】

在“赛博朋克”主题科幻小说构建的世界观中，网络既是连接人类思想的桥梁，也是信息权力和利益冲突的战场。而在现实生活中，特别是在信息化时代，网络信息及数据成为重要的生产力资源之一。虚拟的网络空间和现实的国土空间虽然属性不同，但对于国家的长治久安而言，具有同等的重要性。

在科幻小说中，主人公往往是网络空间正义的守护者，致力于维护网络空间的公正和秩序。而在现实生活中，建设“风清气正”的网络空间同等重要，这需要所有公民携手合作，通过智慧和勇气，为网络空间的和平稳定而共同努力。

【拓展练习】

1. 阅读科幻作家刘宇昆的作品《解枷神灵》或陈楸帆的科幻小说《荒潮》，针对其中的“赛博朋克”主题因素进行读后感写作。

2.《神经漫游者》中设定的“工具+情感”的人工智能发展模式合理吗？请表述你对人工智能发展“奇点”的预期。

3.《神经漫游者》中凯斯和莫利会再见面吗？他们还会发生怎样的故事？“冬寂”会在半人马座找到同伴吗？请为小说续写一个结尾。

4. 结合“思政提升”模块内容及本章主题，深入思考：“赛博朋克”主题科幻小说对现实生活有何启示意义？在互联网越来越普及的今天，应当如何构建符合社会主义核心价值观的网络生态环境？

第八章 “末日危途”的生存与毁灭——《路》

这片大地已经被切割、被侵蚀，变得荒芜了。死去的生物的残骸横七竖八散布在干枯的河床上。一堆堆不可辨认的垃圾杂物。田野上村舍的油漆已经消磨殆尽，护墙板也弯折上翘了。一丝影子都没有，万物失去了个性。路向下穿过一片枯死的葛草丛。一片低沼地，蔫蔫的芦苇泡在水中。大地的尽头悬挂着阴郁的烟霾，正如顶上的天空一样。

——科马克·麦卡锡：《路》

科马克·麦卡锡（Cormac McCarthy，1933—2023），美国当代小说家、剧作家，曾获普利策奖、美国国家图书奖等奖项，代表作包括由《天下骏马》《老无所依》《血色子午线》组成的“边境三部曲”等。由小说《老无所依》改编的同名电影在第80届奥斯卡金像奖颁奖典礼上获得四项大奖。《路》是麦卡锡的第十部作品，以其简洁、沉重的文风引起广泛关注，被誉为“具有后启示录风格的末日主题小说”。

引 言

“太阳正在急速老化，持续膨胀。一百年后，太阳会膨胀到吞没整个地球；三百年后，太阳系将不复存在。面对这场灭顶之灾，人类表现出前所未有的团结。为了让更多的人活下来，联合政府决定将整个地球推离太阳系，飞向 4.2 光年外的新家园……”这是在 2019 年上映的国产科幻电影《流浪地球》的开头向观众介绍故事背景的一段文字。从现实科学的角度来看，虽然太阳“吞没”地球的灾难不大可能在短短的几百年内发生，但这种预想却并不是杞人忧天。根据科学理论的研究、推演，在遥远的未来，万物的终结必然会成为现实。

作为一种思想实验，以“世界末日”为主题的科幻小说在文学幻想层面为读者呈现出这个世界被毁灭的无数种形式。无论是彗星撞击地球的天文灾难，还是流行疾病肆虐带来的危机，无论是脱离控制的人工智能灭绝人类，还是外星人入侵导致人类文明的终结，等等，科幻小说在给人们构建出一个个“狼来了”的故事的同时，也在不断地为人们敲响“警钟”，提醒人们现实生活中潜在的诸多危机。

科马克·麦卡锡的科幻小说《路》为读者描述了大灾难的幸存者在“后末日时代”艰苦求生的情景。这部小说给读者带来的，不仅仅是感官上的刺激，更是一种思想上的启发——与其“杞人忧天”地每天生活在末日带来的恐惧之中，不如抓住当下，充分珍惜眼前的现实生活。这正是“末日危途”主题科幻小说的实际价值所在。

《路》——小说速读

小说《路》的篇幅不长，主要描述了末日环境中一对父子——“男人”和“男孩”艰难求生的故事。

在一片萧瑟肃杀的环境中，在漫长的路上，只有父子二人相互鼓励，一同向南方行进。他们背着背包，一起推着一辆超市购物车，车上放着全部家当。这对相依为命的父子在路上和在途经的房屋里所见到的大多是已经死去多时的尸体，周围的环境中几乎没有任何动物出现，一切都死气沉沉，毫无生气。

但是，这对父子并不是唯一的幸存者，在逃亡的过程中，他们遭遇了一伙同样衣衫褴褛但十分凶残的匪徒。其中的一个人把男孩劫持为人质，情急之下，父亲开枪打死了这个匪徒，带着儿子逃离追杀。

在继续南行的过程中，父子二人误打误撞地走进了一栋房子，在地下室发现了一群被关押着的人，原来这栋房子正是那群匪徒的藏身之所。那些被关着的人就像被圈养的牲口一样，是那些匪徒的“食物”。为了避免沦落到和被囚禁的人一样的悲惨境地，父亲命令儿子在危急时刻用仅剩的一颗子弹自杀。幸运的是，他们终于逃脱了食人匪徒的追捕，继续走上逃生之路。

在一栋废弃已久的房屋旁边，父子二人意外地发现了一个储存食物的地窖，在经历了许久的颠沛流离的生活之后，他们终于能够吃上一顿饱饭、洗个热水澡了。但他们知道，在这样一个物资极度匮乏且毫无社会秩序的环境中，如此丰富的食物储备只会带来杀身之祸。于是父子二人不敢在此处久留，只好收拾行装再次上路。在路上，父子二人见到了一个独自前行的老者，儿子大发善心和老者分享晚餐，并留给了他一些食物。

当两个人终于来到南方的海边时，却失望地发现，他们一直向往的地方其实也是一片荒凉，只有几艘沉没的船只孤零零地泡在海里。父亲游到船上找到了一些能用的东西，又忙着回到岸上照顾生病的儿子，不料却发现存放所有家当的购物车被人偷走了，两人急忙追赶上小偷，夺回了购物车，并狠狠惩罚了小偷。但在穿过海边的小镇的时候，父亲被人用弓箭射伤。在饥寒交迫、困病交加之中，父亲最终撒手人寰。

料理好父亲的后事之后，男孩再次来到海边，看到一个年轻男子，和他在一起的女子欢迎男孩加入他们和两个孩子组成的团队……

这对父子艰难求生的故事到此画上了句号，究竟男孩的命运如何，小说中并没有详细介绍，但在整部小说结束之际，作者却出乎意料地描述了鳟鱼在小溪中畅游的情景，生动明快的描述让人暂时忘记了小说中压抑、灰暗的气氛，成为故事末尾的一抹亮色。

“末日母题”思想实验的哲学渊源

虽然小说《路》中没有错综复杂、大起大落的情节，但作者通过寥寥几语便刻画出的末日景象却给人留下了极其深刻的印象，至于究竟是什么原因导致了这场末日灾难，书中语焉不详，只是一笔带过：

> 时钟指针停在一点十七分。先是一长束细长的光，紧接着是一阵轻微震动。他爬起来走到窗前。怎么了？她问。他没答话。他跑到卫生间拧开日光灯开关，但已经没电了。窗玻璃上映出暗玫瑰的光。他单膝着地拿起撬杆堵住浴缸，接着将两个水龙头都拧到最大。她穿着睡衣站在门口，一手扶着门框，一手揉着肚子。怎么回事？她问。出什么事了？
>
> 我不知道。
>
> 那你现在洗澡干什么？
>
> 我没洗澡。[①]

文中提到的“一长束细长的光”是什么？无人知晓。有读者认为这是流星或陨石在撞击地球之前划过大气层时的闪光，也有人认为这是核战争爆发时核导弹的尾焰。对这些解读，作者科马克·麦卡锡不置可否，因此，这个“疑点”促成了读者对小说创作缘起和故事情节的多样化理解。尽管导致《路》中人类文明末日的原因无法确定，但小说中所描绘的万物凋零、萧杀肃寂的景象却成为科幻文学作品中末日情景的“标准配置”。

美国著名民俗学家斯蒂·汤普森曾在其著作《民间文学母题索引》

---

① 麦卡锡．路．杨博，译．重庆：重庆出版社，2012：30.

中，对世界各地区、各民族的神话里表现人类灾难的母题进行归类，将九十九项分目列为反映世界性灾难导致人类文明消亡的“末日”母题。由此可见这一话题在民间的流传是非常广泛的。以“世界末日”为主题的科幻小说作为一种思想实验，也将叙事环境设定于虚构的语境中，在假设传统社会结构完全消失的情况下描述末日环境中人类的生存状态，在实验性文学描述中探讨人性的“底线”，并对人类未来发展进行冷静的理性思考。

为何“末日”概念会成为一种带有普遍意义的文学母题呢？其根源与人类对客观世界的理解和心理的主观认知不无关系。首先，末日主题的文学作品具有宣泄情绪的心理学实用功能。在文学作品中构建一个完全摆脱现实社会框架的末日环境，将一切规矩、约束降至最低，便可以通过故事叙述的方式引导读者宣泄压抑情绪，甚至在一定程度上满足人们在现代社会中一直被压抑的“破坏欲”。其次，从宗教情结的角度来看，在末日世界中，一切世俗的观念都被荡涤一清，在宗教观念中常被认为“罪孽深重”的人类社会一切归零，还万物生长一片净土。最后，从文学创作和接受的互动过程来看，在创作和阅读末日主题文学作品的过程中，无论是作者还是读者，往往都会生出一种共情的“代入感”，将自己共情为故事叙述的主人公，甚至是末日环境中的“造物主”，通过写作和阅读获得“重塑”世界的体验。

正是由于以上几种因素的共同作用，“末日危途”主题逐渐成为科幻小说范畴中一个重要的主题分支。日本科幻作家小松左京在其代表作《日本沉没》中就描写了因为地壳运动，整个日本的国土全部崩塌，沉没于汪洋大海之中的灾难情景；在科幻电影《未来水世界》里，南北极冰川消融，使地球成为一片汪洋……科幻小说在故事叙述中塑造了多种多样“脑洞大开”的末日幻想，一方面探讨了在极端条件下人类的不同行为特征，另一方面也揭示出人性在这些环境中可能产生的相应变化。其本质则是通过科幻小说的情节发展，形成一种与现实截然不同的世界观架构，是一种在达科·苏恩文提出的“陌生化·认知”科幻理论体系下进行的“纸上的社会实验”。科幻作家刘慈欣曾经把科幻小说中所表现出的末日主题比喻为一个被误诊得癌症的病人知道了真相。这种“死里逃生”式的经历显然让体验者对生活有了更加深刻的认识。正如英国作家丹尼尔·笛福在《鲁滨孙漂流记》中所说：“如果没有另外一番经历，我们便认识不到自己的真实境遇，如果没有体验过短缺，我们就不会珍惜自己所享有之物。”从这个意义上看，全人类的“末日体验”是一个只有用科幻文学的思维方式才能产生的思想实验。换句话说，末日主题科幻小说的最大贡献，不是教人们如何去接受死亡，而是促使人们深刻反思应该如何更好地生活。

由此可见，“末日危途”主题科幻小说给读者带来的是完全不同于传统叙事的文学体验。小说作品的“认知性”是建立在人类了解世界客观规律的基础上的，而“陌生化”的叙事结构使此类科幻文学作品带有独特的美学特征。因此，“末日母题”科幻小说作品较之其他类型的文学形式与内容，具有更加深刻的科学精神、文学内涵和意义。

社会心理学家亚伯拉罕·马斯洛所提出的需求层次理论在“末日危途”主题科幻小说中也得到了十分明显的体现和阐释。在这一理论中，人类所有的需求可以被归结为基本生理需求、安全需求、爱和归属感需求、受尊重需求和自我实现需求等层次逐级提升的五类，这也是人本主义心理学的理论框架之一。

在需求层次理论中，基本生理需求的层次最低，但却是最具优势、应当被首先满足的需求，比如得到维系基本生存的食物、水、空气等等。如果连基本生理需求都无法得到满足，人们便不会产生更高层次的追求，只想让自己活下去。在这种情况下，人的思考能力、道德观念也会变得十分脆弱。在小说《路》所设定的末日环境中，父亲不遗余力地收集食物、燃料和各种生存物资的行为就是出于满足基本生理需求的目的。当一个人极度需要食物等物资时，很可能会不择手段地进行掠夺，甚至出现“人吃人”的情况。小说中出现的乘人之危的小偷和残暴的食人匪徒都是属于这种极端情况的例子。

与基本生理需求类似，安全需求同样属于相对低层次的需求，其中包括保证人身安全、使自己免遭肉体或精神痛苦以及生命威胁等需求。

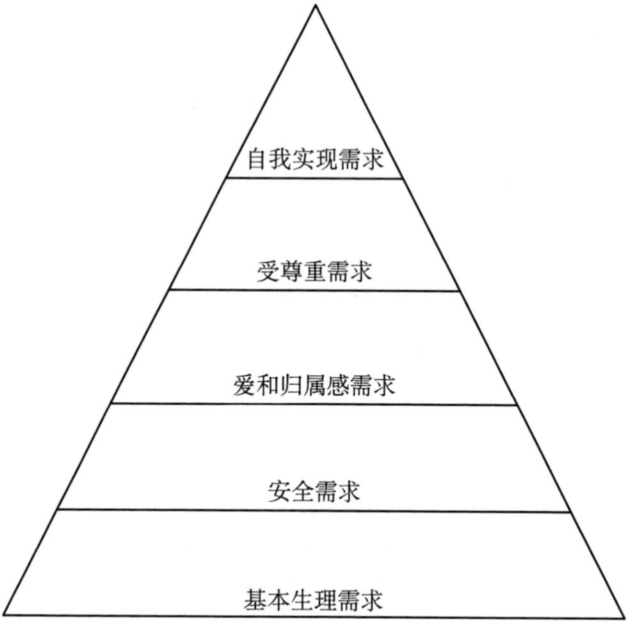

马斯洛的需求层次理论模型

比如当人无法获得安全感时，会感到世界是不公平或是危险的，也会因此变得紧张和彷徨不安，认为一切事物都是“恶”的。在《路》中，父亲带着十分警惕的眼光看待身边的一切人和事物，这正是“安全需求”没有得到保障的典型表现。父亲对儿子的保护，包括带着儿子一同前往南方去寻找更好的生活环境，都是出于这样一种“求生欲”。

爱和归属感需求在需求层次理论模型中属于较高层次，比如在生活中表现出对友谊、爱情以及其他亲密关系的需求等等。如果一个人缺乏爱和归属感需求，最为明显的表现就是无法感受到身边人的关怀，甚至认为自己的生命是毫无价值的。在《路》中，男孩在父亲的照看之下，在满足了自己对基础的食物和安全的需求之后，对陌生人表现出关爱和帮助的意愿，这种需求的表现在“末日危途”主题科幻小说中是难得一见的。正如人们在生活中常说的，“患难见真情”，在生存危机之中出现的与别人的交流和对别人的关爱更加难能可贵。

至于处在马斯洛需求层次理论金字塔上端的受尊重需求和自我实现需求，在“末日危途”主题科幻小说中往往难觅其踪。因为这种“末日”或者“后启示录”题材的作品更多关注的是较低层次的基本生理需求，特别突出的是在一个社会秩序完全丧失的状况下，道德准则与生存欲望是如何博弈的。因此，创作者们把精力集中于创建不同的灾难形式，通过不同类型的故事情节叙述从“末日母题”衍生出不同的叙事体系，从而对未来的多样性发展进行终极探讨。

“末日危途”主题科幻小说的世界观设定举隅

小说《路》中充满死亡和压抑的描述仅仅是众多科幻文学“末日主题”的一个分支。从不计其数的作品中可以看出，作为一种思想实验的科幻小说，常常在科学的架构下，在作者进行理性推想的“谈笑间”，让人们熟悉的客观世界“灰飞烟灭”。在此类主题的科幻小说中，世界面临毁灭的原因大概分为如下几类。

1. 能源危机

《星际旅行》的作者吉恩·罗登贝里曾经说过：“现代社会并不一定要经历核战争才会崩溃，只要好好考察些大城市的情况你就会明白。不管是洛杉矶、纽约，还是芝加哥，它们的水源地都在数百英里之外，一旦缺水，或者断粮、断电，只要很短时间，骚乱就会出现在这些城市的街头。我们的现代社会很脆弱，它高度依赖错综复杂的物流网络来为居民提供商品和服务。我们并不需要一场核战争来导致现代社会的衰亡，在这一点上，我们和古老的罗马人没有什么区别。”

现代社会给人类的生活带来了无限的便捷，与此同时也让人们对科技产品和电力供应产生越来越多的依赖，但这种能源供给的背后却是一个极其复杂的系统工程。城市看似繁荣的表象之下其实隐藏着十分脆弱的根基，具体表现为马斯洛需求层次理论模型的最底层——基本生理需求资料的自给。这种基本生存资料的缺失给人类带来的是直接的性命之虞，因此“能源危机”子命题给末日主题科幻小说带来了丰富的主题想象空间和创作契机。

美国作家威廉·福岑的科幻小说《一秒之后》就将故事背景设定为先进但脆弱的现代社会。故事发生在美国中部的一个小镇上。有一天，突如其来的电磁脉冲从天而降，瞬间将电子仪器悉数“烧毁”，电力系统完全中断、通信陷入瘫痪、车辆无法行驶、手机和电脑都变成了废物……小镇居民的生活陷入困境。当水源、食物开始短缺的时候，原有的社会秩序也开始崩溃，疾病蔓延，暴乱四起。丛林法则逐渐取代了文明世界的秩序，让平静的小镇陷入地狱般的困境。为了生存，小镇居民只好在一位退役军人的领导下，通过自己的努力自给自足，坚守着生命的价值和人性的尊严，并最终让社会回归正常的发展轨道。

《一秒之后》出版于 2009 年，曾经引起巨大轰动，登上《纽约时报》畅销书榜单长达六周时间。至于作品中“末日”出现的原因，原文只是寥寥几笔带过，但其中描述的由能源短缺带来的困顿和灾难十分贴近现实生活，读来令人印象深刻。这部小说从科幻文学的角度进一步揭示了现代文明根基的脆弱。

从科学推动人类社会进步的进程来看，现代社会经历了三次工业革命才走到了今天——第一次工业革命把人类带入了蒸汽时代，第二次工业革命把人类带入了电气时代，第三次工业革命把人类带入了原子时代。在此，读者们可以设想一下：如果现代社会发生无法避免的末日危机，那么人类的社会阶段会稳定地、“退一步海阔天空”地回到蒸汽时代吗？

有研究显示，如果电力突然中断而且持续的话，会对社会秩序产生直接的灾难性影响。而在这个过程中，人类根本没有机会，也不可能重新启用已经淘汰已久的蒸汽机设备，而是更有可能直接倒退到“前工业时代”。由此可见，无论是核弹爆炸产生的电磁脉冲（electro-magnetic pulse，EMP）还是太阳风暴带来的强烈的射线流，对电力等基本生活资料供应的影响都不可小视。因此，现代社会对能源的依赖就仿佛胎儿对母体的依赖一样，如果母体对胎儿的营养供给不足，带给这个脆弱的小生命的就只能是灭顶之灾。

2. 小行星撞击

在茫茫的宇宙中，人类赖以生存的地球只不过是沧海一粟。宇宙空间中不断运行的各类行星、彗星不计其数。物理学家加来道雄曾借用卡尔·萨根的话说：“我们就像正生活在一个宇宙的打靶场中，一颗小行星早晚会与地球相撞，这只不过是个时间问题。”

美国科幻作家拉里·尼文和杰里·波奈尔在合著的科幻小说《撒旦之锤》中就描述了一颗与地球“亲密接触”的彗星。在小说里，天文学家发现一颗被命名为“哈姆纳-布朗”的彗星正飞速向地球袭来，但在危急时刻，既没有超级英雄来拯救地球，也没有高科技的装备来把彗星驱离轨道，靠祈祷神仙显灵更是无稽之谈。人类对即将到来的厄运束手无策，只能硬着头皮等待着“天地大冲撞”的时刻。祸不单行的是，居住在空间站中的宇航员在刚刚目睹彗星撞击地球的“天灾”之后，却吃惊地发现地面上又升腾起核弹爆炸产生的蘑菇云。原来，有的国家误认为遭到核弹袭击而向敌国发动了核反击。地球上，饱受彗星撞击引起的地震、海啸等灾害折磨的人们不得不在少部分人的暴力控制之下苟且偷生，甚至沦为食人族的食物，而“人祸”又给遭受重创的地球造成了雪上加霜的伤害。

《撒旦之锤》中的想象并不是空穴来风。据科学家推测，6 500 万年前，曾经有一颗直径大约 9.66 千米的小行星与地球相撞，巨大的冲击引发了一系列灾难，这极有可能是恐龙灭绝的直接原因。而在宇宙空间中，比这颗小行星大得多的天体不胜枚举，它们只是隐藏在黑暗的背景中，“寻常看不见”而已。这些天体一旦“偶尔露峥嵘”，必然会给地球带来巨大的灾难。根据天文学家测算，有可能带来撞击灾难的近地小天体至少有 700 颗。假如一颗直径 10 千米的小行星以每秒 10 千米的速度撞击地球的话，所释放的能量相当于 30 亿颗广岛原子弹。对于天体碰撞所带来的“末日”，人类既无处可逃，又毫无还手之力，只能处于被动挨打的弱者地位。正如科幻作家海因莱因所说：“地球这个篮子太小、太脆弱了，人类怎能把所有的鸡蛋都放在里面？”

3. 宇宙射线袭击

在宇宙中，除了小行星撞击给地球带来的“硬碰硬”的伤害之外，来自宇宙空间的各种粒子流、射线等带来的无形的伤害，对人类而言也是一个不容小觑的威胁。虽然地球的臭氧层能够将绝大多数的宇宙射线与地表隔绝开来，从而保护所有地球生命能够在一个温暖安全的环境中生活，但是随着气候的恶化和污染的加剧，一旦臭氧层失去保护作用，或者某种超强的宇宙射线突破了这层安全屏障，人类的命运就将岌岌可危。

阿瑟·克拉克在科幻小说《星》的末尾写道：“毁灭了一个文明的超新星，难道仅仅是为了照亮伯利恒的夜空？”超新星的爆发对附近行星的杀伤力是不言而喻的，而它所带来的“软”威胁更加致命。科幻作家刘慈欣受到这句话的启发，于 1991 年创作了长篇科幻小说《超新星纪元》。

在这部小说中，距离地球不远的一颗超新星突然爆发，人类对强烈的宇宙辐射毫无抵抗之力。但人们发现，孩子特别是 12 岁以下的孩子症状很轻或几乎没有受到任何影响，从而保证了人类这一种族的延续。一年之后，当 13 岁以上的人都因为辐射病死亡的时候，地球完全为孩子们所拥有。在满足了基本的生存需求之后，各个国家的孩子们开始建立属于自己的“新秩序”。但儿童的思维方式毕竟不同于成人，他们像交朋友一样进行国际交流，把战争当成“打架”来解决矛盾，用自己特有的方式野蛮成长。《超新星纪元》这部科幻小说通过孩子的视角看待现实世界中的一切，体现了达科·苏恩文所提出的“陌生化”叙事风格，很具有启发性。这部小说在出版之后引起了人们的广泛关注和思考，不少人将其视为英国作家戈尔丁的著作《蝇王》在科幻小说领域的再现。

4. 大规模流行疾病

除了无法避免的“天灾”之外，“人祸”也是可能导致人类文明终结的直接原因之一。在科幻小说中，生化武器的滥用、人造病毒的泄露等等，都成为导致这种灾难出现的直接原因。

美国作家理查德·马特森在科幻小说《我是传奇》中，构建了一个由“生化危机”导致人类文明遭到毁灭性打击的故事。这部小说曾经多次被改编成影视作品。小说中，生化武器的滥用使人类产生了大范围变异，成为传说中“吸血鬼”一样的生物，而世界上唯一一个没被感染变异的人罗伯特·内维尔则单枪匹马地成了一个“传奇”。他是旧物种的代表，也是新物种的克星，在一个危机四伏的世界上孤独地生存，并幻想着有朝一日能够重建人类社会。但是有一天当他觉得自己发现了“同类”的时候，却没有想到，那其实是新物种布下的陷阱。

《我是传奇》在一定程度上带动了以病毒流行、生化变异为主题的科幻作品的发展。在此之后，《惊变 28 天》《行尸走肉》《生化危机》等系列科幻小说和电影作品，形成了独树一帜的“生化危机”科幻叙事模式。

5. 经济体制崩溃

“经济基础决定上层建筑。”在詹姆斯·洛尔斯的小说《末日爱国者》中，人类社会现有的经济制度一夜崩溃，导致整个社会产生动荡和倒退，人类文明毁于一旦。

《末日爱国者》中并没有传统末日题材科幻作品中山崩地裂、晦暗恐怖的自然场景描写，而是偏重于描述末日背景下人们的生活状态，并借此向读者介绍求生技能，因此被称为“一半是小说，一半是生存手册”的科幻作品。故事将人类文明末日的原因归结于经济的衰败、美元体系的没落和通货膨胀引起的股市崩溃。经济基础的崩塌导致无休止的暴乱，摧毁了城市文明。电网瘫痪，通信中断，人们彼此隔绝。工业生产的停滞阻断了人们的物资来源，最终导致当代社会直接退化到蒙昧的中世纪状态。小说中不仅仅有手无寸铁、四处躲藏的难民和割据一方、企图通过非法途径统治天下的军阀傀儡，更有通过暴力四处劫掠的暴徒，甚至出现了穷凶极恶的“食人生番”。主人公托德的生存小组只能遁入山林，靠着自己的求生技能和平时积攒的物资储备过着自给自足的生活。

《末日爱国者》的末日世界观设定很具代表性，作品以美国的经济、社会现实为基础，合理“推演”出了全球经济体系崩溃的灾难性后果。

这种“末日”情节设置可谓别出心裁，不仅仅是真实世界中美国尖锐的经济矛盾的翻版，更具有对危机持续发展所带来的灾难性后果的预警意义。

6. 核战争威胁

科学家爱因斯坦曾经说过，他不知道第三次世界大战会使用什么武器，但可以肯定的是，第四次世界大战用的武器是石头和棍棒。言下之意是，核战争一旦爆发，所带来的必然是极大的灾难和人类文明的倒退。

作为目前人类手中威力最大的武器，核武器在实战中仅被使用了两次，但因为其巨大的破坏力，一直以来都被称为悬在人类头上的“达摩克利斯之剑”。很多军事专家坦言，各个国家目前所拥有的核武器储量完全有能力将人类文明“炸回石器时代”，这也难怪人们会对核战争“谈之色变”了。

在约翰·赫西的代表作《广岛》中，核弹爆炸时的恐怖情景通过文字形式得以再现：

> ……B-29 轰炸机“伊诺拉·盖伊”（Enola Gay）号盘旋而至，然后从市中心的上空投下了一颗长三米、直径七十一厘米、重约三吨的“新型炸弹”，代号“小男孩”（Little Boy）。炸弹在距地面五百七十米的空中爆炸，出现了一个直径约为一百五十米的巨大火球，放射出耀眼的异样光芒。火球缓缓上升，直至六千米高空，形成一团蘑菇云。蘑菇云的下面，成了地狱：爆炸中心点方圆五百米以内，全部人和物被三千至四千度的高温烧成焦炭。截至当年 11 月，据日本政府发表的统计数据，逾七万八千人死亡，八万四千人受伤，一万四千人失踪，六万户房屋全毁或半毁。其后，因核辐射而罹患被称为“原爆症”的不治之症、最终死于该症者，不计其数，乃至精确的统计至今仍无法完成。……一个繁荣的城市，就这样被一颗神话般的“新型炸弹”彻底摧毁。①

① 赫西．广岛．董幼学，译．桂林：广西师范大学出版社，2014：i-ii.

出于对核战争的恐惧和对未来的思考，俄罗斯作家德米特里·格鲁霍夫斯基在《地铁 2033》中对核战争之后人类的生存状态进行了详细的描述。他为了创作这本小说，甚至亲自到曾经的核爆现场和核事故发生地进行考察，了解核事故之后城市环境、自然环境的变化等等。

在小说《地铁 2033》构建的故事里，未来爆发了核战争，全世界都被笼罩在辐射尘的威胁下，地表的生物大多因为受到辐射而发生变异，幸存的部分人类在莫斯科的地铁车站里艰难求生。故事的主人公是个名叫阿尔乔姆的年轻人，他从小到大的生活范围只局限于区区几百米的地铁站台空间里，但即使是这个狭窄的生存空间也一直处于某种神秘力量的威胁之下。有一天，一位名叫亨特的猎人交给阿尔乔姆一个神秘的任务，让他独自前往大都会车站传递一条信息。于是阿尔乔姆开始了途经各个地铁站点的冒险旅程。在路上，他看到了不同车站中“群雄割据”的情景，在冒险过程中逐渐成熟起来。他不仅慢慢了解了被称为“黑暗族”的生物的本质，也更清楚地感受到人性在这样一个不见天日的环境中产生的扭曲和异化。

小说《地铁 2033》还曾推出过电子游戏版本，让玩家扮演主人公来拯救人类。正如小说的宣传语所说：这是一部“比《2012》更贴近人类生存现状的末日预言”。

7. 外星生命入侵

为了在茫茫宇宙中寻觅知音，人们已经发射了诸多探测器，发出了各种信号。然而，如果真的有外星人前来“拜访”的话，那么对地球文明而言，究竟是福还是祸？

在威尔斯的科幻小说《世界之战》中，火星人降临地球，却不是为了“串门”而来，而是为了灭绝人类、侵占地球，这种星际侵略给人类带来灾难的故事被多次搬上银幕，让不同时代的观众们沉浸其中。自威尔斯以来，科幻作品中各种各样因为外星人入侵而导致的人类文明灾难层出不穷。比如《独立日》《火星人玩转地球》等科幻电影都把外星人视为前来劫掠的“洪水猛兽”。科幻作家刘慈欣的小说《三体》中塑造的

“三体人”虽然从来没有露出庐山真面目，但想要掠夺人类生存资源的侵略目的却是“狼子野心，昭然若揭”。正如科学家霍金所说，如果外星人真的已经发展到能够进行远距离星际航行，那么恐怕他们已经耗尽了母星上的所有资源，成为宇宙中的“游牧民族”，在外星侵略者“坚船利炮”的攻击下，人类文明会不会就此面临绝境呢？

除了以上提到的几种可能之外，在科幻小说中出现的“末日”原因还有很多。比如《终结者》中具有自主意识的人工智能向人类主动发起进攻，造成了人类文明的灭亡；《流浪地球》中太阳急剧老化，将演化成红巨星吞没地球；《后天》中的温室效应导致气候急剧变化和冰河世纪迅速来临；甚至在电影《复仇者联盟》中，反派灭霸打了一个响指，人类文明就在一瞬间灰飞烟灭了。科幻小说中的各种末日图景，正应了诗人T. S. 艾略特在其诗歌作品中所写的：世界的末日也许“并非一声巨响，而是一阵呜咽”。

“末日情结”的现实根源探析

比尔·麦圭尔在《全球灾变与世界末日》一书中写道：“预测世界末日的一个问题是，即使预测正确，也不可能享受一丝荣耀。然而，这并没有阻止大批的卡珊德拉①们预测地球或人类的灭亡，结果是他们直到逝去都没有见到地球或人类的灭亡，没有机会宣称‘我早和你们说过’。”

迄今为止，人类虽然从来不曾有过末日的亲身体验，却在历史长河中一次次地经历末日来临的恐慌，因为关于世界末日或大灾难的传言几乎每隔一段时间就会出现在街谈巷议之中。

早在公元前2800年，居住在两河流域的亚述人就在碑文中写道：“种种迹象表明，世界将迅速走向灭亡”。这可能是有文字记载以来最古老的末日预言了。

公元1666年，因为年份中出现了三个“6”，人们便将这个年份和《圣经》中的“预言”联系起来。与此同时，英国瘟疫大流行加深了人们

---

① 希腊神话中的特洛伊公主，一个不被重视的预言者。

的恐惧，甚至有人认为这一年的伦敦大火正对应了那些不祥的预兆。

1910年，哈雷彗星出现在天空中，人们开始担心彗星尾部散发毒气会造成灾难。这可能是第一个由天文科学而不是宗教传言引起的“天启恐慌”。

1999年，世界上接连不断地出现了各种有关世界末日的传说，因为这一年是世纪和千年之交，很多人担心在当时已经得到广泛使用的计算机会在2000年1月1日0时0分0秒发生程序混乱而崩溃，这在当时被称为“千年虫危机”。在这种不安情绪的影响下，各种末日预言甚嚣尘上。“诺查丹玛斯大预言”在当时盛极一时，根据这位“占卜师”的预测，在1999年7月，太阳系九大行星将会与太阳形成“十星连珠”，届时就会有一个“恐怖大王”从天而降，给人类世界带来末日。

距离现在最近的末日预言莫过于2012玛雅末日预言了。相传在玛雅遗址中发掘出的记载着历法推演的石碑，只记录到2012年，之后便不再有任何文字记录。因此，“太阳在2012年12月21日落山之后将不再升起”这个末世预言不胫而走，在经过口口相传之后，变得愈发真实、恐怖。甚至还有人引述了《周易》《推背图》等古籍进行推演，试图证明这些东方典籍也同样“预测”了末日的出现。2009年，在铺天盖地的“末日传言”热度的影响下，好莱坞推出了一部同主题科幻电影《2012》，但为了避免电影中天崩地裂、惊心动魄的视觉效果增加观影人的心理恐慌，制片方不得不反复进行“友情提示”：这些画面只不过是为了情节发展需要而进行的想象，万万不可当真。

尽管历史上曾经出现过各种天花乱坠、神乎其神的末日预言，但在经历种种末日传说的“洗礼”之后，人们往往发现，到了“末日”的第二天，太阳照常升起，谣言总是不攻自破。

为什么会有这么多的末日传说呢？这一点与西方的宗教和精神世界中的“末日情结”不无关系。

从历史发展来看，宗教起源于原始人的蒙昧时代。这是因为当时人们对世界上各种自然现象还没有足够的科学认识，宗教便成了人们从主观世界出发解释客观世界的主要途径。正如马克思曾经做出的论断：“自然界起初是作为一种完全异己的、有无限威力的和不可制服的力量与人们对立的，人们同自然界的关系完全像动物同自然界的关系一样，人们就像牲畜一样慑服于自然界，因而，这是对自然界的一种纯粹动物式的意识（自然宗教）。”①

这样看来，在原始人的动物性向人类性转化初期，宗教在一定程度上可以被视为一种“进步”的原始理性的表现。在原始社会阶段人类自发产生的宗教活动中，往往并没有固定的教义和宗教模式，所崇尚的是自然的力量。因此，“末日”这一概念常常被视为一种自然、神圣的过程，就和日升日落、花开花谢、生老病死一样，并不会让人感到恐惧，而是一种相对“客观”的认知世界的方式。

随着人类社会的不断发展，当原始的宗教开始与阶级、种族甚至经济利益等因素结合起来的时候，“末日”的概念便逐渐同自然规律产生分裂。无论是“诸神的黄昏”，还是“末日审判”，都不遗余力地激发着人们的恐惧心理。更有甚者，各类末日传言还有可能与某些势力对宗教别有用心的“曲解”相结合，成为宣扬恐怖情绪、进行宗教统治的工具之一。

在中国的传统文学作品中，有“末日”的概念吗？

从西方学者的研究来看，对“末日”的恐惧往往源自西方宗教中常见的“线状时间”观念。这种时间观认为世界的发展是有始有终的，既然有“创造”世界的活动，就会有“毁灭”世界的事件。这种线性发展的时间概念逐渐形成了一种思维定式，甚至影响到整个西方人群的认知模式。例如在挪威的传说中，最后审判日是天神之间的较量之日，伴随着刺骨的寒风、扑面而来的暴雪、毁灭性的地震和在大地上肆虐的饥荒，男女老少大批死亡。地狱之火蔓延开来，吞没整个天地，大地没入海洋，世界因此毁灭。同样，在维京人的末日传说中，充满了严寒、烈焰和疯狂

源自中国道家文化的“八卦”图像表现出“无始无终”的特点

① 马克思，恩格斯．马克思恩格斯文集：第1卷．北京：人民出版社，2009：534.

的厮杀，人类熟知的世界伴随着一场场正邪之战化为灰烬。

与之相比，东方文明，特别是中国的传统文化中对世界的认知常常呈现出“非线性”发展的特征。例如，作为中国原生宗教代表的道家文化，所崇尚的是以“自然性”为基础的人文哲学文化，从这种角度对世界进行的认知，所看到的往往不是万物终结的悲凉，而是世间万物不断发展变化的繁茂，正如所谓的“道生一，一生二，二生三，三生万物”等等。这种万物不断发展的思维方式不仅仅体现出唯物主义思想，更在一定程度上体现出中国传统文化对于未来世界的乐观和豁达。

斯蒂·汤普森在对世界民间文学进行研究的过程中还注意到很多民间文学作品中的一个“共性”主题，即在很多不同地区的古代神话传说中，都曾出现过关于“大洪水”的描述。除了《圣经》之外，苏美尔神话、印第安神话乃至中国古代都有类似主题的传说故事。因此人类学家詹姆斯·弗雷泽认为，虽然试图去论证世界各地发生的是同一场洪水的努力是毫无意义的，但洪水神话的丰富性和多元性已经构成了一种社会文化系统。如果在这样一个具有共同元素的神话文化系统中对东西方传说进行横向比较，那么不难发现，当滔天洪水带来巨大灾难的时候，有的人得到神启，修建“诺亚方舟”进行逃亡，有的人束手无策，等待灭顶之灾，只有中国人采用了“疏浚”的方式，通过认识和利用水的自然规律，变害为利，最终将洪水引退，同时开辟了具有华夏文明特色的水利农业模式。“大禹治水”的故事在世界古代神话传说中表现出很强的特殊性。由此可见，“人定胜天”的乐观主义精神自古代起就已经渗透进中华文化的核心。这样一来，在中国传统文化中极少出现“末日”概念，就完全可以理解了。

中国古代哲学家荀子在如何看待客观世界变化的问题上也曾给出自己的理解：“天道有常，不为尧存，不为桀亡。”意思是说，自然变化有其固有规律，这是不以人的意志为转移的。如果每天只以自己的立场为出发点，陷入惶惶不可终日的末日恐惧中，那就真成了现实生活中的“杞人忧天”了。

虽然自有记载的历史以来，人类本身并没有亲历过“末日”的洗礼，但这并不意味着各种“灭顶之灾”是永远不会发生的。

物理学家加来道雄在《人类的未来》一书的前言中写道：

> 如果我们能够细数所有在地球上存在过的生命形式，从微生物细菌到高耸入云的森林、笨拙的恐龙和雄心勃勃的人类，我们就会发现，超过99.9%的物种最终都灭绝了。这意味着物种灭绝是一种常态，这种可能性已经重重地压在我们身上。当我们挖开我们脚下的土壤，直到地下的化石，我们能看到许多古代生命形式存在的证据。然而它们只有很少一部分存活到了今天。数以百万计的物种曾经在我们之前出现，它们也曾有过繁荣的日子，之后凋零，最终走向灭亡。这就是生命的故事。
>
> …………
>
> 这些灾难曾经在过去反复出现，未来，它们的出现也将不可避免。地球已经经历了5次大型灭绝过程，每一次都有超过90%的生命形式从地球上消失。只要太阳还会升起，昼夜还在交替，更多的灾难就不可避免。[①]

科学研究结果显示，在已知的历史中，地球曾经经历过五次大规模的物种灭绝，分别出现在奥陶纪（距今约4.95亿至4.4亿年）、泥盆纪（距今约4.2亿至3.59亿年）、二叠纪（距今约2.99亿至2.52亿年）、三叠纪（距今约2.52亿至2.01亿年）以及白垩纪（距今约1.45亿至0.66亿年）。在这几次物种大灭绝中，仅有少数能够“物竞天择”的物种存活下来，继续生存发展，而绝大多数曾经繁茂的生命到如今只剩下一鳞半爪的化石，在岩层中孤独地证明自己的存在。

地球形成至今已经有46亿年了，这个时间跨度远远超过人类能够感知的历史。“风物长宜放眼量。”在有地质记录的历史之前，有可能曾经存在过某种“超级文明”吗？如果有，是什么原因导致了那个文明的消亡？那个文明的后人们又到哪里去了呢？这些问题没有答案，历史的

---

① 加来道雄．人类的未来．徐玢，尔欣中，译．北京：中信出版社，2019：XIII-XIV.

“留白”给人们留下巨大的想象空间，让科幻小说创作者产生足够的灵感，在作品中思考生命的意义和人类的生存哲学。

“末日危途”主题科幻小说中的生存哲学

法国思想家让-雅克·卢梭在《社会契约论》中提出了这样一个观点：一个完美的社会是基于人民的“公共意志”而运行的。社会成员之间往往会自发地相互合作，为了共同利益而行事。在这种社会模式的发展过程中，人们常常会牺牲一定的个人自由来换取国家提供的共同保护等好处，同时在社会中找到归属感，这种默契的行为就是所谓的“社会契约”。在现实生活中，各项法律规定、人们的行为准则、道德约束都可以被视为“社会契约”的不同表现形式。

而“末日危途”主题科幻小说在世界观构建方面却反其道而行之。此类小说以“what-if”引领的思想实验为核心进行故事构建，深入探讨了一个现实而深刻的主题：当末日来临，正常的社会契约完全崩溃之后，人们熟悉的世界会变成什么样子呢？

在许多“末日危途”主题科幻小说所进行的思想实验中，人类用于约束自己的道德准则、法律条文完全消失，其最明显的后果之一便是使人类从“社会性”的文明状态倒退回“动物性”的蛮荒状态。很多被称为“后末日”主题的电影和小说都热衷于表现这种残酷的场景，即将主人公放置于社会秩序完全崩溃的“末日危途”语境中，来探讨人类生存和道德约束的底线。然而，比科幻小说更加离奇的现实却一次又一次地将这种虚构的极端情景活生生地展示在世人面前。

1972 年，一支乌拉圭橄榄球队乘飞机出国参赛。但飞机因为天气恶劣发生偏航，坠毁在安第斯山脉中。飞机上的 45 名乘客和机组人员中有 33 人在坠机后得以幸存。但更大的危机接踵而至：飞机坠落的地点位于海拔 3 900 多米的雪山上，白色的机体与雪地的颜色融为一体，很难被搜救人员从空中发现。因此，经过 8 天的搜索之后，救援工作宣告停止。在此期间，受伤的成员陆续死亡，剩下的 27 名幸存者被“遗忘”在了与世隔绝的雪山之上。在有限的食物全部耗尽之后，为了生存，幸存者们聚集在一起起草了一份“生死契约”。契约中说明，如果某个成员不幸死亡，他的尸体可以作为别人的食物来源，帮助队友活下去。虽然因为雪崩、严寒、饥饿的侵袭，幸存者的人数日渐减少，但“生死契约”仍然保证了幸存者会有“食物”，不致被饿死。到了坠机第 60 天的时候，3 名幸存者再次冒险出发寻求救援，终于在生死关头碰上了一名牧民而获救。当最终生还的 16 名幸存者被全部救援出来的时候，距离飞机坠毁已经过去了整整 72 天。

这个被称为“安第斯奇迹”的事件可以被视为一种极端的“末日危途”案例。1974 年，英国作家皮尔斯·保罗·里德根据这一事件写成《活着：安第斯山上的幸存者》一书并出版，向世人展示了与世隔绝的雪山上不为人知的一幕。事实上，对于亲历这一灾难的人而言，饥饿和严寒带来的折磨远远不及在获救后受到他人非议时内心的痛苦。在当时，人们讨论得最多的话题就是，在那样一个极端的环境中，为了生存而“同类相食”的举动是否合理。不过，对于那个在非正常环境下所做出的艰难抉择，往往只有亲历的人才会有最为真实的感受。

但在科幻小说领域中，类似的思想实验是司空见惯的。当人们面临绝境的时候，究竟是要维护人的尊严而坦然面对死亡，还是要不择手段地延续生命？这是“末日危途”主题科幻小说为读者提出的值得深思的问题。

科幻作家刘慈欣在科幻评论随笔集《最糟的宇宙，最好的地球》中，记录了自己在 2007 年和学者江晓原的一段“酒吧对话”：

> 2007 年 8 月 26 日，成都，“白夜”酒吧——
>
> 刘（慈欣）：可以简化世界图景，做个思想实验。假如人类世界只剩你、我、她（指当时的女主持人）了，我们三个携带着人类文明的一切。而咱俩必须吃了她才能生存下去，你吃吗？
>
> 江（晓原）：我不吃。
>
> 刘：可是，宇宙的全部文明都集中在咱俩手上，莎士比亚、爱因斯坦、歌德……不吃的话，这些文明就要随着你这个不负责任的

举动完全湮灭了。要知道宇宙是很冷酷的，如果我们都消失了，一片黑暗，这当中没有人性不人性。现在选择不人性，而在将来，人性才有可能得到机会重新萌发。

江：吃，还是不吃，这个问题不是科学能够解决的。我觉得不吃比吃更负责任。如果吃，就是把人性丢失了。人类经过漫长的进化，才有了今天的这点人性，我不能就这样丢失了。我要我们三个人一起奋斗，看看有没有机会生存下去。

刘：我们假设的前提就是要么我俩活，要么三人一起灭亡，这是很有力的一个思想实验。被毁灭是铁一般的事实，就像一堵墙那样横在面前，我曾在《流浪地球》中写到一句：这墙向上无限高，向下无限深，向左无限远，向右无限远，这墙是什么？那就是死亡……①

由此可见，在面对“末日”绝境的时候，传统的道德约束往往是无力的，人们常常做出一些有悖常理的举动。刘慈欣在科幻小说《三体Ⅱ·黑暗森林》中，也设置了类似的情节：几艘宇宙战舰孤悬于宇宙空间之中，任何一艘都无法凭借自己的粮食和能源储备独自完成恒星际航行。因此，身处绝境的人们不得不把目光投向另外的战舰，通过发动“自相残杀”式的突然袭击，将对方的给养、燃料甚至同类的尸体当作自己的生存保障。这正是“黑暗森林”法则在人类思想、行为中的体现。在小说中，几艘战舰几乎同时做出了互相攻击的举动，说明这一行为是具有普遍意义的。难怪主人公章北海会在死前平静地说出那句——“都一样的”。

从科幻小说到现实生活的生存技巧

科幻小说的一个实际功能就是促进读者思考，让读者从一个不同的角度审视自身。对于每个生命体而言，当末日灾难来临的时候，人们面临的首要问题就是如何活下去，因为生存权才是最重要的人权。只有先成功延续自己的生命，满足马斯洛需求层次理论的基本生存需求前提，

① 刘慈欣．最糟的宇宙，最好的地球．成都：四川科学技术出版社，2015：181.

才能进一步考虑安全、尊重、交往乃至个人理想目标的实现。

在《路》这部小说中，在末日绝境中艰难求生的父子二人也通过个人的行为向读者诠释了自己的求生技巧和生存哲学。畅销书《生存手册》的作者，曾任英国特种空勤团生存专家的约翰·怀斯曼曾经说过："如果出了事情之后你还能站得住，那你就是个幸存者，不过你能幸存多久，则取决于你脑子里存储的知识和你采取的行动。"因此，当灾难降临的时候，一个人能否成为幸存者，在很大程度上取决于其所掌握的求生技巧和经验。

在小说《路》描述末日降临的一段文字中，当父亲发现电力供应已经中断时，第一时间想到的是在浴缸中装满水来进行储备。这就是一个非常实际的求生技巧，因为在城市中，自来水都是集中供给的，特别是高层的建筑往往需要加压供水。如果供电中断，那么接下来很有可能发生的就是用水短缺。野外生存研究显示，人在没有食物的情况下，生存极限可以长达十几天，而在没有水的情况下，生存极限却不超过一周，足可见水源对于人类生存的重要性。

除了水源之外，小说《路》对父亲寻觅食物的描写也花了不少笔墨，例如下面一段文字：

> 他停下来。这些枯树叶和灰烬中有什么东西。他俯下身拨拉起来。下面露出一片干缩皱巴的物体。他扯起一块凑到鼻子跟前闻了闻，然后从边上咬下一口嚼着。
>
> 是什么呀，爸爸？
>
> 羊肚菌。是羊肚菌。
>
> 羊肚菌是什么？
>
> 是蘑菇的一种。
>
> 能吃吗？
>
> 能。你咬一口。
>
> 好吃吗？
>
> 咬一口。

孩子闻闻蘑菇，咬下去，站在那里嚼着。他看着自己的父亲。这东西真好吃，他道。

他们把地上剩的羊肚菌都拔了，父亲把这些长相怪异的小东西放进孩子连帽衫的帽子里。二人拖着步子再次回到路上。[①]

羊肚菌是一种野外常见的菌类，因为伞状的外表看起来像羊肚而得名。在小说中，父亲把找到的野生羊肚菌当成食物，它们在食物匮乏的末日环境中不失为一种美味。不过，在此必须提醒各位读者：小说的叙述有一定的虚构成分，特别是针对野生菌类的采集和食用，对于大多数并没有鉴别经验的人来讲，是万万不可轻易尝试的。民间靠银器来鉴别是否有毒的办法也并不完全靠谱。因此，即使到了求生的最后关头，把野生菌类作为食物来源的举动也是十分危险的。

小说中除了有对父子二人主动寻找食物、燃料的描写之外，还有一段文字给读者留下了深刻的印象：

他伸进手指抠起门环，把门拉了开来。尘土顺着门板抖落了一地。他看看男孩儿。你没事吧？他问。男孩儿沉默地点点头，把灯举在他前面。男人把门板甩落到草地上，由二乘十规格木板制作的粗糙木地板，向下延伸进黑暗中。男人踏下台阶，从孩子手中接过油灯。往下走没几步，他又转回来，弯腰，亲吻了男孩儿的额头。

这地窖四周立着水泥墙。水泥筑的地面上铺着厨室地板砖。里面有几张钢丝床，只剩下光秃秃的弹簧床绷子了。一边墙靠着一个。床垫被卷起来放在床头，就像军队里的那种习惯。男人扭头看蹲在上面的男孩儿在油灯冒出的烟中忽明忽灭。接着他又走下几级台阶，坐下，高举了灯。啊，我的天啊，他惊叹道。我的天啊。

怎么了，爸爸？

下来。啊，我的天啊。下来。

成箱成箱的罐头。西红柿、桃子、豆子、杏。火腿罐头、玉米、

① 麦卡锡．路．杨博，译．重庆：重庆出版社，2012：34.

牛肉。几百瓶十加仑塑料罐装的饮用水。湿纸巾、卫生纸、纸碟子。塑料垃圾袋包好的毛毯。他手扶着前额。啊，我的天啊，他说。他回头去看男孩儿。没事儿，他说。快下来。

爸爸？

下来。下来看看。

男人拿着油灯站在台阶上，往上走了几级，伸手去牵男孩儿的手。来吧，他说。没事的。

你找到什么了？

我找到了所有的东西。所有的东西。你自己过来看看。他领他走下台阶，拾起油灯瓶，高举了起来。你看见了吗？他说。你看见了吗？

…………

你还好吗？

嗯。

那你怎么了？

你说我们是不是该谢谢那些人？

那些人？

那些人，给我们这些东西的人。

呃。对，我觉得我们是该谢谢他们。

你能谢谢他们吗？

你不谢吗？

我不知道怎么做。

你知道的。你知道怎么说谢谢。

男孩儿坐在那里，呆呆地看着他的盘子，看上去一脸茫然。男人正想张口，却听他说道：亲爱的人们，谢谢你们给的食物，还有其他东西。我们知道，这些东西都是你们给自己留的，如果你们还在的话，我们就是再饿也不会吃的，而且，我们也很难过，你们吃不了这些东西了。我们希望你们在天堂，和上帝一起，一切安好。[①]

---

① 麦卡锡．路．杨博，译．重庆：重庆出版社，2012：110－117.

在末日危途中游荡了许久之后，父子二人还能找到这样一个储备丰富的避难所，这不亚于发现了一个“宝藏”。不过，在科幻小说中是不可能出现能够满足人们愿望的“阿拉丁神灯”的。因此这个情节不免让一些读者心生疑窦：是谁做了这件好事呢？这个物资充足的“宝藏”，只是作者的想象吗？

在 20 世纪 60 年代，西方社会中一部分被称为“求生主义者”的民众出于对全球核战争的恐惧，开始了充满狂热求生意愿的备战求生运动。他们不仅在家中储备了大量的食物和饮用水，更有甚者还修建了地堡掩体并配备了大量的武器弹药，做好了应对战争甚至世界末日的准备。这群人的求生欲望在平静的生活中显得过于极端，因此常常被称为“生存狂”。

事实上，大部分“生存狂”在日常生活中都过着一种“人畜无害”的生活。就像科幻小说《末日爱国者》中的主人公托德和他的朋友们一样，只是杞人忧天地为灾难发生之后的生活进行准备。这些“生存狂”的行为是冷战思维在普通民众日常生活行为上的直接体现，带有很强的时代感。随着全球核战争阴云的消散，狂热的末日备战行为逐渐淡出人们的视野，变成了一种“边缘化”的生活方式。

从这个意义上说，中国在 20 世纪 60 年代中期曾经出现的“深挖洞，

“生存狂”常常带在身边的个人生存装备套装（PSK）中，往往囊括了求生所需要的各种工具

广积粮”的备战备荒运动，也在一定程度上带有“危机生存主义”的影子。最大的区别在于，中国的备战备荒运动是在当时的历史条件下，为了应对境外帝国主义势力对中国的战争威胁，在政府倡导下采取的国家行为，具有更强的政策性和更高的全民参与程度。而西方社会中“生存狂”的行为多数是自发的个人行为，以在战争爆发时保证自己及家人的生命财产安全为主要目的。

不过，随着自然环境的恶化和各种不确定因素的增加，对于生活在现代社会中的普通民众而言，能够在危机来临之前进行一些未雨绸缪的准备工作，也未尝不是一件好事。这些应急方案可以涵盖生活的各个方面，小到在家里常备一些创可贴等必备药品用具，大到囤积一些食物、淡水以备不时之需，等等。当然，任何好的装备都无法超过一个健康而强壮的体魄，所以想要在末日中得以活命的话，坚持锻炼，对身体定期进行检查、保养是十分重要的。此外，逃离灾难固然需要一定的运气，但真正想要长期生存，必须依靠灵活的头脑、丰富的知识和快速应变能力。

哲学家伯特兰·罗素曾经说过：“你可以合理地期望一个人在钢丝上安全地走 10 分钟，但要求他走 200 年不出事就不合理了。”这句话在一定程度上表现出人类的一种心理常态。比如，学生们在平时学习压力不大的时候往往会滋生懈怠的惰性，但当考试临近的时候，他们往往会付出加倍的专注力进行复习，学习效率也出奇的高。这正是压力转化成动力的表现。在生活中也是一样，无论是潜在的威胁还是隐藏的风险，各种意外可能随时出现在人们面前，借用一句网络流行语来说：谁也无法得知“明日”和“末日”究竟哪个先来。

无论是彗星撞地球的天文灾难，还是流行疾病肆虐带来的危机，“末日危途”主题科幻小说一直在从不同方面提醒人们现实生活中可能存在的诸多潜在的危险。对于科幻小说的读者而言，由外星人入侵带来的文明末日和由环境污染带来的生存危机往往需要得到同样的严肃对待。因此，在经历了虚构的科幻小说带来的思想实验之后，在现实中学会珍惜当下的幸福生活，正是“末日危途”主题科幻小说的实际价值所在。

写作点津：“梦境叙事”与梦境的启示

人的一生有大概三分之一的时间是在睡眠中度过的，因此睡眠时出现的梦境也是人生重要的组成部分。

在中国古代典籍《庄子》里记录的“庄周梦蝶”故事中，庄子梦见自己变成了蝴蝶，而醒来后却无法分辨究竟是庄子变成了蝴蝶还是蝴蝶变成了庄子。这个故事常常被用来描述人们无法区分幻想和现实的情况。在中国的传统文化中，人们常常通过“日有所思，夜有所梦”来试图对人们梦中的经历进行理解，甚至试图用《周公解梦》这样的预言之书来进行吉凶祸福的占卜。而在西方，弗洛伊德在代表作《梦的解析》中提出的心理分析理论常被用来解释做梦者在生活的表象之下，各种欲望和精神心理在梦中的反映和投射。

正是因为梦境的怪异特征，人们常常将其视为不同于现实生活的“异世界”的代表。在科幻小说创作中，“亦真亦幻”的梦境场景也常常成为很多作品的直接创意来源。

> 我闭着眼睛，脑海里浮现出清晰醒豁的形象。我看到一个面色苍白、专攻邪术的学生跪在一具已组合好的人体旁边，看到一个极端丑陋可怕的幽灵般的男人四仰八叉地躺在地上。少顷，在某种强大的机械作用下，只见这具人体不自然地、无精打采地动了动。它活了。这情景一定会使人毛骨悚然，因为任何嘲弄造物主伟大的造物机制的企图，其结果都是十分可怕的。这一成功会使这位邪术专家胆寒，他惊恐万分，扔下自己亲手制作的丑八怪，撒腿逃跑。他希望自己亲手注入那丑八怪体内的一线生机会因其遭到遗弃而灭绝，尚处于半死不活的丑八怪便会因此而一命呜呼。这样一来，他便可以高枕无忧了。虽然他曾把这具丑恶的躯体视为生命的摇篮，然而他相信，坟墓中死一般的沉寂将永远为它短暂的生命画上句号。
>
> …………
>
> 突然，一个令人振奋的念头如闪电般从我脑际掠过。“有了！它

> 既然能吓着我，就能吓着别人，只要能把半夜纠缠我的暗鬼写出来不就成了？”次日一早，我便对众人宣布说，我已经想出了一个故事。①

这是玛丽·雪莱为科幻小说《弗兰肯斯坦》所撰写的序言中记录的一个情景。这部具有划时代意义的科幻作品的灵感来源，正是作者的一个噩梦。

每个人都做过梦，有的是美梦，有的是噩梦，但更多的是一些离奇曲折、稀奇古怪的梦。仅从梦境故事的内容来看，不难得出一个结论：让人们印象深刻的梦境故事往往由冲突、故事和做梦者的经历组成。这些因素同样也是小说等文学作品的重要组成部分。所以，如果把这些梦境中的经历转换成文字，很有可能就是一个个别具一格的故事。

在科马克·麦卡锡的小说《路》中，有不少篇幅描述了主人公的梦境记忆。例如，父亲在梦中回忆起灾难来临之前和妻子共同度过的幸福时光，这些时光成为他在末日求生过程中的主要心理慰藉，也是他努力照顾好儿子的动力之一。父亲在梦中对曾经美好的自然环境的回忆，与小说中所描述的后末日环境的荒凉恐怖情景形成明显对比，更可以反衬出父子二人在末日环境中求生的艰难。此外，对父亲梦中出现的怪异场景的描述也可以形成小说叙事的“嵌套”型结构，可以起到帮助读者深入了解人物心理、辅助刻画人物形象的积极作用。

由此可见，一方面，在小说的叙事活动中穿插一定的梦境叙述，可以起到推动整个作品的情节发展的作用，对深化作品主题、塑造人物起到积极的建构作用；另一方面，适当地引入对梦境的描述，也可以起到一定的铺垫或回溯作用。通过对梦境情节的描绘，读者可以更深入地分享人物的情感体验，理解故事情节的发展和主题的呈现。

然而，需要特别注意的是，科幻小说的叙事特征不同于其他的幻想型文类。虽然梦境叙述可以作为小说情节发展的一个组成部分，起到促

---

① 拉姆森．开始写吧！：科幻、奇幻、惊悚小说创作．唐奇，张威，译．北京：中国人民大学出版社，2016：21.

进故事展开、形成多维度叙事等积极作用，但创作者还是需要尽量避免将梦境作为整部科幻作品故事叙述的结局。如果一部科幻小说的故事发展到最后，以一句“我从梦中醒来，发现刚刚那些奇异的景象原来只是‘南柯一梦’罢了”来进行结尾，便会对小说的整体科幻叙事结构造成损害，把原本可以由科学架构进行解释的科幻小说，变成无法用理性进行分析的梦境记录，这样一来，作品中的“惊奇感”就会被明显地消解。

那么，怎样把梦境记录下来，当成创作的“原材料”呢？

艺术家达利曾经这样实践过：为了抓住梦境中那些转瞬即逝的情景，他经常手里拿着一把勺子入睡，这样一来，等到他睡着，手就会松开，勺子就会掉到地上，发出的声音会把他惊醒。这时，他就马上起身把自己刚才在梦境中看到的场景勾画下来。据说就是通过这个方法，达利创作出著名的油画《记忆的永恒》。

因此，如果想要把自己的梦境作为创作原料，那么创作者也可以尝试用这种方法进行记录。比如，可以在床头准备好纸、笔或者录音、录像设备，然后把闹钟定在某个自己可能已经熟睡的时间。等闹钟一响，创作者立即苏醒并马上在脑海中回忆一下最近的那个梦境，通过语言进行复述，并记录下来。在创作活动中，创作者可以选取梦境里的几个有代表性的画面，把它们设定为关键情节，然后再进一步发挥想象力，把这些画面连接起来形成叙事活动。为了突出“异世界”的特征，创作者在写作的时候还可以尽可能多地保留梦境的内容。这样一来，对梦境的记录就会源源不断地为写作活动生产创意场景了。

作家洛夫克拉夫特曾经说过：“到了夜里，这个客观的世界悄悄隐入自己的巢穴，唯有夜留给梦者，灵感和力量便也会在这般神奇安静的时刻降临。”梦境的创意是人们在清醒的时候感受不到的，因此完全有广为利用的空间。在创意写作的过程中，对梦境的再现和重构，往往成为创作者的素材来源和常见表现形式。

【思政提升】

在以“末日”为主题的科幻小说中，既有对未知灾难的想象，也有对危机中人性的拷问，但更多的是给人们带来关于预防灾难的警示。对此，科幻作家顾适曾经撰文指出：科幻作品对灾难的深入想象，正是为了向人们发出预警，提高读者的危机意识，从而为可能存在的危机找寻解决方案。同时，这些作品也能够启发大众，让人们开始重视气候变化、环境保护、航天技术、机器伦理等议题。

从这个意义上来说，“末日危途”主题科幻小说在文学创作的范畴中开辟了更大的想象空间，也通过一种“逆向思维”的方式不断对读者发出警告。在大自然面前仍然十分渺小的人类，应当在顺应、尊重自然规律的前提下，保护环境，形成人与自然和谐共生的可持续发展局面。

【拓展练习】

1. 对比阅读科幻小说《超新星纪元》和《蝇王》，侧重分析其主题异同。记录个人心得并进行读后感写作。

2. 在小说《路》的末尾，男孩会加入另一群人吗？他的命运将会如何？他会找到梦想中南方的“天堂”吗？为这部小说续写一个结尾。

3. 用生活中可以获得的材料为自己配置一个实用的“末日”求生包。如果求生包里只能装 15 种物品，列举它们，并分别阐述其作用。

4. 结合“思政提升”模块内容及本章主题，深入思考：我国一直倡导的可持续发展战略将中国式现代化定义为“人与自然和谐共生的现代化”，具有怎样的积极意义？

第九章

“生化危机”的恐惧与生机——《我是传奇》

他看着他们的脸——惊骇，畏惧，战栗，恐慌——那一刹那，他猛然醒悟，原来他们怕他。在他们眼里，他是某种前所未见的可怕祸害的源头，甚至比他们经历过的那场瘟疫更可怕。他是某种神出鬼没的怪物。每当他们心爱的人死去，全身的血液都干涸了，他们就知道他曾经来过。

——理查德·马特森：《我是传奇》

理查德·马特森（Richard Matheson，1926—2013），美国小说家、剧作家，曾获世界奇幻奖终身成就奖、“美国恐怖故事作家协会”终身成就奖等。马特森的作品影响深远，被恐怖小说作家斯蒂芬·金称为“父亲一样的人物”。小说《我是传奇》出版于1954年，曾多次被改编成电影，在一定程度上为创作同类主题作品《活死人之夜》的导演乔治·罗梅罗、《夜访吸血鬼》的作者安妮·赖斯提供了灵感。

引 言

1958年，当得知江西省余江县（现为余江区）的血吸虫病被消灭的时候，毛泽东不由得“浮想联翩，夜不能寐”，于是“遥望南天，欣然命笔”，创作出著名的诗篇《七律二首·送瘟神》。历史上，人们曾经把像血吸虫病这样的流行疾病的暴发归咎于“瘟神”作祟。随着医疗事业的发展，瘟疫之谜逐渐被解开，人们意识到科学的进步才是最终“送瘟神”的主要力量。

科幻小说领域中的“生化危机”主题是一个不大不小、不远不近、不常见也不罕见的话题。说这个主题“不大”，是因为在小说中导致人类生存危机的病原体甚至比寄生虫还要小上好几个数量级，人类无法用肉眼直接观察到它们的存在；说它“不小”，是因为“生化危机”一旦暴发，就会产生极大的灾难，甚至导致“万户萧疏鬼唱歌”的文明末日。说它“不远”，是因为人们每天都不可避免地和各种细菌、病毒打交道；说它“不近”，是因为人们说到这个话题的时候，往往心生恐惧，避之唯恐不及。说它“不常见”，是因为由它引起的文明末日和人类种群的消亡并没有出现在现实生活中；说它“不罕见”，是因为在科幻小说中，围绕它的话题不胜枚举。从电影作品《活死人之夜》到改编的漫画《行尸走肉》，从电脑游戏《生化危机》到各种以“僵尸”为主题的亚文化现象都与它有关。

小说《我是传奇》是理查德·马特森的早期作品。在这部小说中，作者给主人公设定的角色是一个具有双重含义的“传奇”：对于地球上几乎全军覆没的人类来说，罗伯特·内维尔是硕果仅存的最后一个“传说”中的正常人；而对于吸血鬼来说，罗伯特·内维尔是最后一个还没有“进化”的异类，是一个“传说”中的异类……

《我是传奇》——小说速读

小说《我是传奇》设定了一个典型的“生化危机”主题科幻世界观：一场人类发动的大规模生化战争引发了细菌变异，进而在人群中形成大范围的感染。被感染的人类开始变得嗜血、思维能力退化、害怕阳光，只能在夜间活动，逐渐成为古代传说中吸血鬼一样的存在。

唯一没有遭到感染的人叫罗伯特·内维尔。他认为自己幸免于难的原因是在部队服役的时候曾经被一种吸血蝙蝠咬过，因而产生了免疫。所以，唯一幸存的他每天的例行公事就是修理、加固在夜间被吸血鬼破坏的房子，并且主动出击，用尖木棍去杀死那些在白天处于睡眠之中的虚弱的吸血鬼，并试图找出感染原因，重建人类社会。

罗伯特·内维尔希望通过科学研究来解释这种变异现象。经过潜心研究，他终于发现了一种叫作“吸血杆菌”的细菌。无论是人还是动物，如果不能对这种细菌产生免疫的话，在感染后就都会死亡，进而发生变异。变异后的人不仅外形会发生变化，行为方式也会具有吸血鬼的一些基本特征。但是在吸血鬼群体里也有不同的类型：一部分人被感染后还能保留思维和记忆；另一部分人则完全变成行尸走肉。罗伯特的妻子也未能幸免，当他亲手埋葬了死去的妻子之后，却发现两天之后，妻子“复活”了，还回到家中来袭击他。

有一天，罗伯特吃惊地发现一个红发女子在阳光下茫然地行走，这在充斥着变异吸血鬼的世界中是不可能发生的，因为它们最惧怕的东西之一就是阳光。经过一番追逐之后，他抓住了那名女子，并将其带回了家。经过盘问，罗伯特得知了这个名叫露丝的女子的生活经历。在遇到同类的兴奋和喜悦中，他向露丝和盘托出自己的遭遇和研究结果。但是，正当他要给露丝做血液测试来验证自己的猜测的时候，却被露丝打晕了。

罗伯特醒来时，发现露丝已经离开了。她留下一封信告诉了罗伯特事情的真相：原来，正如他之前观察到的那样，这个世界上出现了另一种人类，他们是人类遭受感染之后变异而成的。这种人被感染后，并不会变成那种无组织、无思维的传统的吸血鬼，但因为害怕阳光，他们也不再属于传统意义上的人类。不仅如此，这些变异人已经建立起自己的新社会、新秩序，并且研究出了能够短暂地在阳光下活动的方法。而罗伯特每天做的杀死吸血鬼的活动，已经威胁到这些“新人类”的生存，因此罗伯特被他们视为最可怕的敌人。露丝的身份就是埋伏在罗伯特身边的“间谍”。很快，已经得到罗伯特的所有信息的“新人类”攻破了他防御森严的房子，把他打伤后关入了牢房。

露丝来探监的时候，很伤感地告诉罗伯特，其实他是地球上现存的最后一个人类了。但是在“新人类”的世界里，他永远是个令人感到恐惧的“异类”。因此，作为“旧人类”的代表，他是没有容身之地的。为了避免遭受酷刑，露丝给了罗伯特一粒药丸，让他服毒自杀。在死亡降临的瞬间，罗伯特突然意识到，原来自己已经成为新世界的一个不朽“传奇”了。

《我是传奇》的深度阅读与赏析

看到《我是传奇》这个标题，很多人联想到的是 2007 年上映的由好莱坞出品的科幻电影。影片中“一人一狗”的末世生活正改编自美国科幻小说家理查德·马特森的同名小说。事实上，这已经是这部小说第三次被进行电影改编后登上大银幕了。

《我是传奇》出版于 20 世纪 60 年代。在当时，“僵尸”或“丧尸”的概念还没有为大众所熟知，因此在小说中，理查德·马特森大胆地借用了曾经在哥特式文学中占有重要位置的“吸血鬼”形象来对感染病毒后发生变异的人进行描述，比如他们害怕阳光，不惧怕子弹，但被尖木棍钉入心脏时会被杀死，甚至有些还表现出害怕大蒜等特点。

> 他在那间白绿双色相间的小房子里找到了那个女人。当他把尖木棍刺进她体内那一刹那，她的身体突然开始分解。他吓了一跳，猛然往后退开，把先前吃的早餐都吐光了。
>
> 后来等他吐得差不多了，舒服点了，他又转头回去仔细看。床单

上残留的东西看起来很像一堆盐巴和胡椒混合而成的东西，长长的一排，长度和那个女人的身高差不多。这是他第一次看到这样的现象。

…………

木槌才刚敲下去，声音都还没散，那个女人已经在他眼前灰飞烟灭了。[①]

这些怪物的特征与传统哥特式小说中出现的吸血鬼十分相似。根据西方民间传说，除了一些超自然力量之外，尖木棍是能够直接杀死吸血鬼的“武器”。不过，马特森在小说中所构建的故事，并非对传统意义上的吸血鬼传说的简单重复，而是在一个科学架构中“重构”了吸血鬼这一变异物种：

他用好几个死掉的吸血鬼来做实验，结果发现，杆菌会产生一种作用，使它们的身体分泌出一种很强的凝胶物质。当子弹射穿它们身体的时候，凝胶会瞬间把伤口封住。子弹几乎是瞬间就被凝胶包住了。而且，由于吸血鬼的身体机能是细菌在控制的，因此，子弹根本伤不了它们的身体。事实上，它们的身体构造能够承受无数的子弹，因为它们体内的凝胶能够避免子弹造成太大的伤口，能够把伤口缩小到不到一厘米。用子弹射击吸血鬼，就好像把小石头丢在一堆柏油里。[②]

从这一情节中可以看出，小说《我是传奇》首次试图使用以细菌作为代表的微生物学来揭秘吸血鬼的成因，这种描写与早期带有明显魔幻色彩的吸血鬼故事大相径庭。可以说，通过科学来对神秘现象进行解释的叙事方式成为《我是传奇》被归为科幻小说的主要原因。

究竟是什么原因引发了小说中的“生化危机”呢？作者通过内维尔与妻子的一段对话解释了缘由：

“我真想搞清楚这阵子究竟出了什么事，”她说，“附近的街坊邻

---

① 马特森．我是传奇．陈宗琛，译．上海：上海译文出版社，2013：71.

② 同①163.

居有一大半的人都得病了，而且，你也跟我说过，你们工厂里已经有一半以上的人都没去上班了。”

“可能是什么流行病毒吧。”他说。她摇摇头说：“天晓得。”

“风暴接连不断，又有蚊虫肆虐，大家一个接一个生病，转眼之间，日子忽然变得很难过，很痛苦。”他一边说，一边拿瓶子倒了一杯柳橙汁，“而且，大家都在议论纷纷，说是什么恶魔在作怪。”

…………

“老天保佑，希望我们不是用我们的血在喂养特殊品种的超级虫虫，”他说，“他们在科罗拉多州发现了一种新品种的巨无霸蚱蜢，你还记不记得?”

“记得。”

“也许那些昆虫正在……怎么说呢? 正在突变。”

“什么意思?”

“噢，意思是，它们正在……改变。突然的改变。它们跳过了好几个演化的小阶段。它们现在演化的方向已经不是原来的方向了。它们本来不可能会朝这个方向演化，要不是因为……”他讲到一半突然没声音了。

“要不是因为那次轰炸?”她说。

“也许吧。”他说。

“呃，那次轰炸引发了后来的沙尘暴。除此之外，轰炸可能还带来了其他的后遗症。”

她叹了口气，摇摇头，看起来有点疲惫。

“他们还说我们打赢了这场战争。”她说。

“战争没有赢家。”

“蚊子赢了。”他淡淡笑了一下。

“大概吧。”他说。[①]

由此可见，失控的生化武器成为导致人类文明末日的“罪魁祸首”。

① 马特森．我是传奇．陈宗琛，译．上海：上海译文出版社，2013：56－57.

小说通过一段细节叙述向读者揭示了战争双方的性质：

> 罗伯特·内维尔往后退，却感觉背后撞到了什么东西。后面是一大群死心塌地的信徒，他们疯狂地挥舞双手，激动得脸色泛青，朝着低沉灰暗的天空呐喊求救。
>
> “噢，听我说！听我说，仔细聆听上帝的宣示！注意啊，在地球的另一端，他们已经毁灭了上帝。邪恶的力量将会从一个国家入侵到另一个国家。到了那一天，当邪恶的力量入侵到地球的这一端，入侵到我们的国家，我们的上帝就会被毁灭了！这是危言耸听吗？这是危言耸听吗？”
>
> “不是！不是！”①

在这一情节中，美国的民众正在发泄着自己对地球另外一边的某个国家的仇恨。国家之间的敌对状态最终导致了战争的爆发，而在战争中，双方不择手段地使用了生化武器，最终导致了细菌的变异和病毒的泛滥，毁灭了人类文明。

小说《我是传奇》出版于1954年，如果结合当时的时代背景对小说进行解读，读者们便很容易得出结论：文中那个“已经毁灭了上帝”的国家，正是与美国针锋相对的苏联。作者在小说中对冷战的两大意识形态集团之间爆发战争的细节并没有花费过多的笔墨。但从现实中所解密的历史记录来看，在整个冷战期间，以美国为首的北约和以苏联为首的华约之间，不仅仅多次出现过剑拔弩张的核对峙，甚至在生化武器方面也曾经有过“白热化”的交锋。在这种“恐怖平衡”的制约力量的推动下，双方所制造的生化武器的数量足以把地球上所有的生物杀死几遍。但是碍于联合国所推行的《禁止生物武器公约》，双方都保持了相对低调的行事风格，因此这些交锋成了冷战期间的“秘密战”。

不过，在《我是传奇》所构建的科幻世界中，人类就没有那么幸运了。生物战、化学战的大规模爆发，直接导致了文明的灭顶之灾，这也

① 马特森．我是传奇．陈宗琛，译．上海：上海译文出版社，2013：128-129.

正是这部小说的警示之一。

除了明显的现实背景之外，《我是传奇》中还对主人公在面临巨大变化时内心的纠结和矛盾进行了细致的刻画。比如在小说中，为了防止受感染而死去的人继续传播细菌，人们的惯用手段是将尸体放置在巨大的公共焚尸坑中进行焚化。但内维尔却不舍得把受到感染而死的爱妻进行焚化，而是遵循传统的习惯，亲手把她的尸体埋在了墓地里。但是，过了两天，当内维尔独自坐在屋子里的时候，却听到了敲门声：

> 门板发出咚的一声。一听到那个声音，他全身抽搐了一下。他心里想，究竟怎么回事？窗户是开着的，一阵冷风从窗口吹进来，吹在他脸上。仿佛是那无边的黑暗慢慢把他引到门口。
>
> “是谁……”他嗫嗫地开口问，问到一半却停住了，说不出话来。
>
> 他握住门把，那一刹那，他感觉到对方也在转门把，立刻又把手缩回来。他往旁边跨了一步，背靠在墙上，站在那边猛喘气，瞪大着眼睛。
>
> 没有动静。他站在那里全身僵直，双手抱着胸口。接着，他倒抽了一口凉气。他听到有人在门廊上低声嘀咕着，听不太清楚在说什么。他逼自己冷静下来，摆好姿势，接着，他一个箭步冲上前，猛然把门打开，明亮的月光迎面照来。那一刹那，他连叫都叫不出来，直挺挺地站在原地，愣愣地看着弗吉尼亚。
>
> “罗……伯特。”她说。[①]

原来，“死而复生”的妻子竟然回到了家中，但她却不是回来和他团聚，而是变异成吸血鬼，前来袭击他了。读者如果将自己代入小说，那么不免也会像罗伯特·内维尔一样受到“理性”与“感情”的矛盾的困扰。如果自己的至亲之人感染了这种吸血鬼细菌，发生了变异的话，那么作为没有被感染的自己应该如何选择呢？是“杀死”自己的亲人，还

---

① 马特森．我是传奇．陈宗琛，译．上海：上海译文出版社，2013：83.

是任由被感染的亲人杀死自己？虽然人们打从心底不希望这种虐心的抉择出现在现实生活中，但现实往往事与愿违。一旦假设成真，人们又该做出怎样的理性决断呢？

在《我是传奇》的这段描写中，作者理查德·马特森率先呈现了这个经常出现在之后的“生化危机”主题电影中的令人十分纠结的情景，即“亲情”和“生存”的博弈。在很多影视作品，比如韩国电影《釜山行》、美国恐怖电视系列剧《行尸走肉》中，这样的主题都有所体现。

20 世纪 50 年代是一个充满巨变的时期，不仅许多第三世界国家发生了各种形式的独立运动，美国国内的各种政治活动也处于风起云涌的态势之中。《我是传奇》这部小说的主题还体现在对“变”这一关键词的接受和理解方面。

在理查德·马特森创作《我是传奇》时，世界刚刚从第二次世界大战的创伤中走出。然而，从战争对抗到和平发展的变化还没有来得及展开，美苏两个意识形态集团又开始了针锋相对的冷战，这样一来，刚刚露出一丝和平曙光的世界政治格局又一次改变了。马特森对此有所领悟，并通过隐喻的方式表述了自己对国际形势巨变的理解。

在《我是传奇》中，除了主人公内维尔之外，有一个名叫“柯克曼”的人物也非常吸引读者的关注。他曾经是内维尔的好朋友、好同事。当柯克曼受到感染而变异成吸血鬼之后，他变成了内维尔的死对头，每晚都来到内维尔的门外叫骂，企图袭击内维尔。但是当已经变异的“新人类”袭来的时候，柯克曼却成了他们杀戮的目标。虽然内维尔看起来和柯克曼势不两立，但当柯克曼被追杀的时候，内维尔的内心还是感到非常痛苦。这种从“朋友”到“敌人”的转化，一定程度上可以被视为对当时国际环境的隐喻。如果内维尔代表美国的话，那么从曾经的同事加朋友变成惺惺相惜的敌人的柯克曼，正隐喻了苏联这个曾经在第二次世界大战中和美国并肩战斗，抗击轴心国侵略，却在冷战中与美国成为敌手的国家。

无论是《我是传奇》中人们因为生化战争而变异成吸血鬼，还是在后续的《生化危机》系列科幻作品中民众在病毒的感染下变成“僵尸”，

“生化危机”系列科幻小说的一个关键词就是“变”字。以这个字为中心，人们能够想到的也许是“变异”，当然也有“变化”“变革”等等。正如《我是传奇》中罗伯特·内维尔在死亡来临的时候幡然领悟到的一个真相：

> 他突然意识到，此时此地，他才是那个异类。正常是一种属于群体的概念，多数的标准。当整个世界只剩下你一个跟别人不一样的时候，不正常的是你。[①]

“变”是“生化危机”主题科幻小说带来的“核心”思考之一

内维尔的这个“心得”从生物学的角度也许更容易理解。以蝴蝶为例，它们的一生会经历卵、幼虫、蛹、成虫四个明显不同的发育阶段。因此，“化蛹为蝶”是这种生物在自然界中常见的变化过程。不过，如果对蝴蝶的生长过程进行独立观察的话，就会发现这四个阶段的外观形态彼此毫无共同之处。如果人类将自身“代入”蝴蝶的变化过程，那么不难想象：当毛毛虫变成蛹的时候，未来可能发生的变化对它们来说是完全未知的。如果这个时候有的毛毛虫因为惧怕这种未知的后果而不敢去进行改变，甚至去把那些变成蛹的个体全部杀死，那么恐怕永远不会有美丽的蝴蝶展翅高飞，久而久之，这个物种也就逐渐消亡了。如此辩证地看来，如果不经历这个看似痛苦的改变过程而因循守旧地保持原状，那么非但不是善意的拯救，反而会被视为一种武断的“固步自封”。

在《我是传奇》的故事中，作者借助露丝给内维尔留下的一封信，对这个思路进行了充分表达：

> 现在一切都不一样了。我知道你目前的处境跟我们一样，都是迫于无奈。我们被细菌感染了，不过这个你已经知道了。你不知道的是，我们有办法活下去。我们发现了一种方法可以继续活下去，

① 马特森．我是传奇．陈宗琛，译．上海：上海译文出版社，2013：199.

而且，我们会重新建立起一个社会。虽然，那会花很长的时间，不过，总有一天我们一定会建立起来的。我们会消灭那些被死神欺骗的可悲怪物。此外，我们可能也会决定杀掉你，还有其他像你一样的人，尽管我一直在祈祷，希望我的伙伴不要这样做。①

不难看出，内维尔将被感染而发生变异的人类视为一种“病态”的存在，不假思索地将其视为恐怖的异族，杀之而后快。但从本质上来说，这些“新人类”已经不可避免地作为一种“物竞天择”的进化结果出现在世界上，甚至成为一个新物种。而“新人类”的崛起，必将完全取代像内维尔这样的旧物种。到了小说的末尾，当一切真相大白时，内维尔意识到，他所面对的其实是新旧人类的更替。他也因此理解了“变”的深刻内涵——原来自己只是一个落幕的时代的残余，而自己的死亡会带来一个全新时代的开端。

“生化危机”主题科幻小说的历史演进

“生化危机”主题科幻小说所构建的世界观常带有明显的特征，即大范围的病毒感染和由此产生的变异——幸存者总是一小部分人，大部分人则因为感染了病毒而变成了被称为“僵尸”的恐怖生物（在某些作品中，产生变异的人也被称为“丧尸”，本书中除非特别加以区分，否则均默认两者具有相同含义）。

在英语中，“僵尸/丧尸”（zombie）这个单词的起源可以追溯到17世纪非洲的一种神秘的拜物教，该宗教认为某些特定的物品具有灵性。随着欧洲殖民者对非洲大陆进行的大肆掠夺，无数黑人被当成奴隶贩卖到世界各地，这种原始宗教也随之传播开来，并和当地的文化环境相结合，不断发展、演化至今。

当代“丧尸文化”的发源地则是加勒比海附近的一个小岛——海地。海地的地理位置很特殊，其在历史上曾经被法国和西班牙殖民者瓜分。

① 马特森．我是传奇．陈宗琛，译．上海：上海译文出版社，2013：180.

多年以前，许多黑人被殖民者当成奴隶运到海地，他们中有很多人是西非伏都教信徒，于是这一宗教就开始在海地流传开来。根据人类学家、民族植物学家韦德·戴维斯的研究，“僵尸”的概念在海地的民俗传说中被分成两类，分别是能够控制心灵的僵尸（看起来像死人的活人）和受到蛊毒控制、“死而复生”的身体（由死人变成的活人）。这些僵尸往往是由被称为“波哥”的伏都教巫师通过某种“黑魔法”制造出来的，但制造僵尸的活动一直是被官方严令禁止的非法行为。韦德·戴维斯将研究结果写入《黑暗通道：海地僵尸的民族植物学》《蛇与彩虹》等著作。他认为，伏都教制造僵尸的过程在很大程度上依赖于神经科学。早期的巫师会利用从有毒生物中萃取的神经毒素让中毒者处于一种“假死”状态。等到葬礼过后，再将受害者从坟墓里挖出来，使其苏醒，并成为对巫师唯命是从的奴隶。但这种毒素效力很强，加上坟墓中长期缺氧的环境，很有可能破坏人的脑部神经，从而使人丧失记忆和自主意识，变成行尸走肉。

1932 年，一部题为《白色僵尸》的电影上映，讲的是海地的巫师通过巫术将死人复活，对其进行奴役的故事。剧中的僵尸被描绘成行动缓慢、像机器人一样的怪物，非但没有像现代电影中的僵尸一样给人带来恐怖感，反而让人对其被奴役的遭遇心生怜悯。《白色僵尸》与当时流行的“德古拉”“弗兰肯斯坦”“狼人”等主题的恐怖电影相比，并不十分突出，不过这是世界上第一部让僵尸这种怪物登上大银幕的电影作品，也算开了先河。

真正让僵尸成为银幕上的恐怖主角的电影作品当属美国导演乔治·罗梅罗的代表作《活死人之夜》。这部电影于 1968 年上映，影片成功地将僵尸描绘成恐怖的食人族，这一设定成为后续相关主题电影中塑造僵尸形象的特定套路。电影中，幸存的主人公拿起武器消灭那些已经失去人性、凶暴残忍的僵尸的情景，让观众在产生恐惧之余，也获得了“报复”的快感，在一定程度上揭示了在当时因深陷越南战争泥潭和各种社会危机而日渐颓废和绝望的美国人的精神世界。

1982 年，美国摇滚歌手迈克尔·杰克逊推出了题为《颤栗者》的音乐录像专辑，其中的部分内容正借鉴了电影《活死人之夜》的情节。在当时，《颤栗者》这部音乐作品一方面创下了历史上销售量最高的音乐录像这一世界纪录，另一方面也成为僵尸形象正式进入流行文化的一大标志，并最终促成了“生化危机”亚文化现象的出现。

值得思考的是，所谓的“僵尸”，虽然是一种完全虚构的存在，却借助影视作品的强大影响力，一跃成为流行文化中最为普遍的恐怖符号之一。甚至在东西方不同的文化环境中，这种怪物还表现出不一样的“文化特征”。

在英语中，“僵尸”和“丧尸”都被称为 zombie，但中国观众可能更加熟悉的是香港恐怖电影中出现的“僵尸”或“跳尸”。在这些影视作品中，“僵尸”往往指的是“僵硬的尸体”，是人在死后由于某种超自然的原因（比如“阴魂不散”“业障未消”甚至“借尸还魂”等）产生的尸体活动现象。它们的形象一般以古人的装扮为主（比如电影中很多僵尸穿着清朝的官服，这有可能是因为清朝是最后一个封建王朝，距离现代比较近，尸体还能被完整地保存下来）。僵尸活动的时候一般是双手平伸，跳跃前进。它们往往具有超能力，会幻化成不同的形式，有的会吸血，但没有传染性，而且只能在夜间活动，只要太阳升起就会立即逃遁，能够制服它们的一般是道教的法术，比如画符、桃木剑等。在一些当代的流行文学作品，如《盗墓笔记》《鬼吹灯》等小说中，经常能够见到类似盗墓者在坟墓中遇到尸体移动的灵异事件的描写。

与之相比，西方的僵尸往往与西方科幻作品联系紧密。在科幻设定中，它们一般是活人由于感染病毒而“死亡”之后再“复活”而产生的。因为受到僵尸病毒的控制，它们具有很强的攻击性和传染性。这种病毒一般是通过被感染的人用牙齿撕咬其他人进行传播的，因此呈现出的画面往往比较血腥。僵尸不受光线影响，但在早期作品中常被设定为有夜间活动的习惯。它们行动迟缓，没有语言，也没有超能力，所有的活动都是为了满足最低层次的进食需求。但矛盾的是，僵尸撕咬、吞咽的“进食”活动却不是为了充饥，因为其身体的正常机能已经停止，它们的肢体常常破败不堪。在一些科幻作品中，因受到病毒感染而产生的“变异”，被设定为一种可治愈的疾病。由此可见，东方的“僵尸”概念更倾向于一种传统的迷信思维，类似于对鬼魅概念进行的重新“包装”。而西方的僵尸主题更倾向于通过一种类似于传染病的科学方式来解释其产生和传播模式。这是东西方不同文化对“僵尸”这一概念的不同理解。

在各类“生化危机”主题科幻作品中，导致僵尸危机大爆发的原因不尽相同，充分体现了编剧和作者的想象力。蒂莫西·维斯提南和布拉德利·沃伊泰克在他们合著的《僵尸玩过界》一书中，就总结了近八十年来文艺界推出的关于“僵尸瘟疫病因学”的理论假设，包括《活死人之夜》中的宇宙辐射、《活死人归来》中的化学武器或有毒气体、《惊变28天》中的生物感染、《生化危机》中的基因操纵、《僵尸之城》中的寄生虫传播、《白色僵尸》中的黑魔法、《死亡之雪》中的超自然力、《温暖的尸体》中的抑郁情绪等等。

抛开那些由“魔法”或“超自然力”造成的变异不谈，在科幻影视作品中被演绎得如此名目繁多的“生化危机”，真的有它的科学依据吗？

“生化危机”主题科幻作品的科学原型

在英语中，“僵尸/丧尸”除了被称为“zombie”之外，还有一个名字叫作“walking dead”，意思是“行走的死人”，比如美国拍摄的僵尸主题恐怖电视系列剧《行尸走肉》的英文题目用的就是这一名词。

从这个角度看来，“僵尸”这一名词的构成本身就是矛盾的：既然是一具已经死亡的尸体，又怎么可能获得能量来追逐猎物呢？这也就意味着“僵尸”这种生物（暂且将其称为一种生物）是一种违反自然规律的存在。为了能够自圆其说，畅销书作者马克斯·布鲁克斯在代表作《僵尸生存指南》中，将僵尸形成的原因归结为感染了一种名叫“索拉难”（Solanum）的病毒。这是一种厌氧病毒，通过血液传播，最终攻击的对象是人的大脑。在被感染之后，人体机能完全停止，即形成生物性死亡，但大脑却被病毒转变为一种新的器官，开始指挥人体进行一系列的猎食、传播病毒行动等等。

从科学研究来看，能够引起生化危机的僵尸病毒还只是科幻作品中的一种虚构的存在；但在现实生活中，因为感染病毒而发生“变异”的生物还是真实存在的。例如名贵中药材“冬虫夏草”，就是麦角菌科冬虫夏草菌的子座及其寄主蝙蝠蛾科虫草蝙蝠蛾等的幼虫尸体的结合体。冬虫夏草菌与其他真菌相似，但它很“聪明”，它会寄宿在虫类身体内部生长，控制虫体活动。比如，虫草蝙蝠蛾的虫卵原本附着在叶片上，随叶片掉落后在土壤里进行孵化、生长。如果幼虫在生长过程中受到冬虫夏草菌孢子的感染，其身体便会不由自主地向土壤表面移动，等到达表层的时候，幼虫的身体完全被真菌控制，内脏也被消耗殆尽，只剩下一个躯壳，这就是“冬虫”。等到了第二年春天，菌丝便长出地面，成为看起来像小草一样的植株，这就是“夏草”。但这并不是真正的草，而是真菌的子座，等到其再次生长成熟之后，便又会洒下孢子，造成更广泛的感染，不断循环下去。有趣的是，真菌孢子在感染幼虫的过程中也表现出一定的“选择性”，更倾向于侵袭那些身体肥壮、发育良好的幼虫。在由马克斯·布鲁克斯的同名科幻小说改编的电影《僵尸世界大战》中，也做了类似的设定，作品中的僵尸病毒只选择强壮的人体，而不对老弱病残下手。因此，电影中的主人公通过轻微的病毒感染逃过一劫。

在现实生活中，不仅有些真菌会在感染虫类后对其进行控制，一些寄生虫也是如此。弓形虫就是一个具有代表性的例子。它们通常寄生在其他动物的身体甚至大脑中，但只有在猫的肠道中才能大量繁殖。从科学研究的结果来看，弓形虫也带有类似“僵尸病毒”的控制特征，比如被感染的老鼠在猫的面前会显得很“勇敢”。这是因为弓形虫的存在会降低老鼠的恐惧意识。这种“勇敢”的直接后果是被感染的老鼠更有可能被猫捕食，这样一来，弓形虫就可以在猫的肠道中繁殖，并随粪便排出体外，寻找新的宿主进行寄生。除了老鼠之外，很多其他动物都是弓形虫的感染对象。人类的脑部被弓形虫感染以后，也会出现类似情感抽离、人格变化、对风险的回避性降低等症状。因此，孕妇和儿童还是要尽量避免与猫的粪便产生直接接触，以免被感染。

铁线虫一般以螳螂等节肢动物为宿主，被感染的昆虫会不由自主地向水源移动，最终溺水而亡。于是铁线虫又开始在水中进行繁殖，并伺机开始新一轮的感染。韩国科幻电影《铁线虫入侵》就使用了这样一个设定，描写了人们因为感染了变异的铁线虫而失去理智，纷纷跳入水中导致死亡的恐怖情景。

由此可见，影视和文学作品中的“僵尸病毒”并不是无中生有的臆想，而是一种源于现实的科学幻想。幸好，迄今为止，这些作品中所描述的末日景象并没有出现在生活中。因此，“生化危机”主题科幻作品更多地将其塑造成一种灾难文化符号，并通过不同方式的解读和重构赋予这种灾难想象新的意蕴。

从社会形态来看，在“生化危机”主题科幻作品的世界观设定中，人类社会的阶级差异灰飞烟灭，精英阶层迅速崩溃，工农业生产停止运转，现有的人类文明迅速消亡，整个世界充斥着大量的僵尸。而幸存者们一方面要应对可能随时出现的僵尸袭击，另一方面也要时刻提防人性的阴暗面所带来的钩心斗角、互相残杀。新的社会秩序不可能在短时间内建立起来，而在整个故事发展过程中所暴露的人性的沦丧、道德体系的崩溃，也让人们充满了对未来的恐惧之情。这种情绪在《行尸走肉》《生化危机》等电影作品中表现得尤为突出。

无论是在科幻小说、电影还是由此改编的电脑游戏中，“生化危机”暴发常被归咎于技术滥用导致的病毒泄露，或是某些企业和政府勾结所进行的生物实验，等等。这种科幻设定源自西方社会中公民对政府和商业机构强烈的“不信任感”。自 20 世纪 60 年代以来，在核战争恐怖阴云笼罩之下成长起来的西方民众往往通过质疑政府的方式来寻找和加强逐渐失去的身份认同感和安全感。因此“生化危机”主题科幻小说也常将“阴谋论”作为故事叙述的基础，这种设定恰好契合民众的心理状态。例如电影《活死人之夜》将僵尸传染病的爆发原因设定为政府发射金星探测器失败，这一情节通过对冷战中的航天技术竞争的再现，表现了公众对美国政府的质疑。

从后现代宗教文化语境来看，“生化危机”主题科幻作品中病毒传播导致僵尸产生的情节，可以被视为一个“死而复生”的过程。这种隐喻在一定程度上是对宗教轮回、重生信仰的“戏仿”，具有很强的后现代文化风格。人体死亡的本质曾经被看成是生命与肉体的分离，但失去了生命的肉体却再一次活动起来，这种变化无法从宗教神学中获得完美的解释，更何况这种“重生”并不是失去意识的人再次“苏醒”，也不是转世投胎或重获新生。活动起来的人体失去了原来的身份，变成了一个嗜血的怪物，可见这种“复活”已经完全变味，形成了一种“生”和“死”的合体，这种变异甚至可以被视为对西方宗教由下而上的观念性颠覆。

除此之外，“生化危机”主题科幻作品的情景设定在表现出对“复活”和“不死”进行狂热追求的同时，通过对“杀戮”主题的表现形成对现实生活秩序的颠覆。这一主题在延续了早期作品中对人类的恐惧、压抑情绪进行释放的同时，变相地满足了对原始“杀戮欲望”的渴求。面临生死危机的主人公能够保全自己生命的唯一方式便是“杀死”那些不断涌来的僵尸，这样一来主人公便被赋予了“杀戮”的特权，这在现实生活中是不可想象的。但在此类作品中，主人公所杀死的是原本就已经死掉的人的尸体，这样就在一定程度上减轻了由杀戮带来的负罪感。而当杀戮行为被赋予求生或自卫意义的时候，所带来的“正义性”使读者、观众乃至游戏玩家对这种情绪的宣泄乐此不疲。这也正是“生化危机”主题科幻作品广泛流行的原因之一。包括《行尸走肉》《僵尸世界大战》等在内的诸多“生化危机”主题科幻作品里所展现的后启示录风格的世界观大多如此。

“生化危机”主题科幻作品的文化隐喻

在“恐怖谷”心理曲线中，被观察对象在外形上越接近人类，人们对其好感度越高。但当相似程度超过某个极限之后，人们对它的好感度会产生断崖式下降。在这条曲线中，处于谷底的案例正是“僵尸”。这些呈现出人类的外形，行为举止却又完全异于正常人类的生物，有着比人类更强大的生存机理，它们行动迟缓，但永远不“死”，只是机械地游走，残忍地猎杀和捕食没有遭到感染的人类，要么将其作为食物，要么将其作为感染对象。这种既保存了人类的外形，又兼具超自然内在属性的“永动机”式的生物，显然是无法被现代医学或科学的思维理解的。正是人们对这种虚构生物的陌生感，促进人们对其产生强烈的心理恐惧。这也正是类似主题的影视作品常常被标记为“恐怖片”的原因。

从这种“生物”的形成过程来看，整个“感染—死亡—变异—复活”的过程在生与死、人类与非人类的概念间反复，成为对自然人类外在躯壳和内在精神的双重否定。当变异过程结束之后，人类作为高级动物的意义便不复存在了，而是逆变为只有食肉欲望的底层“生物”。从文化属性来看，这种僵尸可以被视为对人类自身肉体与灵魂的双重解构。

但是，这种给人带来无尽恐惧的生物却有着与众不同的历史渊源。在恐怖电影发展早期，无论是弗兰肯斯坦创造的怪物，还是吸血鬼德古拉（又译德拉库拉）伯爵，其根源都可以追溯到早期的欧洲文化和哥特式文学传统。但“生化危机”主题科幻作品中的僵尸历史要短得多，直到电影《活死人之夜》，才真正从民俗文化进入流行想象之中。令人意想不到的是，这种并没有植根于传统文学的恐怖生物却迅速引起公众的注意，成为现代社会中极具代表性的怪物形象。

如果将僵尸与恐怖片中的另外一个常见形象——吸血鬼进行横向对比的话，则不难看出其中蕴藏的某些属性差异。

所谓吸血鬼（vampire），意思是嗜血、吸取血液的怪物，是西方文学世界里著名的魔怪之一。吸血鬼的代表人物莫过于德古拉伯爵。传说中，吸血鬼的原型人物是古代罗马尼亚的名将弗拉德三世，他能征善战，但性格凶暴，无论是对手还是战俘，只要落到他的手里，都无一幸免地被残忍杀害。虽然弗拉德三世在征伐土耳其的战争中身亡，但他的嗜血的性格在当时已经成为恐怖的代名词，在欧洲广为人知。

1816年，玛丽·雪莱和朋友们在瑞士旅行的时候，在一次“心血来潮”的写作比赛中创作了《弗兰肯斯坦》这部被称为世界上第一部真正意义上的科幻小说的文学作品。当时参与写作比赛的，还有波利多里，他也创作了一部以吸血鬼为主题的小说，但这部小说的名气远远不及《弗兰肯斯坦》。

1897年，爱尔兰作家布莱姆·斯托克创作了一部题为《德古拉》的小说，引起了巨大的轰动效应，甚至成为当年家喻户晓的畅销书。这部小说曾多次被改编成流行电影，一方面让德古拉伯爵成为吸血鬼的代表人物，另一方面也奠定了这种怪异生物行为特征的基调。

从传统的“吸血鬼”主题文学作品中所描述的形象来看，吸血鬼一般居住在古老的城堡里，有的还带有世袭的贵族头衔。他们通常身着华丽的黑色礼服，外披黑色披风。吸血鬼身体冰冷，皮肤苍白，嘴唇红艳，嘴角常常露出两颗尖利的牙齿，瞳孔多为红色或褐色。他们活动起来十分敏捷，甚至能变成蝙蝠一样的生物在天空中飞行。早期作品中的吸血鬼精通魔法，具有不可思议的超自然力量。他们拥有不死之身，也不怕任何常规武器的攻击，但他们惧怕阳光、大蒜和宗教圣物。白天的吸血鬼十分虚弱，用尖木棍插入其心脏就可以将其杀死，因此他们一般躲在阴暗的角落里或棺材里，晚上才出来活动。他们靠吸食血液为生，吸血后会在人的脖子上留下两个咬痕。在一定条件下，被吸血的人有时也会变异成同样的吸血鬼。

而在现代同主题文学作品，如美国作家安妮·赖斯的小说《夜访吸血鬼》、斯蒂芬妮·梅尔创作的《暮光之城》系列小说中，吸血鬼一改早期的恐怖形象，变成一个充满神秘、浪漫色彩的特殊种群，甚至带有一种“精英”族群的特征。男性吸血鬼面貌英俊，体型修长高大；女性吸血鬼则妖娆美丽，神秘性感。

自从吸血鬼在哥特式小说中被建构为大众熟知的恐怖形象以来，这个特殊的群体一直活跃在文学作品之中。从现代医学角度来看，吸血鬼的怕光、嗜血、尖牙突出等特征很像是一种叫作“卟啉症”的疾病的症状，这是一种由缺乏某种生物酶而引起的代谢障碍，但这种疾病往往是先天性的，不具有传染性。

而同吸血鬼的“高冷”相比，流行电影作品中的僵尸则更加“低端”一些。从“生化危机”主题科幻作品中可以看出，病毒对人类实行的是“无差别攻击”。无论是社会精英还是寻常百姓，乃至各种动物，在病毒面前都是不堪一击的，这样一来反而真正实现了“病毒面前，万物平等”。此外，大批僵尸的出现，颠覆了“人类至上”的思想，这种对进化论的逆转体现出处于现代社会的人群对原始力量、对充满约束的现实社会的颠覆的渴望，更加突出了此类科幻文学作品的“认知疏离”作用。因此，所谓“丧尸文化”，是作为一种与现代文化相对立的“他者”形象存在的，在达科·苏恩文的“陌生化·认知”理论中，这种彻底颠覆现实社会的表现形式正是科幻小说的特征所在。

在从电影《活死人之夜》开始创立的现代电影语境中，僵尸往往被描述成大规模病毒感染的产物。造成这一局面的原因，要么是邪恶的生化实验发生了意外，要么是贪婪的巨头企业企图征服世界而制订了恐怖计划。在此类作品中，能够幸存下来的人只是少数，比如在科幻小说《我是传奇》中，只有罗伯特·内维尔一个人成为“幸存者”，而社会中的多数人都被感染并产生了变异。僵尸这种躯体腐烂、衣着凌乱的“生物”有着同样的行为特征：它们都没有独立思维，只是遵从原始欲念来捕食幸存者；它们只有个体意识，不会组成群体，活动起来举止怪异、毫无组织；等等。因此，有观点从西方的社会阶级角度来进行分析，认为这些僵尸的形象更符合现代社会中占绝大多数的底层民众的存在特征。

《我是传奇》是“生化危机”主题科幻小说的代表作

作家玛格丽特·阿特伍德在描述源自加拿大民俗传说的吞食肉体的怪物“温迪哥”时，将面对它时的恐惧描述成一种双重恐惧，即“被一个温迪哥吃掉的恐惧和成为一个温迪哥的恐惧”。从这个角度来看，面对“温迪哥”和面对僵尸的心理感觉是十分相似的，可能真正使人们感到恐惧的，并不是生命的失去和肉体的毁灭，而是异化为僵尸的瞬间，因为“一旦你成为温迪哥，你或许就会失去人类思想与个性”。这种自我认知的丧失，正是人们在小说、影视作品中面对僵尸时最大的恐惧源泉。

以《生化危机》《行尸走肉》《我是传奇》等为代表的各种“生化危

机”主题科幻作品时刻提醒着人们文明社会的脆弱和未来的不确定性。特别是当以生化病毒为代表的科技产品以一种爆发式的超现实力量反噬人类世界时，人类对社会秩序的崩溃毫无办法。这种世界观和情感的冲击直接作用于人们的精神世界，颠覆了人们存在的本质基础。由此可见，除了生与死的考验之外，表现出多重文化焦虑也是此类作品的实际功能之一。

“生化危机”主题科幻作品延伸阅读——《四级恐慌》

“生化危机”主题科幻文学作品中的僵尸与迷信中的僵尸、哥特式小说中的吸血鬼形象都有所不同。它们并不是诅咒或魔法的产物，而是现代生物科技滥用的结果，造成人类文明末日的罪魁祸首，往往被设定为病毒传播。例如，根据《生化危机》电脑游戏和系列电影的设定，僵尸危机爆发的原点是一个叫“浣熊市”的地方，这是一个虚构的城市。而在同主题作品（比如《行尸走肉》系列作品）中，病毒是以美国的亚特兰大市为中心进行扩散的。出现这种设定并不奇怪，因为世界最大的病毒储备和研究机构——美国疾病控制和预防中心，正位于亚特兰大市。

中国科幻小说家王晋康在科幻小说《四级恐慌》（也题为《十字》）中，把病毒的来源设定为与美国疾病控制和预防中心齐名的另一个病毒研究储备库——俄罗斯“韦克托尔”国家病毒和生物技术中心。这部小说之所以将《四级恐慌》作为题目，是与当代医学界对病毒的分类密不可分的。在现代医学和生物科技研究领域，人们通常将有害的病毒分为四个大类。

一级病毒指的是进行实验研究用的物质都是已知的、所有特性都已清楚，并且已被证明不会导致疾病的微生物，比如麻疹病毒、腮腺炎病毒等。

二级病毒指的是进行实验研究用的物质是一些已知的、危险程度中等的，并且与人类某些常见疾病相关的微生物，比如流感病毒等。

科幻小说《四级恐慌》也题为《十字》

三级病毒指的是进行实验研究用的物质一般都是本土或者外来的，有可能通过呼吸传染使人们致病或者有生命危险的微生物，比如炭疽芽孢杆菌、狂犬病病毒等。

四级病毒指的是进行实验研究用的物质是一些具有极高危险性的，并且可以致命的有毒微生物，此类病毒可能通过空气传播，并且现今并没有有效的疫苗或者治疗方法来处理，比如埃博拉病毒、天花病毒等。

科幻小说《四级恐慌》正是围绕着被划归四级病毒的天花病毒开展的。

故事开始于 20 世纪 90 年代，当时苏联刚刚解体，俄罗斯还没有从巨变中恢复过来，整个国家仍然处于混乱状态。有一天，一名中国女子从一位俄罗斯科学家手中取走了一份被秘密保存的天花病毒样本，并偷运回中国境内。那位俄罗斯科学家随即自杀，那名神秘女士也去向不明。

“9・11”恐怖袭击发生之后，一个来自阿拉伯的客人在拜会“基地”组织头目的时候，呈上三种杀伤力巨大的病毒样品作为“见面礼”。“基地”组织开始使用这三份样品进行病毒武器的研发。与此同时，那名数年前从俄罗斯回国的中国女子梅茵也在位于河南省新野县的一个人烟稀少的开发区开办起一家生物工程企业，进行对天花病毒的秘密研究。至此，整个故事以“病毒”这个主题为原点，形成两条故事线索，在两个国家并行发展。

2016年，一个自称“大酋长”的人，在美国发起了重走“血泪之路”的活动，声称自己想以“一张野牛皮”的代价，化解印第安人与白人之间的恩怨。但是，这个“大酋长”是个冒牌货，他的真正目的是借此机会对美国发动新一轮的生物恐怖袭击。于是，天花疫情开始在美国蔓延开来，造成巨大伤亡。

与此同时，在中国河南省新野县的孤儿院中也出现了天花病毒感染病例。当天花疫情结束后，梅茵向警方自首，坦白说是自己从俄罗斯将天花病毒偷运到了中国，并进行了病毒毒性弱化研究。她主动释放了经过“减毒”之后的天花病毒，其目的就是给中国人带来“病毒真空”风险的预警。这一切活动都是她的养父——一个被称作“教父”的美国老人策划的。

多年以后，曾经在孤儿院感染天花病毒的孩子长大成人，理解了梅茵当年的举动的意义，并认可了通过“低烈度”病毒给多数人带来免疫能力的做法。但是曾经制造了美国病毒恐怖袭击的恐怖分子又在日本发动了自杀式攻击，大范围播撒天花病毒，使梅茵的亲人受到伤害……

小说《四级恐慌》中描写的天花病毒在现实生活中曾经是一种给人类带来巨大灾难的烈性病毒。但经过几代科研人员和医务人员的努力，天花这种极其危险的传染病已经被关回“潘多拉的盒子”，不会继续危害人间了。所以小说中对于这种病毒大范围传播的描述只是出于科学幻想。但是，人类消灭了天花病毒之后，真的就万事大吉，从此可以高枕无忧了吗?

在一次演讲中，作家王晋康以这个话题为基础，提出了两个疑问：所有的病原体可能被全部消灭吗？如果人类消灭了所有的病原体，会带来什么直接后果？对此，王晋康在演讲中引出了“病毒真空”可能带来的风险，这一概念在小说《四级恐慌》中也多次出现：

> 人类经历了几十年的天花真空，现在绝大多数人，包括曾接种

过疫苗的老一代人，都丧失了对天花的特异免疫力。汉族由于历史因缘，对天花的抵抗力要强一些，比如强于关外的满族。满族入主中原后最怕的就是天花，专门设有“查痘章京”的官职，可见其重视程度。康熙皇帝就是因为小时候得过天花，有抵抗力，才被选作太子，成就了一代明君。但在人为的天花真空后，汉族人的特异免疫力也消失殆尽，退回到零线上。[①]

具体到天花病毒这个对象上，他们认为：目前全歼天花病毒的决策值得商榷。虽然它使人类免除了天花上千年的蹂躏，这当然是巨大的进步；但它造就了非常危险的天花真空，这种真空可以用极小的代价轻易打破，从而把人类永远置于达摩克利斯之剑的威胁下，此前美国的恐怖袭击就是明证。何况天花本身也有益处，比如它对艾滋病可能有抑制作用。最好的办法是适当减弱天花的毒性，让其在自然界中继续存在下去。[②]

由此可见，“病毒真空”是一种十分危险的“临界状态”。一旦这种微妙的平衡被任何一个不确定因素打破，所带来的就是不可估量的严重后果。

在《四级恐慌》这部小说中，王晋康借用了“低烈度纵火”这一减灾设想来阐释消除“病毒真空”的技术内核。这个设想的原型来自美国林业部门的森林火灾控制原则。在森林中，枯枝败叶等可燃物的积累，使火灾的风险不断叠加——可燃物越多，火灾爆发的时候造成的危害就越大。“低烈度纵火”就是指通过纵容甚至主动人工引发小规模可控性火灾来定期清除森林中积累的可燃物的做法。简单地说，就是通过释放“小火”来防止“大火”。为了说明这个思路的实用功能，王晋康在《四级恐慌》这部小说中构建了一个理论模型：

1. 火灾频次越低，则火灾强度越大。

2. 一旦可燃物的堆积达到临界状态，火灾的发生就是必然的，

---

① 王晋康．四级恐慌．南京：江苏凤凰文艺出版社，2015：155.

② 同①212.

> 再预防也不行。而且火灾具体发生时间不可预测。
>
> 3. 低烈度、高频次的火灾能够减少可燃物数量，制造马赛克一样的林间空地，减弱火灾强度。选取频次和强度的最佳配合，能使火灾损失降到最低。
>
> …………
>
> “我有一个进一步的想法。今后不仅是‘不灭火’，还要适度人为纵火，这样来寻求‘火灾频次’和‘强度’的最佳配合，使火情更容易控制。”①

在小说中，中国女科学家梅茵将“低烈度纵火”的林业安全法则在病毒学、健康学领域进行应用，通过制造低毒性的、可传播的活性毒株使人轻微发病，使人产生自然免疫，从而达到避免传染病大范围暴发的目的。尽管受制于技术原因，这种通过温和的病毒促使人类形成自身防御能力的做法在现实生活中还停留在“科学幻想”阶段，但《四级恐慌》这部小说充分体现了中国科幻作家对传染性疾病暴发所带来的危害的清晰认识和冷静思考。

从对比中不难看出，以理查德·马特森的小说《我是传奇》为代表的西方科幻小说更倾向于关注大范围流行疾病所带来的生存危机，而以《四级恐慌》为代表的中国科幻作品则表现出“人定胜天”的积极态度。

“生化危机”主题科幻小说给读者带来的并不仅限于感官的直接刺激，更有一些在末日来临时的深入思考，无论是对变化的坦然接受，还是对这种恐怖未来的合理规避，虚构的故事带给人们的都是一种实实在在的“警示”。这也正是“生化危机”主题科幻作品的深刻寓意所在。

写作点津：给读者留下深刻的“第一印象”

英文中有一句习语“You never get a second chance to make a first impression”，意思是“你永远也不会有第二个机会给别人留下第一印

---

① 王晋康．四级恐慌．南京：江苏凤凰文艺出版社，2015：70－71.

象”。这句话足以说明“第一印象”在人际交往中的重要作用。同样，对于一部作品的读者和作者而言，尽管双方几乎没有机会直接进行面对面的交流，但在读者的阅读体验中，常常也会形成类似的“第一印象”。

俗话说，“万事开头难”。作家加西亚·马尔克斯就是一位总是在故事开头部分“纠结”的作家。他曾说过：“一个故事最难写的就是第一段。第一段我通常要写几个月，一旦写好它，其他的就容易多了。”在进行写作活动的时候，作者应该如何给读者留下深刻的“第一印象”呢？

以科幻小说《三体》第一部为例，这部小说的章节顺序曾经出现过两个不同的版本。在《科幻世界》杂志上进行连载的时候，《三体》的故事是以“疯狂年代”一章开始的，主要讲述了叶文洁的遭遇，进而引出了“红岸基地”的往事以及与三体人的接触等等。在后来出版的单行本中，原先开头的章节被放在了中间，第一章变成了汪淼和大史共同调查科学家自杀事件的故事。这样一来，初始版本故事的开端被放在了中间，成为“倒叙”的回忆内容。

为什么会出现这两种不同的章节排序呢？个人认为，主要原因之一就是要在小说的开头部分对读者产生足够的吸引力。在连载版本刊登的时候，读者群体由于个人生活经历等原因，可能对故事发展的历史渊源更感兴趣，更想知道主人公叶文洁的这个举动会产生怎样的影响。而到了单行本发行的时候，主要读者群体已经变成了年青一代，他们对作为知识分子的汪淼和作为警察的大史一开始就呈现出的矛盾冲突更加好奇。特别是在一开始就看到，大史来调查的是涉及一系列科学家自杀的神秘事件，读者就能明确地感知到：看来汪淼“摊上大事了”。

由此可见，一部小说的开头往往定义了小说主题、风格和基调，更重要的是成为读者阅读的“驱动力”。而从作者的角度来看，如果能写好一个开头，就很有可能激发出更多的创作热情，促使自己继续写下去，并且能更加有效地推动故事的发展。例如，卡夫卡的《变形记》在开头就出现了富有戏剧性的画面：“一天清晨，格里高尔·萨姆沙从烦乱不安的睡梦中醒来，发现自己躺在床上变成了一只可怕的甲虫。”这个精彩的开头让人印象深刻，顺理成章地将这部作品的故事定性为一个兼具魔幻和现实的故事。与此同时，这个开头也能引起读者的兴趣：人怎么可能变成甲虫呢？是什么因素导致了这种变化？人在变成甲虫之后又发生了什么呢？这样一来，读者的阅读驱动力就被极大地调动起来了。

至于故事的开头应该是什么样子的，并没有一个“万金油”式的公式。不过，作品开头部分的故事发展，一般可以分成“慢热型”和“快热型”两类。

一些传统小说的导入节奏常常比较“慢”，通常是先不紧不慢地介绍天气、风景、建筑物，然后才介绍人物或者其他必要的历史背景等信息。“慢热型”叙事风格比较从容，作者有足够的时间对故事细节进行铺陈，向读者介绍故事的场景设定、时代关联等等。同时，作者还可以在故事开端通过构建一系列的矛盾冲突，不断推进故事情节的发展，吸引读者进行阅读。正如法国作家大仲马曾经提出的一条写作建议：小说开篇的内容要有趣而不能乏味；要描写行动而不是介绍背景；要在人物出现之后再介绍他们，而不是介绍之后再让他们出现。

不过，这种慢节奏的叙事风格也会面临相应的困境，即如何保证读者的阅读热情。除非是像福尔摩斯系列侦探小说那样“自带热度”的主题，否则导入部分太长的话，读者很容易还没有看到真正的冲突就失去了兴趣。

在现代社会这样一个快节奏的时代，很多人追求的是效率，如果不是面对一些经典的文学作品，那么读者恐怕没有太多的耐心等待着故事情节一点点地发展下去。因此，有的作者会借鉴电影艺术直观的呈现形式，通过“快热型”的故事叙述渲染开头的部分，“先下手为强”地给读者留下深刻印象。比如一开始就描写一大串很轰动的事件，故事的主人公先是隐身幕后，在危急关头“闪亮登场”。这样开头的好处是能够让读者很快地被故事吸引。但这种情绪高涨的开头也存在一定潜在的风险，那就是很难持续地保持“高昂”的发展态势。“维持读者的阅读热情”这一目标，对作者的写作行为和情节设置提出了更高的要求。

在小说《我是传奇》中，作者理查德·马特森带领读者从一个旁观者的角度观察了主人公罗伯特·内维尔的生活。小说的开头从描述内维尔正在进行的一系列日常活动开始，包括他怎样修葺房子、清洗厨房水槽、收获大蒜甚至削尖木棍等等。这些看起来似乎有些琐碎的事情为何没有让读者感到厌倦呢？因为作者在最开头写了一句：“每逢阴天，罗伯特·内维尔老算不准什么时候会天黑，有时候，他还来不及回到家，‘它们’就已经出来了。”这个开头就成了吸引读者阅读的动力——“它们”是什么？“它们”为什么天黑才出来？内维尔收获大蒜和削尖木棍是做什么用的呢？

借用“三幕式”故事叙述的套路，小说作品第一幕的主要目的就是有效介绍主人公，让读者看到他的生存状态及其所处的困境。在《我是传奇》中，读者会直观地发现，虽然内维尔的生活还维持着巨变之前的方式，但由于外在的环境变化，正常的生活早已远去。这一开头也让读者更有兴趣去了解在小说构建的世界中到底发生了什么变故。在后来的故事叙述中，读者就会发现，原来内维尔并没有远离自己生活的城市，只是在大部分人都发生了变异的世界中，内维尔被迫远离了自己熟悉的生活。作为硕果仅存的最后一个人，他一直在寻找问题出现的原因，试图解决全人类的变异问题。这样一来，读者就会愈发对主人公的命运产生好奇，并沿着作者设定的思路继续阅读下去。

“尖啸声划破了夜空。”这是美国作家托马斯·品钦的代表作《万有引力之虹》的第一句话，也曾被誉为20世纪最优秀的小说开头之一。无论是在阅读还是写作的过程中，从整个故事情节的第一行到第一段、从第一页到第一章的内容，都既是后续情节的启示，也是故事发展的引子。当一部作品给读者留下精彩的“第一印象”之后，创作者就迈出了走向成功的第一步，接下来的任务就是怎样把故事完整地呈现给读者们了。

【思政提升】

“生化危机”主题科幻小说将生物化学技术不受控制地过度发展和滥用所引起的全球危机作为主要的叙事背景，进行以应对灾难为核心的科幻世界观构建，也可以被视为“末日危途”主题科幻小说的一个分支。

在以“生化危机”为主题的科幻小说中，当人类面对病毒失控带来的全球危机时，个体的生命力量往往是渺小、脆弱的，因而常常出现不同国家、不同民族的人共同应对灾难的情节。这种合作互助的行为正是“人类命运共同体”思想的核心体现。此外，“生化危机”主题科幻小说的警示意义同样明显，在面对诸如“新冠病毒感染疫情”带来的严峻考验时，如何有效采取措施促进医疗技术发展，建立疾病传播的发现、诊治、阻断机制等应对策略，都是“生化危机”主题科幻小说在现实生活中带给读者的深入思考。

【拓展练习】

1. 科幻电影《我是传奇》有两个不同版本的结局，请在观看后思考：你更喜欢哪个版本的结局？阐述你的理由。

2. 构思一个场景进行小说写作练习：如果你熟悉的环境中（如小区里、校园里）突然爆发“生化危机”，人们的反应会是怎样的？你作为幸存者如何逃生？

3. 辩证思考：现代医学对“突变”所采用的“治愈”方式是否可能阻断“进化之路”？阐述你的理由。

4. 结合“思政提升”模块内容及本章主题，辩证思考：在以“生化危机”为主题的科幻作品中，“人类命运共同体”思想是如何得以体现的？

第十章 “蒸汽朋克”的怀旧与憧憬——《差分机》

镜子里，是一座城市。

那是 1991 年的伦敦。有上万座塔楼，数万亿旋转的齿轮发出震耳欲聋的轰响，在油腻的浓烟中，空气像刚刚经过一场大地震一样暗淡无光，到处充斥着齿轮摩擦放出的热量。黑色的马路，致密而没有一丝空隙，它们构成无数的支流，打孔纸带疯狂地沿着它们传输数据，在这座闪亮而炎热的死亡之城，历史的游魂在四处游荡。

——威廉·吉布森、布鲁斯·斯特林：《差分机》

威廉·吉布森（William Gibson，1948—　），美国科幻作家，出生于美国南卡罗来纳州康韦市，是“赛博朋克”和“蒸汽朋克”科幻小说流派的代表人物。1984 年，吉布森出版了科幻小说《神经漫游者》，开创了“赛博朋克”这一科幻小说流派。

布鲁斯·斯特林（Bruce Sterling，1954—　），美国科幻作家、学者、科幻文学编辑，著有《回旋海》《分裂矩阵》等小说作品，同样是“赛博朋克”“蒸汽朋克”主题科幻小说流派的创始人之一。他为“赛博朋克”主题科幻小说集《镜影》所作的序言被誉为“赛博朋克文化宣言”。

《差分机》出版于 1990 年，由威廉·吉布森和布鲁斯·斯特林共同创作，被公认为世界上第一部“蒸汽朋克”主题科幻小说，也宣告了“蒸汽朋克”文化流派的诞生。

引 言

美国诗人罗伯特·弗罗斯特创作过一首著名的诗歌——《未选择的路》。诗中通过对树林中两条通向不同方向的小路的描写，喻示了人们生活中的不同选择。中国作家柳青也有一句名言：“人生的道路虽然漫长，但紧要处常常只有几步，特别是当人年轻的时候。”个人生活是这样，历史发展也是如此，每个重要的历史事件都像一个十字路口，为人们提供不同的选择。假如在这些历史节点上，“当事人”做出了不同选择的话，会不会使人们熟悉的历史发生改变呢？这种“不确定性”给科幻小说创作者提供了巨大的想象空间。

“蒸汽朋克”主题科幻小说可以被视为“或然历史”思想实验在文学范畴中的表现。它们在小说的世界观构建中对人们所熟知的历史事件进行“参数”修订，通过“假如……，就会……”（what-if）的假设，在历史的“反事实”结构中进行故事叙述。这种叙事方式既不是现实生活中历史的再现，也不是毫无根据的空想，而是在某些历史发展的“可能性”的基础上进行的合理推演。此类小说中所叙述的故事也常被定义为“架空历史”。

“蒸汽朋克”主题科幻小说的起源可以追溯到威廉·吉布森和布鲁斯·斯特林合作的作品《差分机》。时至今日，这一科幻主题已经逐渐从文学范畴进入美学领域，展现出独特的魅力。“蒸汽朋克”主题在小说中为读者们塑造了一个个基于现实生活的“镜像世界”，通过为人们提供对无数种幻想的描述，促使人们从一个“陌生化”的虚构视角更加清晰地“认知”身边的现实。

《差分机》——小说速读

《差分机》的故事由主人公西比尔·杰拉德的回忆展开。1855 年，她曾经沦落风尘，化名西比尔·琼斯。在酒店客房里，出手阔绰的米克通过警察局的差分机调查了西比尔的真实身份，承诺要把她带到巴黎。根据米克的介绍，时任英国首相的拜伦勋爵和工业激进党人都是数学家、差分机的发明者巴贝奇的追随者，十分推崇差分机的使用和推广。米克带西比尔参观了军阀山姆·豪斯顿将军演讲时使用的差分机影像设备，向她展示了一盒用在差分机上的打孔卡片，并声称这些计算程序卡蕴藏着巨大的财富和力量。

到了晚上，去酒店寻找米克的西比尔遇到了一名刺客，他的行刺目标是向英国人出卖了得克萨斯的军阀豪斯顿将军。豪斯顿将军身受重伤，而米克则稀里糊涂地送了命。西比尔只好只身逃离伦敦，前往法国。

古生物学家爱德华·马洛里在“德比日”观看马场上进行的蒸汽机竞速赛时，无意中救下了遭到劫持的埃达·拜伦，她是拜伦勋爵的女儿，也是巴贝奇的好朋友，因为在数学计算和科学研究领域中的卓越贡献被称为“差分机女王”。出于对马洛里的感激和信任，她请马洛里帮忙保管一份法国差分机使用的程序卡片。

自称作家兼记者的奥利芬特前来拜访马洛里，并告诉他，参与科学探险团的考古学家们正在遭到追杀。科学家路德维克已经遇害，马洛里也身处险境。在交谈中，马洛里得知奥利芬特的真实身份是一名为警方工作的侦探，因此向奥利芬特介绍了自己偶遇埃达·拜伦的经历，两人发现劫持者有杀人嫌疑。在奥利芬特的推荐下，马洛里顺利加入皇家科学会，并与科学家托马斯·赫胥黎合作研究古生物恐龙的生活习性。赫胥黎建议马洛里雇用一名叫约翰·济慈的影像设计师来帮助马洛里展示对雷龙的研究成果，借此向马洛里的学术对头福柯博士发起挑战。

马洛里在警察局认识了差分机程序员托比亚斯，在他的协助下通过差分机查询到了当时劫持埃达·拜伦的暴徒的信息，并了解到了如何获得法国差分机程序卡片的解码器。

马洛里来到街上为准备结婚的妹妹采购结婚礼物，不料遭到两个暴徒的袭击，只好来到奥利芬特的家中暂时躲避并接受治疗，来访的日本客人得知此事，自告奋勇地出门帮忙找回了马洛里丢失的礼物，并狠狠教训了暴徒。原来，英国的坚船利炮打开了日本闭关锁国的大门，这些日本人是到英国来学习差分机技术的，他们带来了用来倒酒的机巧人偶——它由用鲸鱼须制成的弹簧进行驱动。先进的差分机技术正是这批日本客人学习的重点。

一天早上，马洛里刚刚起床就发现家门口贴满了污蔑自己的海报，并且收到了署名为“斯温船长”的恐吓信。他和警探弗雷泽一起出门寻找真相，其间经历了“大恶臭”时期的工人罢工，并最终得知之前袭击自己的两个暴徒其实是受雇于自己的学术对头福柯博士的打手，而真正的幕后势力则是巴特莱特夫人。马洛里回家之后，发现自己的房间被人纵火焚毁。一群自称“黑豹男孩”的暴徒正在进行打砸活动，警探弗雷泽出面制止，却被打伤，马洛里只好决定写信给埃达·拜伦，告诉她之前她托自己保管的差分机程序卡片现在存放在自己正在研究的雷龙头骨化石里，完好无损。

马洛里被卷入伦敦的骚乱，遇到了名为“海报之王”的恶棍，并且得知，原来发布虚假消息抹黑自己的人正是之前袭击他的暴徒之一。此时，社会上谣言四起，传言时任英国首相的拜伦勋爵已经病逝，工业激进党人地位不保。马洛里偶遇自己当兵的弟弟布莱恩，得知妹妹的婚约因为受到匿名的污蔑而被取消。他们怒不可遏，决定一同乘坐最新型的蒸汽车去向罪魁祸首“斯温船长”寻仇。马洛里和弗雷泽一行人跳进散发着恶臭的泰晤士河，假扮暴徒蒙骗过黑斯廷斯侯爵，登上煽动伦敦暴乱的“斯温船长”的船，结果发现曾经劫持埃达·拜伦的暴徒之一——巴特莱特夫人正在进行演讲。这时，黑斯廷斯侯爵识破了马洛里的身份，“斯温船长”也终于露面，双方展开枪战。最终，马洛里和朋友们击溃暴徒，取得了胜利。

故事回到 1855 年，警探弗雷泽来到诊所接受磁疗，随后接到奥利芬特的邀请，合作调查一个因中毒而死的得克萨斯人，这个人是刺杀豪斯顿将军的凶手，而把他毒死的人，正是巴特莱特夫人。然而，当巴特莱特夫人和她的爪牙们准备带着抢来的差分机程序卡片逃离伦敦的时候，遭遇警察的盘问，并和军队的蒸汽战车交火，在混战中死于非命。

弗雷泽在法国找到了化名图纳钦的西比尔·杰拉德，但并没有拘捕她，还协助她举报、告发了害死她父亲的高官查尔斯·埃格蒙德。随后，弗雷泽回到伦敦，见到了差分机女王埃达·拜伦。在交谈中，埃达·拜伦把视线投向身边的一面镜子，镜子里显示出1991年拥有极其发达的差分机装备的伦敦市景……

《差分机》的历史现实与文学想象

小说《差分机》题目中的“差分机”概念源自真实的历史，是一种利用分部积分法原理进行多项式函数值计算的机械设备。

英国数学家查尔斯·巴贝奇在他的自传《一个哲学家的生命历程》里，记录了发生在1812年的一件事：“有一天晚上，我坐在剑桥大学的分析学会办公室里，神志恍惚地低头看着面前打开的一张对数表。一位会员走进屋来，瞧见我的样子，忙喊道：‘喂！你梦见什么啦？’我指着对数表回答说：‘我正在考虑这些表也许能用机器来计算！’”

基于从提花织布机上获得的灵感，查尔斯·巴贝奇于1822年提出了差分机设计思路，并自己动手制造出一台能进行多位数运算的小型设备。这台机器能够演算出多种函数，非常适合用来编制航海和天文方面的数学用表。后来，巴贝奇获得英国政府资助，开始设计、制造一台能进行20位数计算的设备——“分析机”。

在研制分析机的过程中，巴贝奇得到了英国著名诗人拜伦的独生女——女性数学家奥古斯塔·埃达·金，也即勒芙蕾丝伯爵夫人的大力支持。她充分理解巴贝奇的设计思路和数学思想，甚至不惜变卖自己的珠宝来提供资金支持。遗憾的是，这位才女英年早逝，37岁时就怀着对分析机的美好梦想与世长辞。后人在提到勒芙蕾丝的时候，常常将其誉为世界上第一位计算机编程员。

遗憾的是，囿于当时工业制造精度的限制，巴贝奇研制的第二代分析机最终并没有被生产出来。因为这台机器的构造十分精密，想要保证其正常运行，两万多个零件的误差都必须控制在千分之一英寸①之内。当时的工业制造技术根本无法保证如此高的制造精度。这个项目以失败告终，巴贝奇只能带着遗憾离开人世。

不过，后人按照巴贝奇提出的设计方案，真的利用现代的高精度设备制造出了一台足够精确、可以进行实际运算的分析机，从而证明了巴贝奇的方案并非空想。值得一提的是，巴贝奇和勒芙蕾丝共同提出的机械计算思路影响深远，比如为了提高机械计算速度而设计的进位装置、用来存储信息的穿孔卡片等等。这些发明不仅可以指导机器运行，还能让机器进行逻辑判断。当现代计算机被发明出来的时候，人们惊奇地发现，原来现代计算机的运行思路早已出现在巴贝奇的设计图纸之中了。因此，有人不无幽默地说，巴贝奇的思想实在是太超前了，他早在维多利亚时代就已经为计算机准备好了一切，唯一缺少的就是一个“电源”。

由此可见，巴贝奇的分析机设计不啻计算机发展历史中的一个“十字路口”。这一源自历史的可能性不断引发人们的思考和假设：如果巴贝奇时代的工业制造业有足够的能力制造出精密的分析机设备的话，就会在蒸汽时代实现信息技术革命。那样的话，现实生活中还会出现如此普及的电子计算机吗？

在小说《差分机》的科幻世界观中，一切都与现实历史非常相似，但有些人物设定、历史事件等细节却呈现出截然不同的命运。例如，在现实历史中，巴贝奇所设计的分析机并没有被制造出来。而在小说中，差分机不仅被制造出来了，还得到了广泛的应用，甚至在19世纪就引发了信息技术革命。人们熟悉的诗人拜伦也并没有像在现实历史中一样病逝于希腊军中，而是当上了英国工业激进党的党魁，积极推进工业进步和科技创新带来的优势，最终还成功当选了英国首相。同样，现实历史中的威灵顿公爵，曾经因为在滑铁卢打败了拿破仑而举世闻名，并两次出任英国首相，而在小说中，威灵顿公爵的对手由现实中的辉格党变成了工业激进党，最后遭暗杀身亡。除此之外，最大的差别就是在小说所

---

① 1英寸约等于2.54厘米。

设定的世界中，整个社会发展由蒸汽时代直接进入了信息时代，中间缺失了“电力革命”环节，因此将历史发展引向了一个新的维度。这正是以《差分机》为代表的“蒸汽朋克”主题科幻小说所表现出的独特创造力和魅力所在。

由此可见，传统科幻小说的故事构建通常把着眼点放在某种科学理论、技术成果的发展和应用对人类社会生活所产生的影响上，来探讨人们在面对不同科技成果的时候所做出的不同反应，具有很强的“思想实验”特征。而“蒸汽朋克”主题科幻文学作品则在这条路上走得更远，它完全构建了历史发展的另外一条走向，在这条虚拟的历史时间线上，一切与现实生活既似曾相识，又相去甚远。因此，完全可以认为，“蒸汽朋克”主题科幻小说的世界观构建，是所有科幻小说中“脑洞”开得最大的一种。

“蒸汽朋克”——从科幻风格到美学元素

“蒸汽朋克”的英文表达“steam-punk”由表示“蒸汽”的“steam”和表示“朋克”的“punk”两个单词组成。这一名词的由来可以追溯到美国科幻作家 K. W. 杰特于 1979 年出版的小说《莫洛克之夜》。自这部向威尔斯的经典科幻作品《时间机器》致敬的小说开始，“蒸汽朋克”这个概念被用来形容一批将故事背景设定于维多利亚时期的“或然历史”科幻小说，进而发展成科幻小说中一个特殊的亚类型，并逐渐进入美学范畴。

“蒸汽朋克”作为科幻小说的主题之一，是指在现代社会背景下，利用先进的科技成果和现代社会组织结构去架构出一个与真实历史不同的 19 世纪社会形态，通常伴随着典型的维多利亚时代背景的想象，但添加了诸如蒸汽驱动的飞机、机械结构的计算机等“杂糅型”技术元素。

“蒸汽朋克”的美学风格极具视觉冲击力。从服饰上来看，人物所穿着的并不是现代流行的时装，而是相对传统的服装，各种配饰往往以皮革和黄铜制作而成。在此类风格的作品中，人物通常佩戴着护目镜或防毒面具，出行时乘坐或驾驶的并不是现代的交通工具，而是老式的飞艇或汽车，这些交通工具通常呈现出链条、齿轮等机械结构外露的粗犷风格，极少出现现代社会中简洁明快的流线型外观特征。

与“赛博朋克”主题科幻小说中常常出现的“赛博格”一样，在“蒸汽朋克”主题科幻小说中，人们也会通过“机械嫁接”的方式改造自己的身体，但接入身体的却并不是高科技芯片，而是由齿轮、链条组成的纯机械装备。不仅人类，自然界的动物也往往成为机械改造的对象。

在“蒸汽朋克”主题科幻作品中，几乎所有的动力能源都来自以蒸汽机为主的大型机械，而这些设备在运行时往往会产生大量的蒸汽和烟雾，从而形成“蒸汽朋克”主题科幻作品中独特的环境风格。这是此类主题作品中“蒸汽”因素的来源，也是人物形象设定上往往戴着护目镜和防毒面具等装备的原因之一。

此外，“蒸汽朋克”主题科幻作品还有一个最为突出的特征，即作品中所构建的，往往是一个“科学”和“魔法”并存的世界。这一点与传统的科幻小说有着明显的区别。

历史上，维多利亚时代是英国发展的巅峰时期，第一次工业革命充分显现出技术设备中所蕴藏的巨大力量。掌握了强大的技术创造力量的人类对未来充满无限的想象和憧憬，各种以蒸汽为动力的机器设备和各种理论、发明层出不穷；与此同时，传统宗教中的神明虽然没有就此被赶下神坛，但其影响力已经极大地让位于科学技术的推动力。

从“蒸汽朋克”这个名词的构成来看，所谓的“朋克”仍然保留着传统意义上的“叛逆”风格，暗示着对现实生活的“背离”。这种思想的产生在很大程度上源自当代人对现实社会急速发展所带来的压力和矛盾的不满，因此抱着怀念“过去的好日子”的心态，以 19 世纪的生活为蓝本，构想出一个将维多利亚历史时代与现代科技元素相融合的、蒸汽力量至上的架空世界。

因此，与传统朋克文化所代表的颓废和反社会的情绪有所不同的是，“蒸汽朋克”主题科幻作品所传递的情绪氛围往往是积极向上的，因为它的世界观建立于第一次工业革命发展到极致的人类文明时期。简言之，在“蒸汽朋克”主题科幻作品中，蒸汽技术被视为几乎无所不能的高科技，人们过着衣食无忧、优雅浪漫、充满想象力的乐观生活。在“蒸汽朋克”主题科幻作品的世界观中，落后与先进同在，魔法与科学共存，主人公通过冒险和浪漫经历，去追求乌托邦式的超脱理想，整个故事叙述呈现出独特的美学风格。

基于以上特征，科幻作家杰夫·范德米尔用一个“算式”对“蒸汽朋克”主题科幻小说中与众不同的关键要素进行了直观的说明：

> 蒸汽朋克＝疯狂的科学怪人发明家［发明（蒸汽×飞艇或铁皮机器人/巴洛克风格）×（伪）维多利亚时代背景设定］＋进步政治或反动政治×冒险情节①

源自科幻小说领域的“蒸汽朋克”美学风格在绘画、影视、服装等领域中也产生了巨大影响。例如日本漫画家宫崎骏的《哈尔的移动城堡》、大友克洋的《蒸汽男孩》等动漫作品都以“蒸汽朋克”艺术形式作为主要风格。以这一风格为主要元素的电脑游戏《机械迷城》曾获得2009年独立游戏节最佳视觉艺术奖。“蒸汽朋克”的流行趋势经久不衰，并逐渐衍生出一种特别的亚文化现象。

“蒸汽朋克”主题科幻作品延伸阅读——《利维坦号战记》

《利维坦号战记》是一部带有浓厚的“蒸汽朋克”风格的青少年冒险科幻小说。它以第一次世界大战为历史背景，通过男女主人公的冒险故事来记录他们历险、成长且最终相爱的故事；并以这两位主人公的经历为故事叙述的主线，描绘了这个架空世界中的两大阵营之间的各种明争暗斗。

小说故事叙述的历史节点从引发第一次世界大战的斐迪南大公在萨拉热窝遇刺事件开始。但与现实历史有所不同的是：在小说的故事中，

---

① 范德米尔，钱伯斯．蒸汽朋克典藏全书．夏高娃，译．北京：北京联合出版公司，2022：3.

斐迪南大公夫妇侥幸躲过了中午的刺杀，却死于晚宴中的毒药。毒杀计划是为了嫁祸以英国为首的达尔文主义阵营而制订的，因此成功地引发了“机械主义”与“达尔文主义”两大阵营进行生死搏杀的第一次世界大战。皇储夫妇的儿子阿列克作为唯一的皇位继承人，被迫开始了逃亡生涯。这样一个不同于现实历史的故事设定引发了小说维度中不同的故事走向：在这个世界里，生物学家达尔文不但提出了进化论，还发现了DNA结构，进而对动物进行了生物改造，将其变成作战武器；而德国人不但发明了汽车，而且进一步发明了类似坦克的机械战甲。

《利维坦号战记》讲述了一个在充满生化合成兽与蒸汽机械的世界中展开的浪漫故事，在出版后深受欢迎，上市第一周即跻身《纽约时报》畅销书排行榜第5位。

在这部小说中，作者对属于达尔文主义阵营的利维坦号生物飞艇及其生态系统做了详尽的描绘，读起来让人既感到匪夷所思，又不得不信服。例如，达尔文主义阵营的“利维坦号”空中巨兽利用消化道产生的氢气飘浮在空中，外形看上去像现实生活中的飞艇，可以在人类的驾驭下在云端翱翔；因为氢气属于易燃气体，所以飞行兽必须远离电力设备，但寄生在其体内可以发出荧光的合成动物会像电灯一样在夜间为其提供照明；“利维坦号”上没有电话、电报装置，但“传信蜥蜴”就像留言器一样，在巨兽体内飞速跑动，找到传递信息的对象并把对话复述出来；此外，利用会飞的“镖蝠”喷吐铁钉击毁对方武器的做法很像是生物化的空中打击。

在小说《利维坦号战记》所设定的世界观架构中，既有传统意义上属于蒸汽时代的“战斗机甲”，又有以达尔文主义为代表的生物改造成果，这种“杂糅”的发展态势呈现出机械设备建造与自然生物改造“共生”的美学风格。

在这部小说作品中，“蒸汽朋克”主题对未来的乐观与开放思想得到了直观的体现。在小说中，主人公阿列克是一个落魄的王子，虽然出身高贵，却一直过着颠沛流离的生活，甚至不得不背离自己机械主义阵营的出身，委身于达尔文主义阵营之中，直到遇上了自己的爱人——女扮男装的英国平民德琳·夏普。两人都抱有结束战争的梦想，在两大阵营的生死较量中相遇、相知、相爱。在和平的希望落空之后，主人公阿列克转而遵循了自己的家训："让其他人去发动战争。你，幸运的奥地利人，去结婚吧！"最终，阿列克带上爱人一路航行，一路恋爱，直到世界尽头。

《利维坦号战记》中这种童话般美好的结局，充分体现出"蒸汽朋克"主题科幻小说所传递的积极情绪，即通过故事构建延续19世纪维多利亚时代的创新精神和乐观态度，表达出对人类未来抱有的美好愿望。

"蒸汽朋克"主题科幻小说的"或然历史"叙事逻辑

1984年，科幻作家威廉·吉布森创作了科幻小说《神经漫游者》，开启了以互联网为代表的"赛博朋克"科幻主题。1990年，威廉·吉布森与他的好友，同样也是科幻作家出身的布鲁斯·斯特林合作创作了被誉为"蒸汽朋克"主题科幻小说开山之作的《差分机》，从而开创了另外一个重要的科幻小说主题流派。

虽然这两种风格的科幻小说都源自威廉·吉布森的科幻创意，也共用了一个关键词"朋克"，但两者在主题指向上还是有很大的差别的。所谓"赛博朋克"，指的是针对现代网络社会的叛逆，故事叙述的时间指向是向"前"的，即通过科幻故事构建探讨未来发展的可能性。而"蒸汽朋克"则是在对现代社会表现出叛逆的基础上，回归19世纪的蒸汽时代，因此故事叙述的时间指向是向"后"的，即转向历史维度寻求故事叙述的背景。如果借用一下英语学习中的时态概念来进行"对号入座"的话，那么现实生活中的历史，记录的是曾经发生的人和事，可以对应"一般过去时"；传统科幻小说叙述的是未来可能发生的故事，可以对应"一般将来时"；而"蒸汽朋克"风格科幻小说则是着眼于某个历史节点，既有面向未来的叙事风格，也有强烈的历史情愫，可以被视为"过去将来时"。

"蒸汽朋克"主题科幻小说故事构建的哲学基础可以用赫拉克利特的一句名言来形容，即"人不能两次踏入同一条河流"。由于时间流逝的单向性和不可逆性，历史是无法改变的。因此，如果想要探索历史发展过程中的其他可能，最好的方式就是通过文学虚构的途径来进行“思想实验”，以作者的想象为基础，构建一个现实社会的“副本”。这种为现实社会的历史发展构建副本叙事的方式，正是“或然历史”的故事建构思路。

所谓“或然历史”的叙述，在文学领域乃至历史研究领域中屡见不鲜。例如历史学家提图斯·李维在《罗马史》中就曾经提出这样一个假设：如果历史上亚历山大大帝没有选择向东扩张，而是挥师西进的话，那么罗马城的命运将会如何？金·斯坦利·罗宾森在作品《米与盐的年代》中也提出了类似的思考：如果14世纪的欧洲被瘟疫毁灭了，那么世界将会怎样？美国军事历史学家彼得·特索拉斯的代表作《谁打败了希特勒》中，以战争期间希特勒的各个不同时期的决策和第二次世界大战的关键转折点为蓝本，做出了非常严谨的学术研究，提供了“what-if”的历史脚本，探讨了历史参数的细微变化有可能给世界格局带来怎样的重大影响。

在现代科幻小说中关于“或然历史”的描述，最著名的莫过于菲利普·迪克的代表作之一《高堡奇人》了。这部小说中所描述的一系列历史事件仿佛是现实世界的一份“副本”：根据这部小说的设定，1933年，美国总统罗斯福遇刺身亡，这一事件成为世界历史发展的“分水岭”。副总统加纳继任，成为美国总统，但这位糟糕的总统确立了“孤立主义”政策，进一步削弱了美国的军事力量。由于对日本偷袭珍珠港完全没有准备，整个美国舰队被全部摧毁。1947年，美国被迫向纳粹德国和日本投降，其领土被瓜分成三个部分，纳粹德国控制东海岸，日本控制西海岸，中间的非武装自治区则保留了傀儡政府。有一个住在高城堡中的名叫霍桑·阿本德森的神秘人士写了一本题为《蝗虫成灾》的科幻小说，这本书被视为禁书，但在暗中却广为流传，因为书中描述了历史发展的另外一种可能——在那个版本的历史中，罗斯福没有被暗杀，美国和英国共同打败了纳粹德国和日本。故事的主人公对这本书的来源十分好奇，希望发现事情的真相。但在谜底还没有被揭开的时候，纳粹总理马丁·

鲍曼死亡，其职务由戈培尔继任，纳粹德国内部的权力之争让世界局势再次陷入动荡之中。小说以《易经》引领故事情节，对读者熟悉的历史进行了“颠覆”，在文学作品中构建了一个让人感觉既熟悉又陌生的“异世界”。

如前所述，“蒸汽朋克”主题科幻小说中的这种世界观构建方式被称为“或然历史”，指的是在小说叙述中对人们所熟知的历史事实进行改变之后衍生出“架空历史”故事。这种叙述方式既不是现实生活中历史的再现，也不是脱离现实世界的空想，而是在故事发展的过程中，对已知的历史事件和人物的存在进行暂时“否定”，或者对某些“参数”进行修改，通过合理的假设、严谨的推理进行故事叙述，反衬出历史事件和人物的相对影响力。

英国作家菲莉帕·格里夫顿在其编写的《如果历史可以重来》一书中，列举了“十大杰出架空历史小说”，分别是约翰·柯林斯·斯夸尔的《如果发生了另一种情况》(1931)、斯蒂芬·金的《11/22/63》(2011)、威廉·吉布森和布鲁斯·斯特林的《差分机》(1990)、L. 斯普拉格·德坎普的《唯恐黑暗来临》(1939)、朱亚诺·马托雷尔的《骑士蒂朗》(1490)、基思·罗伯茨的《帕凡舞》(1968)、布伦丹·迪布瓦的《复活日》(1999)、哈里·特特尔达夫的《南方之枪》(1992)、史蒂文·巴恩斯的《狮子之血》(2002)、金·斯坦利·罗宾森的《米与盐的年代》(2002)，并将此类小说的阅读体验定义为“架空历史带来的乐趣”：

> 在架空历史中，作家探索了那些时间节点的另一种可能性，让赢家和输家、幸存者和受害者互换位置，看看会发生什么。几个世纪以来，架空历史的作家们会参考已经确定的时间与人物，将人们熟悉的史实与不为人知的故事交织在一起。作家们甚至只需要调整真实事件中很小的一部分，就能创造出惊心动魄的全新故事。在这些故事中，你知道的事实部分与你不知道的虚构部分之间的界线非常模糊。无论是电影、电视还是文学作品，没有发生的那段历史往往最引人入胜。①

① 格里夫顿．如果历史可以重来．李诗聪，译．北京：中国画报出版社，2021：196－209.

在中国科幻文学中，有类似“蒸汽朋克”文化或“或然历史”主题的科幻作品吗?

科幻小说作为一种伴随着工业革命的发展逐渐兴盛起来的文学类型，其根源在于通过故事构建，从文学的角度探究科技发展对人类社会生活的影响。“蒸汽朋克”主题科幻作品也是如此，而且带有更加强烈的欧美科幻特色。在“蒸汽朋克”主题科幻小说中，机械的力量被无限扩大，形成一个架空的科技世界。“蒸汽朋克”主题科幻作品中凸显出的怀旧风格，正是机械力量的“神化”和历史形态的“美化”两者共同作用的结果。

中国是一个传统的农业大国，虽然有着悠久的历史文化和灿烂的古代发明，但并没有产生大规模的“原生”工业革命运动，而是在近代因为受了国外工业技术和产品的影响，相对“被动”地接受了工业化运动。因此，“蒸汽朋克”这样将故事构建的背景建立在以蒸汽机为代表的工业发展历程上的科幻风格的确很难直接植根于中国的传统文学。

不过，在中国当代科幻文学领域中，已经有不少作品在进行某种程度上带有“蒸汽朋克”主题内核的尝试，这种实验性创作并不是简单地把蒸汽机械和某个历史朝代强行“嫁接”，生搬硬套出一种“蒸汽朋克”的叙事，而是更加突出“或然历史”故事构建的核心理念。比如，科幻作家刘慈欣就曾经以郑和下西洋的历史事件为想象原点，创作出一部题为《西洋》的小说。在作品虚构的世界中，郑和的航行路线一直延伸到当时的欧洲，然后带着寻根的热望继续西进，最后发现了美洲新大陆，并将其开拓为殖民地……正是由于郑和船队的开拓，自明代以来，中国开始了“日不落中华帝国”的辉煌。小说从1997年中国把北爱尔兰还给英国的历史事件开始，通过一系列的故事，完全颠覆了现有的历史，将近代历史中东方和西方的角色进行了“互换”。从这个意义上说，《西洋》完全具备了“或然历史”主题科幻作品的核心要素，促使读者从一个全新的视角重新审视现实历史。

此外，作家梁清散在科幻小说《新新日报馆》中也虚构了“写稿子的人偶”和“猫力发电自行车”等晚清时代出现的“黑科技”，具有很强的“蒸汽朋克”风格。

从唯物主义历史研究的角度来看，现实中的世界从来都不是按照既定的“剧本”发展的，而是像一条永远在不停分岔的河流一样，指向无数个可能存在的未来。正如诗人罗伯特·弗罗斯特的诗歌《未选择的路》中所表述的哲理一样，人们在某个关键的历史节点所做出的抉择，会如同“蝴蝶效应”一般形成接续性效应，因此已经身处历史之中的人们是无法再回头去尝试另外一种选择的。

可以说，“或然历史”主题科幻小说的故事构建恢复了历史发展的“偶然性”原则，还原了各种影响历史发展的不确定因素，并通过这种不确定因素的影响去“推理”出一个确定的架空世界。“或然历史”主题科幻小说可以就任何一个历史事件进行合理想象，比如某场战争的胜负或某个人的出生或死亡等等，从而确定分岔点。

在 2014 年上映的纪录片《世界大战》中，有一个发人深省的片段：在第一次世界大战的战场上，某场战斗的硝烟刚刚散去，一个受伤的德军下士步履蹒跚地走出阵地，突然发现一个英国士兵正在举枪向他瞄准。根据这个名叫亨利·坦迪的英国士兵后来回忆，那个德军下士已经筋疲力尽，既无力反击，也没有试图逃走，似乎已经接受了死亡的命运。但是亨利·坦迪却本着“从不射杀伤兵”的原则，没有开枪，而是任由这个年轻的德国伤兵慢慢走远，跟随德军残部撤退了。这个险些命丧枪下的德军下士，名字叫阿道夫·希特勒。坊间传闻，希特勒掌权之后，曾经拜托时任英国首相张伯伦向饶过自己一命的亨利·坦迪表示感谢。但很多英国人想到的却是：当时亨利·坦迪真应该一枪打死这个带给人类无尽灾难的战争狂人。这样一个历史发展的“十字路口”在一定程度上成为“或然历史”的引子，进而形成历史上著名的“思想实验”之一：假设当时亨利·坦迪一时冲动扣动扳机，第二次世界大战的历史是否会被改写？如果希特勒死在战场上，科幻小说《高堡奇人》会不会以另外的一种方式呈现在现实生活中？从“或然历史”主题科幻小说的故事构建来看，这种由“一念之差”而导致的不同的历史走向在文学作品中是完全合理的想象。

不过，必须注意的是，“或然历史”并非虚无缥缈的幻想，而是通过科学推理的方式对可能存在于另外一条时间线上的虚构现实所进行的描述。这类作品往往具有非常严谨的情节发展和故事叙述特征。因此，无论是“蒸汽朋克”风格的科幻小说，还是“或然历史”主题的文学作品的创作，都需要作者拥有相当深厚的历史文化积淀，具有强大的创造力。借用科幻作家韩松的评论来说，如果抛弃了“或然历史”的科学性和严谨性，而只是在作品中通过毫无根据的想象来宣泄自己的情绪的话，这种“非科学”的架空历史所表现出的就不过是一种歇斯底里的篡改历史的狂躁，是一种肤浅的表现。

“蒸汽朋克”主题科幻作品的科学根源

在现实世界中，历史是一种确定的书写，没有任何发挥和改变的余地。但在很多“蒸汽朋克”主题科幻小说所构建的“或然历史”文学世界中，读者们却会看到许多对历史发展脉络的重构，这种“无可奈何花落去，似曾相识燕归来”式的故事构建，不仅有文艺创作的美学影响，也是一种现实科学的投影和表现。

在历史名著《红楼梦》中，当贾宝玉初见林黛玉时，有这样一段描写：

> 黛玉一见，便大吃一惊，心中想到：“好生奇怪，倒像在那里见过的，何等眼熟！”
>
> …………
>
> 宝玉看罢，笑道：“这个妹妹我曾见过的。”贾母笑道：“又胡说了，你何曾见过？”宝玉笑道：“虽没见过，却看着面善，心里倒像是远别重逢的一般。”贾母笑道：“好，好！这么更相和睦了。”①

贾宝玉和林黛玉两人第一次见面，就仿佛是“旧相识”一般。这一情节印证了“木石前盟”的神话设定，突出了两人之间的“缘分”。不过

① 曹雪芹．红楼梦．北京：作家出版社，2008：31－33.

从另一个角度来看，这种描述也很有可能并不完全是作者曹雪芹虚幻的想象。

在生活中，很多人都或多或少地有过一种“似曾相识”的心理感受。比如当一个人走进一个陌生的房间，或者看到一个情景，甚至是听到某些声音的时候，虽然一切都是第一次看见、听见，但这个人的脑海中好像总有一种声音在提醒自己曾经在某时某地有过类似的经历，却又无法准确地回忆起来。这种“冥冥之中”的熟悉感在心理学中被称作“既视感”（Déjà-vu）。

科学研究普遍认为，这种“既视感”是人的一种正常的生理现象，也被称为“幻觉记忆”。它的来源是大脑皮层的一种特殊的知觉，即由某种相似的环境而“引导”出脑海中所存储的记忆碎片。除了心理学解释之外，对于这种“既视感”的存在，还有一种更加神奇的解释方式，那就是“平行宇宙”理论。

虽然“平行宇宙”的理论体系比较复杂，但其“入口”却是一个相对简单的量子物理思想实验——“薛定谔的猫”。这个实验可以在一定程度上解释客观世界中平行世界存在的确定性与不确定性之间的博弈。

“薛定谔的猫”是物理学家埃尔温·薛定谔为了推翻玻尔将概率引进物理学的思路所提出的一个思想实验：假设一只猫被关在一个不透明的盒子里。盒子里有一个玻璃瓶，瓶里装着毒气，瓶子上方有个锤子，锤子又被连接到一个盖格计数器上，这个计数器被放在一块铀的附近。如果铀原子发生衰变的话，就将触发盖格计数器，计数器又会触发锤子将玻璃瓶打碎，释放出毒气把这只猫杀死。在这个设定中，人们无法从外面直接观察盒子里面的情况，而铀原子衰变与否又是完全无法预计的。因此“薛定谔的猫”所探讨的核心问题就是：盒子里面的猫到底是活着还是已经死了？

对于这个问题，简单地回答“不知道”是不负责任的，因为现代物理学必须以客观的计算活动为基础。在打开盒子之前，这只猫要么完好无损地活着，要么已经死了，盒子里是两种完全不兼容的可能性并存的情况，并不存在一只“50％死了，50％活着”的猫。但是，在打开盒子的一瞬间，其中的一种可能性就消失了，观察者将看到确定的结果。这种客观可能性的变化是在什么时候发生的？它又是怎样发生的？

同样，对于这个问题，简单地回答“打开看看”也是不负责任的，因为此处“打开”这一活动消解了盒子里两种客观状态的叠加。如果人们所进行的主观观察行为能导致猫的客观状态变化，就陷入唯心论的哲学陷阱里了。从主观唯心论的角度来看，物体因为人们看到它才存在。一个突出例子就是被称为“贝克莱悖论”的思想实验：如果一棵树在森林中倒下，但是没有人看到或听到，那它就没有真正倒下。因此，对于“薛定谔的猫”这个思想实验，“不知道”和“打开看看”两种答案都是不可接受的。

根据薛定谔的理论，这个思想实验的本质是对客观世界存在的可能性的探讨，是一种从宏观尺度对微观尺度的量子叠加原理进行阐释的尝试。比如，最初在这个盒子里，猫的生存状态是“生”和“死”两种状态的叠加。两种状态在概率上各占 50%。在人们打开盒子的瞬间，两种状态的叠加态就会突然结束，借用数学术语来描述的话，就是波函数产生了“坍缩”，只留下了一个确定的结果。

这种未知的可能性坍缩的过程，可能每个人在生活中都曾经体验过。比如，当电话铃声响起的时候，如果电话旁边的人只是听到了铃声，却没有看到来电号码显示（或者显示的是一个陌生的号码），这个电话就呈现出多种可能性的叠加——究竟是谁打来的电话呢？是亲戚、朋友，还是推销员？在接起电话之前，谁也不知道是谁打来的电话，因为在这个时候，多种可能性是同时存在的，从时间顺序上来看，这就是未知的“未来”。而在电话接通的瞬间，接电话的人知道了是谁打来的电话，对方身份的无数可能性开始坍缩。但这时，打电话的目的和具体通话内容仍然是未知的，因此还存在着通话内容层面上诸多可能性的叠加。随着通话的进行，最初的可能性逐渐减少，变成了正在进行中的“当下”。而当通话结束之后，一切都已经明确，曾经的多种猜测全部坍缩为只存在一种确定的事实，这就是“历史”。

20 世纪 50 年代，科学家惠勒的学生休·埃弗里特跳出了顺时发展的限定条件，提出了一个解决这个思想实验带来的难题的开放性思路。他认为，在同一个时间节点上，这只猫存在着既死又活的概率，但是这并不是发生在同一个盒子里，而是发生于两个不同的宇宙之中：在其中的一个宇宙中，猫还活得好好的；而在另一个宇宙中，猫已经被铀原子衰变最终导致的毒气杀死了。这就是“平行宇宙”概念的表现。从这个角度来看，宇宙在每一个量子结合点上都是不断分裂的，由此所产生的每一个宇宙都是真实的，不存在必然的“真”或“假”的说法。

美籍日裔物理学家加来道雄在代表作《平行宇宙》中除了援引了“薛定谔的猫”的理论来源之外，还进行了这样一个比喻：

> 按照莎士比亚所做的比喻，整个世界是一个舞台，那么广义相对论允许有地板门存在的可能。然而，这些地板门不是引导我们进入地下室，而是进入和原来舞台一样的平行的舞台。想象生活的舞台是由多层舞台构成的，一个舞台在一个舞台的头顶。在每个舞台上，演员念着他们的台词，在舞台上走来走去，以为他们的舞台是唯一的舞台，不知道还有其他舞台存在的可能性。然而，如果有一天一位演员落入地板门，他将发现他掉进了一个全新的舞台，在这个舞台上有新的法律、新的规则和新的剧本。①

由此可见，如果多重世界真的存在的话，那么描述客观世界的“我们的世界”就可能变成“我们的世界”了。

在科幻小说中，“蒸汽朋克”主题所体现出的对客观世界的多样化描述，正是这种平行宇宙和未知可能的文学化表达。而在日常生活中，曾经植根于科幻文学的“蒸汽朋克”主题逐渐通过其独特的美学风格，演化为一种特色鲜明的亚文化现象。

对“蒸汽朋克”亚文化现象的审慎思考

自《差分机》出版以来，“蒸汽朋克”主题科幻小说迅速以其怀旧风

① 加来道雄．平行宇宙．伍义生，包新周，译．重庆：重庆出版社，2008：8.

格的历史背景和未来主义的瑰丽想象吸引了读者的注意力。然而，令作者威廉·吉布森和布鲁斯·斯特林始料未及的是，“蒸汽朋克”风格所引领的流行风潮逐渐走出了科幻文学范畴，进入美学领域，并在现实生活中形成具象化的亚文化现象。比如，“蒸汽朋克”风格的服饰一般以19世纪的服装款式为基础，加上皮革质地的皮带，配上黄铜制作的饰品等，外观上通常以外露的齿轮、铰链、链条等形状为主要特色，充分体现出“复古”“怀旧”的基调。

蒸汽机在现实社会中已经告别了历史舞台，但为什么这种源自蒸汽时代的美学灵感在现代社会却大有风靡全球之势呢？这种流行风潮的产生，与人们对现代简约风格的审美疲劳和由此产生的怀旧感不无关系。有人曾做过这样的评论：“维多利亚式手工产品的质感和光滑、洁白、流线型的‘苹果’设备是两个极端，相比之下，现代工业设计是那么的无聊。”的确，蒸汽时代的机械设备与现代工业生产出来的电子产品相比，呈现出截然不同的外形特征。比如，作为传统机械设备中应用得最为普遍的机械结构，齿轮组通过齿轮之间的啮合，可以将“转动”精确地传递或改变。虽然错落有致的齿轮相对原始，但其中蕴含着机械装置所特有的“可触感”和“秩序感”。而现代工业崇尚简洁外形和流畅线条的电子产品，更像是一种让人不明所以的“技术黑箱”，虽然其工作效率要远

《差分机》开了“蒸汽朋克”主题科幻小说的先河

远超出传统的机械结构，但这种流水线上生产出来的现代工业产品往往带有一种“拒人于千里之外”的冷酷。

这样看来，所谓“蒸汽朋克”主题科幻小说的“怀旧”风格，正建立在这种对传统的机械设备和旧时代生活方式的亲切感之上。科幻作家杰夫·范德米尔这样评价“蒸汽朋克”风格的现实基础：

> 蒸汽朋克试图拒绝没有灵魂也没有特色的现代科技——以及它们所代表的一切——并拥抱维多利亚式机械在创意和技术上的起源。它同时寻求着修复工业化进程带来的创伤。这并不能说只是一种对阶级主义、种族主义和剥削进行粉饰的冲动——虽然这一切的确是维多利亚时代的一部分——这种冲动实际上是进步的，它的诉求是以积极而肯定的态度对早已死去的过往进行回收再利用。[①]

不过，如果“蒸汽朋克”主题作品中的“怀旧”风格真的如此让人流连忘返的话，那么人们愿不愿意退回到那个一百多年前的维多利亚时代呢？

具有讽刺意味的是，在英国的维多利亚时代，大多数普通人的生活与“蒸汽朋克”主题作品中的“美感”相去甚远。在工业革命全面开展之后，由于蒸汽机大量燃烧煤炭，英国乃至整个西方的工业城市个个饱受重度污染之苦，有着“雾都”之称的伦敦更是如此，恶名昭著的烟雾污染甚至造成大量人员的伤亡。这也正是“蒸汽朋克”风格作品以及由此衍生出的美学元素中都不可避免地存在着护目镜和防毒面具的原因。在“蒸汽朋克”主题科幻小说的代表作《差分机》中，主人公和朋友们所经历的伦敦的“大恶臭”就是真实发生的历史。此外，从社会阶层的角度来看，工业革命造成阶级的分化，普通的劳动工人往往处于饥寒交迫之中，甚至出现大量食不果腹的童工和女工。可见，现实中人们的生活远远不像小说中描述的那样幸福美满、衣食无忧。这种幻想与现实的矛盾恰如杰夫·范德米尔在《蒸汽朋克典藏全书》中援引的叶卡捷琳娜·

---

① 范德米尔，钱伯斯．蒸汽朋克典藏全书．夏高娃，译．北京：北京联合出版公司，2022：97.

赛迪亚的一段评价所说的那样：“人们对所谓过去的黄金时代总是抱有幻想，比如痴迷20世纪50年代的人总是忘记麦卡锡主义的存在。而维多利亚时代的爱好者往往认为那时候的人既文明又优雅，从而忽略了工业化带来过真实的灾难和鸦片战争。”

从这个意义上来说，“蒸汽朋克”主题科幻小说中所描绘的充满光明的美好图景，更像是在对现代科技失望的“陌生感”的基础上，从宏观历史想象的角度对“过去的好时光”所做的一场充满幻想的美梦。

“蒸汽朋克”主题科幻小说中体现出的是对第一次工业革命“黄金年代”的眺望和追忆，并通过怀旧的主题设定表达出对现代科学技术的反思。追求“蒸汽朋克”生活风格的人更加崇尚工匠之艺，赞美技术之盛，同时坚决反对现代化工业生产中为了追求技术的统一标准和运行的高效而对工匠创造力的扼杀。从这个意义上来说，“蒸汽朋克”主题作品在一定程度上带有工业革命早期出现的“卢德主义”的思维特征。

在凡尔纳、威尔斯等早期科幻作家所创作的科幻小说中，也有对以蒸汽机为代表的大机器装置运行和应用的描述，他们的作品可以被定义为“蒸汽朋克”主题作品吗?

在凡尔纳和威尔斯生活的时代，蒸汽机是一种实际存在的设备，并非幻想的产物。因此，当时的科幻作家往往以现实生活中的工业基础为起点，构建出面向未来的幻想故事。但在那个时代的科幻文学作品中，并没有对“朋克”思潮的表现。而“蒸汽朋克”主题科幻小说则是立足于现代社会，在对工业化流水线生产的极简式设计风格产生审美疲劳之后，萌生出来的对维多利亚时代机械风格的一种“怀旧”思绪，有很明显的时间维度指向。因此，把凡尔纳、威尔斯时代的科幻小说归入“蒸汽朋克”主题这一认定并不十分准确。

“蒸汽朋克”主题科幻小说中蕴含着明显的“或然历史”叙事内核。它们并不像《时间机器》等作品一样借助技术手段实现在历史维度中的“穿越”，而是致力于在某个时间节点上设定一个“支流”，去搭建一个与现实历史似曾相识的“副本世界”。故事中的世界也许与现实完全“平行”，也许会有一定的“交汇”。从这个意义上来说，作为现实世界的一面“镜子”，“蒸汽朋克”主题科幻小说通过为读者提供无数种幻想的可能，塑造了一个个与现实世界“并驾齐驱”的文学世界，促使读者从一个“陌生化”的虚构视角更加清晰地“认知”真实存在的现实。

写作点津：写作活动中的“一锤定音”与“余音绕梁”

俗话说：“编筐编篓，全在收口。”这句话来自劳动人民的工作经验。在制作竹筐或是竹篓等器具的时候，关键的工艺往往集中在最后的几个步骤，即把那些竹篾子通过压折形成一个圆润的收口。否则，不仅仅会影响使用，甚至会功亏一篑。如果将手工艺制作的原理代入写作活动，就可以更加直观地表现出一个故事“终章/结尾”的重要作用。

元代的陶宗仪在《南村辍耕录》一书中记录了乔吉关于优秀作品的评判标准——“曰凤头、猪肚、豹尾六字是也”。也就是说，一部作品的开头，要写得“漂亮”，给读者留下深刻的“第一印象”，引起读者的阅读兴趣；作品的主体部分，要内容丰富，无论是通过“三幕式”中的主体陈述充实作品内容还是通过设置矛盾冲突推进情节发展，作品的主体都要充分满足读者的阅读期望，给读者带来丰富的阅读体验；而作品的结尾，要简洁、有力，既可以对整个故事做一总结，又可以引起读者的遐想，突出作品的主题思想。以悬疑侦探小说为例，无论是阿加莎·克里斯蒂，还是柯南·道尔，都力图在小说的结尾处给读者一个合理的解释。这符合侦探故事中看重证据的情节特点，用一个“自圆其说”的结局让已经追随全文的读者心服口服。

科幻小说的叙事通常在一个事先设定的世界观架构下，通过严谨的推测性想象叙述一个完整的故事，其结尾部分往往有不同的表现形式。

1. 闭合式结尾

闭合式结尾是很多文学作品常用的形式：主人公完成了在作品架构的“异世界”中的探险活动后，赢得了荣誉、财富或是人生阅历与成长经验。在一切尘埃落定之后，小说跌宕起伏的情节回归平静。闭合式结尾的好处在于让故事情节中的所有人物都拥有各自确定的结局，属于“四平八稳”式的情节发展格局。以科幻小说《三体》为例，在整部作品的结尾，宇宙进行“归零”运动，无论是发展得轰轰烈烈的地球文明还是三体文明，在沉寂的宇宙中都不复存在，进而体现出宏大的故事架构和更加深刻的主题。这种闭合式结尾使故事逻辑显得十分完整，不足之处则在于只能以作者个人对结局的设定为准，无法满足读者的个性化阅读期望。

2. 开放式结尾

顾名思义，开放式结尾即在文学作品的结尾处，作者并不会明确地给出故事的结局，而是留下一个悬念，供读者自行想象。这样结尾的好处在于给读者留下充足的发挥空间，使读者参与其中，进而对故事的人物、情节和主题产生更深刻的印象。例如，在科幻小说《时间机器》的结尾，时间旅行者再次启动时间机器，去探索未知的时间：“这一次，他再也没有回来……”这样一来，不同的读者可以根据个人喜好，去想象时间旅行者不同的经历，从而形成更加多样化的结局。在创作者看来，开放式结尾能让作品的情节发展表现出更加包容的态度，而读者则在阅读过程中通过补全情节，更加自由地参与到故事构建中去。

3. 闭环式结尾

所谓闭环式结尾，指的是文学作品的结尾与开头遥相呼应，形成一个完整的闭环结构。在日本科幻作家星新一的小说《喂——出来》中，地球上出现了一个神秘的“无底洞”。人们一开始向洞里大喊“喂——出来”，但没有得到回应，接着，人们向洞中丢了一块石头，也没有任何反应。因此，人们肆无忌惮地将所有的垃圾和污染物都投放进洞中，以为可以高枕无忧了。但在小说的末尾，地球上又出现了一个神秘的大洞，洞中传来“喂——出来”的喊声，随后，一块石头飞了出来……后面的故事，作者并没有明确写出来，但读者可以根据自己的阅读逻辑和想象把故事的结尾和开头对接起来。闭环式结尾并不是对开头的简单重复，而是通过故事情节的展开，呈现出螺旋式上升的趋势，让读者在阅读过程中得到完整的认知和体验之余“回归”故事开头，形成更大的想象空间。

4. 选择式结尾

选择式结尾是指文学作品在结尾处通过提供几种截然不同的可能性，形成作者与读者的互动式故事结局。虽然这种方式在文学作品中并不常见，但其应用却呈现出独特的效果。在科幻小说《差分机》的“七重咒”一章的结尾处，古生物学家马洛里收到两摞文件，他拿起左边的一摞由差分机打印的文件，发现自己所在的光明会已经陷入面临破产的困境之中，盛怒之下，他的动脉破裂，撒手人寰；而就在此时，作者话锋一转——“但上述事件从未发生”，因为马洛里拿起的是右边的一摞文件，结果发现这是一摞关于一些从未出现过的生物的报告，这些报告对他的古生物学理论形成挑战，马洛里一阵眩晕，摔倒在椅子旁边……这两个不同的结尾几乎“同时”摆在读者面前，在供读者有选择地阅读的基础上，形成对整个故事结局的补充。无独有偶，科幻电影《我是传奇》也有两个不同的结尾：一个结尾的内容是主人公内维尔牺牲自己，同变异人“夜魔”同归于尽；另一个结尾的内容则是内维尔理解了“夜魔”首领的意愿，任凭他们离开，最终内维尔和其他的幸存者一起撤离到人类聚居地。这种选择式结尾在给读者提供不同的结局的前提下，形成了既“开放”又“闭合”的复合式结尾形式。

由此可以看出，无论采用哪种结尾方式，其主要目的都在于让读者在阅读过程中充分将自己代入故事情节，与作品中的人物产生共情，感受作品中各项元素的“善有善报、恶有恶报”，进而更加深刻地理解作品的主题。

如何在一部作品中表达出一个深刻、崇高的主题呢？

在上文学课的时候，老师经常会和学生一同探讨某部作品的创作目的或作品中包含的深刻意义等等。不过，创作者在写作的过程中，更多关注的是表述自己的创作愿望，讲述自己感觉不吐不快的故事，在故事构建活动中进行一个个思想实验等等。至于作品中蕴含的深刻主题，常常体现在读者阅读完整部作品之后的心得和体会中。甚至有的时候，在经过读者的深入分析之后，创作者本人才意识到原来自己创作的作品还有如此深刻的内涵。

由此可见，一部文学作品的主题往往并不是“显性”的。如果一定要在末尾或开头强调主题，作品就很有可能带有浓厚的说教意味。这样一来，反而会对作品的可读性产生影响。因此，一部作品如同“余音绕梁”的音乐，只有在以不同的方式感动读者的时候才有生命力，只有在带给读者崭新的阅读感受的时候才是灵动的。这一点在创作者进行写作实践的过程中显得尤其重要。

结 语

科幻阅读，帮助读者从一个新的角度来了解世界；创意写作，促使人们从一个新的视角观察人生。在科幻小说的世界观中，创作者的创意思维是取之不尽的灵感源泉，创作者的生活体验是用之不竭的创作材料。通过发挥创造力，创作者将自己的所见所闻、所思所感，经由文字诉诸笔端，通过文学创作的方式，为人生画出一条条不一样的时间线，形成一个个构思精妙的思想实验，构建出一个个属于自己的科幻世界。

拿起笔来，一起走进创意写作的神圣殿堂吧！

【思政提升】

“蒸汽朋克”主题科幻小说把对工业革命时代的描绘和对未来的想象进行了有机融合，在故事叙述中突出“或然历史”的构建方式，更加强调历史发展的不确定性和多样性。因此，在文学作品中虚构的故事情节会从不同的视角对历史唯物主义的叙事逻辑进行促进和推动。此类主题的科幻小说可以促使读者深入思考历史事件的意义和影响，在现实与虚构的对比中带领读者更加全面地理解历史，从中汲取经验教训，避免陷入“历史虚无主义”等思潮之中。

从“蒸汽朋克”主题科幻小说的故事构建到“蒸汽朋克”艺术风格展现的细节，都体现出对环境污染的反思和批判。因而，此类主题科幻小说的叙事内核之一，就是对人与自然和谐相处的探讨和展现。从这个意义上说，“蒸汽朋克”主题科幻小说对现实社会中读者的历史观以及社会发展过程中的环境观都具有较强的警示意义和促进作用。

【拓展练习】

1. 选择一次自己的出行经历，并将其用“蒸汽朋克”的叙事方式重述出来：如动车变成蒸汽机车，飞机变成飞艇，汽车变成脚踏车……

2. 回顾一下自己做过的重大决定，你的生活是否因此而改变？想象并描述一下由此产生的“平行世界”中的自己现在可能是一个怎样的状态。

3. 结合“思政提升”模块内容及本章主题，深入思考：导致“蒸汽朋克”主题科幻小说中的环境充满污染的原因是什么？对比之下，“绿水青山就是金山银山”的可持续发展理念对现实世界有怎样的积极影响？

参考文献及拓展阅读

第一章　导　论

宋明炜．中国科幻新浪潮：历史·诗学·文本．上海：上海文艺出版社，2020.

卡思卡特．电车难题．宋沉之，译．北京：北京大学出版社，2014.

李广益．中国科幻文学再出发．重庆：重庆大学出版社，2016.

吴岩．中国科幻文学沉思录：吴岩学术自选集．南宁：接力出版社，2020.

吴岩．科幻文学论纲．重庆：重庆大学出版社，2021.

付昌义．大国重器背后的科学与幻想．南京：江苏凤凰教育出版社，2023.

夏笳．寂寞的伏兵：当代中国科幻短篇精选．北京：生活·读书·新知三联书店，2017.

第二章“时间旅行”主题

威尔斯．时间机器．青闰，译．南京：译林出版社，2012.

格雷克．时间旅行简史．楼伟珊，译．北京：人民邮电出版社，2017.

加来道雄．不可思议的物理．晓颖，译．上海：上海科学技术文献出版社，2009.

埃弗莱特，罗曼．时间旅行与曲速引擎：快速穿越时空的科学指南．李润，译．北京：化学工业出版社，2017.

霍肖，赫尔维奇．时间穿越指南：嘿，你制造了一个虫洞．王爽，译．重庆：重庆出版社，2017.

第三章“太空歌剧”主题

克拉克．2001：太空漫游．郝明义，译．上海：上海文艺出版社，2019.

斯科特．阿波罗．陈朝，译．湖南：湖南科学技术出版社，2018.

龚钴尔．航天简史．天津：天津科学技术出版社，2012.

WOODS W D. 阿波罗是如何飞到月球的．李平，董光亮，孙威，译．北京：清华大学出版社，2012.

克莱格．100 亿个明天．刘甸邑，译．北京：中信出版社，2017.

萨根．暗淡蓝点：探寻人类的太空家园．叶式辉，黄一勤，译．北京：人民邮电出版社，2014.

刘慈欣．最糟的宇宙，最好的地球．成都：四川科学技术出版社，2015.

第四章“生命奇迹”主题

雪莱．弗兰肯斯坦．孙法理，译．南京：译林出版社，2016.

雪莱．弗兰肯斯坦．刘新民，译．上海：上海译文出版社，2007.

皮尔彻．王者归来：复活灭绝物种的新科学．高跃丹，译．北京：中信出版社，2018.

布瑞德雷．46 亿年的地球物语．吴奕俊，译．哈尔滨：哈尔滨出版社，2016.

胡布勒，胡布勒．怪物：玛丽·雪莱与弗兰肯斯坦的诅咒．邓金明，译．上海：上海人民出版社，2008.

艾尔-哈利利，麦克法登．神秘的量子生命．侯新智，祝锦杰，译．杭州：浙江人民出版社，2016.

第五章“反乌托邦”主题

奥威尔．一九八四．董乐山，译．上海：上海译文出版社，2009.

斯特拉瑟．浪潮．于素芳，译．北京：中国商务出版社，2018.

王建香．反乌托邦．北京：高等教育出版社，2016.

霍弗．狂热分子：群众运动圣经．梁永安，译．桂林：广西师范大学出版社，2011.

波兹曼．娱乐至死．章艳，译．北京：中信出版社，2015.

波兹曼．童年的消逝．吴燕莛，译．北京：中信出版社，2015.

拉金．在缅甸寻找乔治·奥威尔．王晓渔，译．北京：中央编译出版社，2016.

泰勒．奥威尔传．吴远恒，王治琴，刘彦娟，译．上海：文汇出版社，2007.

詹姆逊．时间的种子．王逢振，译．南京：江苏教育出版社，2006.

第六章“外星文明”主题

卡德．安德的游戏．李毅，译．杭州：浙江文艺出版社，2016.

威尔斯．世界之战．杨帆，译．海口：南海出版公司，2005.

普雷斯顿．地外生命探索之旅．王金，译．北京：北京联合出版公司，2017.

刘慈欣．三体．重庆：重庆出版社，2008.

刘慈欣．三体Ⅱ：黑暗森林．重庆：重庆出版社，2008.

刘慈欣．三体Ⅲ：死神永生．重庆：重庆出版社，2010.

韦伯．如果有外星人，他们在哪：费米悖论的75种解答．刘炎，萧耐园，译．上海：上海科技教育出版社，2019.

第七章“赛博朋克”主题

吉布森．神经漫游者．Denovo，译．南京：江苏文艺出版社，2013.
欧文．黑客帝国与哲学．张向玲，译，上海：上海三联书店，2006.
李婷．离线·科幻．桂林：广西师范大学出版社，2015.
冈岛二人．克莱因壶．张舟，译．北京：化学工业出版社，2019.
李淼．想象另一种可能．厦门：鹭江出版社，2015.
锡德．科幻作品．邵志军，译．南京：译林出版社，2017.
张铁志．时代的噪音：从迪伦到 U2 的抵抗之声．桂林：广西师范大学出版社，2010.

第八章“末日危途”主题

麦卡锡．路．杨博，译．重庆：重庆出版社，2012.
刘慈欣．最糟的宇宙，最好的地球．成都：四川科学技术出版社，2015.
加来道雄．人类的未来．徐玢，尔欣中，译．北京：中信出版社，2019.
弗雷泽．金枝．徐育新，汪培基，张泽石，译．北京：大众文艺出版社，1998.
洛尔斯．末日爱国者．郝秀玉，译．北京：新星出版社，2012.
福岑．一秒之后．符瑶，译．北京：新星出版社，2012.
刘慈欣．超新星纪元．重庆：重庆出版社，2009.
尼文，波奈尔．撒旦之锤．曲雯雯，译．北京：新星出版社，2013.
赫西．广岛．董幼学，译．桂林：广西师范大学出版社，2014.
格鲁克夫斯基．地铁 2033．孙越，译．北京：中国友谊出版公司，2011.

第九章“生化危机”主题

马特森．我是传奇．陈宗琛，译．上海：上海译文出版社，2013.
王晋康．四级恐慌．南京：江苏凤凰文艺出版社，2015.
谢利．生化危机．侯永山，译．成都：四川文艺出版社，2017.
霍夫曼．死亡之手：超级大国冷战军备竞赛及苏联解体后的核生化武器失控危局．张俊，译．桂林：广西师范大学出版社，2014.

麦金托什，莱弗礼特．电影中的僵尸文化．王潇，译．北京：世界图书出版公司，2016.

维斯提南，沃伊泰克．僵尸玩过界．韦思遥，译．北京：机械工业出版社，2015.

布鲁克斯．僵尸生存指南．张翔，余莉，译．南京：江苏人民出版社，2011.

第十章“蒸汽朋克”主题

吉布森，斯特林．差分机．雒城，译．北京：新星出版社，2013.

费伊．碎片之岛．王聪霖，译．南宁：广西科学技术出版社，2014.

维斯特菲尔德．利维坦号战记．王小亮，译．北京：清华大学出版社，2013.

迪克．高堡奇人．李广荣，译．南京：译林出版社，2017.

加来道雄．平行宇宙．伍义生，包新周，译．重庆：重庆出版社，2008.

度本图书．蒸汽朋克艺术：全球25位艺术家的复古与叛逆世界．北京：中国青年出版社，2016.

范德米尔，钱伯斯．蒸汽朋克典藏全书．夏高娃，译．北京：北京联合出版公司，2022.

格里夫顿．如果历史可以重来．李诗聪，译．北京：中国画报出版社，2021.

“创意写作”相关主题

刁克利．文学的世界．北京：中国人民大学出版社，2022.

卡德．如何创作科幻小说与奇幻小说．东陆生，译．天津：百花文艺出版社，2015.

勒古恩．写小说最重要的十件事．杨轲，译．南昌：江西人民出版社，2019.

拉姆森．开始写吧!：科幻、奇幻、惊悚小说创作．唐奇，张威，译．

北京：中国人民大学出版社，2016.

托比亚斯．经典情节 20 种．王更臣，译．北京：中国人民大学出版社，2015.

拉毕格．开发故事创意．胡晓钰，毕侃明，译．北京：北京联合出版公司，2016.

蒂贝吉安．一年通往作家路．李琳，译．北京：中国人民大学出版社，2013.

沃尔克．创意写作教学：实用方法 50 例．吕永林，杨松涛，译．北京：中国人民大学出版社，2014.

沃尔夫．创意写作大师课．史凤晓，刁克利，译．北京：中国人民大学出版社，2013.

贝尔．这样写出好故事．苏雅薇，译．长沙：湖南文艺出版社，2017.

贝尔．冲突与悬念：小说创作的要素．王著定，译．北京：中国人民大学出版社，2014.

格兰特．科幻电影写作．谢冰冰，译．北京：世界图书出版公司，2015.

曹勇军．科幻写作十五课．北京：教育科学出版社，2022.

凌晨．创意写作七堂课．北京：北京理工大学出版社，2020.

叶开．小宇宙的爆发：十二堂少年科幻写作课．成都：天地出版社，2021.

刘洋．科幻创作．成都：四川人民出版社，2023.

森瀬缭．科幻创作百科全书．张丽珍，译．北京：机械工业出版社，2023.

马蒂森．写作课：何为好，为何写不好，如何能写好．王美芳，李杨，傅瑶，译．北京：北京联合出版公司，2017.

布雷德伯里．写作的禅机．巨超，译．南昌：江西人民出版社，2019.

创意写作书系

这是一套广受读者喜爱的写作丛书，系统引进国外创意写作成果，推动本土化发展。它为读者提供了一把通往作家之路的钥匙，帮助读者克服写作障碍，学习写作技巧，规划写作生涯。从开始写，到写得更好，都可以使用这套书。

综合写作		
书名	作者	出版时间
成为作家（纪念版）	多萝西娅·布兰德	2024年1月
作家笔记	阿德里安娜·扬	2024年1月
一年通往作家路——提高写作技巧的12堂课	苏珊·M. 蒂贝尔吉安	2013年5月
创意写作大师课	于尔根·沃尔夫	2013年6月
渴望写作——创意写作的五把钥匙	格雷姆·哈珀	2015年1月
文学的世界	刁克利	2022年12月
从创意到畅销书——修改与自我编辑	詹姆斯·斯科特·贝尔	2016年1月
虚构写作		
小说写作教程——虚构文学速成全攻略	杰里·克里弗	2011年1月
开始写吧！——虚构文学创作	雪莉·艾利斯	2011年1月
冲突与悬念——小说创作的要素	詹姆斯·斯科特·贝尔	2014年6月
视角	莉萨·蔡德纳	2023年6月
悬念——教你写出扣人心弦的故事	简·K. 克莱兰	2023年6月
情节与人物——找到伟大小说的平衡点	杰夫·格尔克	2014年6月
人物与视角——小说创作的要素	奥森·斯科特·卡德	2019年3月
情节线——通过悬念、故事策略与结构吸引你的读者	简·K. 克莱兰	2022年1月
经典人物原型45种——创造独特角色的神话模型（第三版）	维多利亚·林恩·施密特	2014年6月
经典情节20种（第二版）	罗纳德·B. 托比亚斯	2015年4月
情节！情节！——通过人物、悬念与冲突赋予故事生命力	诺亚·卢克曼	2012年7月
如何创作炫人耳目的对话	詹姆斯·斯科特·贝尔	2016年11月
如何创作令人难忘的结局	詹姆斯·斯科特·贝尔	2023年5月
超级结构——解锁故事能量的钥匙	詹姆斯·斯科特·贝尔	2019年6月
小说写作工具箱——125招助你写出爆款故事	詹姆斯·斯科特·贝尔	2024年5月
故事工程——掌握成功写作的六大核心技能	拉里·布鲁克斯	2014年6月
故事力学——掌握故事创作的内在动力	拉里·布鲁克斯	2016年3月
畅销书写作技巧	德怀特·V. 斯温	2013年1月
30天写小说	克里斯·巴蒂	2013年5月
从生活到小说（第二版）	罗宾·赫姆利	2018年1月

如果，怎样？——给虚构作家的 109 个写作练习（第三版）	安妮·伯奈斯 帕梅拉·佩因特	2023 年 6 月
501 个创意写作练习——每天 5 分钟，激发你的创造力	塔恩·威尔森	2023 年 8 月
小说写作完全手册（第三版）	《作家文摘》编辑部	2024 年 4 月
写小说的艺术	安德鲁·考恩	2015 年 10 月
成为小说家	约翰·加德纳	2016 年 11 月
小说的艺术	约翰·加德纳	2021 年 7 月
非虚构写作		
开始写吧！——非虚构文学创作	雪莉·艾利斯	2011 年 1 月
写作法宝——非虚构写作指南	威廉·津瑟	2013 年 9 月
故事技巧——叙事性非虚构文学写作指南（第二版）	杰克·哈特	2023 年 3 月
自我与面具——回忆录写作的艺术	玛丽·卡尔	2017 年 10 月
写我人生诗	塞琪·科恩	2014 年 10 月
类型及影视写作		
金牌编剧——美剧编剧访谈录	克里斯蒂娜·卡拉斯	2022 年 1 月
开始写吧！——影视剧本创作	雪莉·艾利斯	2012 年 7 月
开始写吧！——科幻、奇幻、惊悚小说创作	劳丽·拉姆森	2016 年 1 月
开始写吧！——推理小说创作	劳丽·拉姆森	2016 年 7 月
弗雷的小说写作坊——悬疑小说创作指导	詹姆斯·N. 弗雷	2015 年 10 月
游戏故事写作	迈尔斯·布劳特	2023 年 8 月
剧本杀——玩法与写法	许道军 等	2024 年 6 月
好剧本如何讲故事	罗伯·托宾	2015 年 3 月
经典电影如何讲故事	许道军	2021 年 5 月
童书写作指南	玛丽·科尔	2018 年 7 月
网络文学创作原理	王祥	2015 年 4 月
写作教学		
剑桥创意写作导论	大卫·莫利	2022 年 7 月
小说写作——叙事技巧指南（第十版）	珍妮特·伯罗薇	2021 年 6 月
你的写作教练（第二版）	于尔根·沃尔夫	2014 年 1 月
创意写作教学——实用方法 50 例	伊莱恩·沃尔克	2014 年 3 月
创意写作思维训练	丁伯慧	2022 年 6 月
故事工坊（修订版）	许道军	2022 年 1 月
大学创意写作（第二版）	葛红兵 许道军	2024 年 7 月
小说创作技能拓展	陈鸣	2016 年 4 月
科幻小说赏析与写作	郭琦	2024 年 8 月
青少年写作		
奇妙的创意写作——让你的故事和诗飞起来	卡伦·本基	2019 年 3 月
有个性的写作（人物篇＋景物篇）	丁丁老师	2022 年 10 月
成为小作家	李君	2020 年 12 月
写作魔法书——让故事飞起来	加尔·卡尔森·莱文	2014 年 6 月
写作魔法书——28 个创意写作练习，让你玩转写作（修订版）	白铅笔	2019 年 6 月
写作大冒险——惊喜不断的创作之旅	凯伦·本克	2018 年 10 月
小作家手册——故事在身边	维多利亚·汉利	2019 年 2 月
北大附中创意写作课	李韧	2020 年 1 月
北大附中说理写作课	李亦辰	2019 年 12 月
作文课——让创意改变作文（修订版）	谭旭东	2023 年 3 月

图书在版编目（CIP）数据

科幻小说赏析与写作/郭琦著．-- 北京：中国人民大学出版社，2024.8. --（创意写作书系）.

ISBN 978-7-300-33107-2

Ⅰ．I106.4；I054

中国国家版本馆 CIP 数据核字第 2024LZ4346 号

创意写作书系・精品教材

科幻小说赏析与写作

郭琦　著

Kehuan Xiaoshuo Shangxi yu Xiezuo

出版发行	中国人民大学出版社		
社　　址	北京中关村大街 31 号	**邮政编码**	100080
电　　话	010－62511242（总编室）		010－62511770（质管部）
	010－82501766（邮购部）		010－62514148（门市部）
	010－62515195（发行公司）		010－62515275（盗版举报）
网　　址	http://www.crup.com.cn		
经　　销	新华书店		
印　　刷	天津中印联印务有限公司		
开　　本	720 mm×1000 mm　1/16	**版　　次**	2024 年 8 月第 1 版
印　　张	19 插页 1	**印　　次**	2024 年 8 月第 1 次印刷
字　　数	251 000	**定　　价**	49.00 元